千葉俊二・銭暁波［編］

谷崎潤一郎 中国体験と物語の力

勉誠出版

谷崎潤一郎 中国体験と物語の力

はじめに

本書は、谷崎潤一郎没後五十年を記念して、二〇一五年十一月二十日～二十三日に中国上海の同済大学を会場に開催した、「二〇一五年谷崎潤一郎没後五〇年　上海国際シンポジウム「物語の力」」での講演および研究発表にもとづいた論集である。

谷崎潤一郎が亡くなってからの五十年間に、文学をめぐる環境は非常に大きく変わった。しかし、谷崎が生涯のテーマにした人間における本源的な性への欲望や、美への憧れといった人間の生の根源に深くかかわる問題性は、二十一世紀になっても失われるどころか、いっそうその重要度を増しているのではないだろうか。こうしたテーマを魅惑的な物語に溶かし込んで、見事に豊饒な文学として結晶化させた谷崎文学は、日本をはじめ世界でも広く、時代を超えて読み継がれている。時代は活字の文化からＩＴのデジタル文化へと移行したが、私たちが生きるうえに必要な物語を枯渇させてしまってはならない――。

このような問題意識から、今回は「物語の力」というテーマを設定したのである。シンポジウムを開催した上海は、谷崎自身が生前に二度にわたって訪れた都市であり、世界の「いま」を見通すうえで、過去も現在も重要な位置を占める場所である。物語とは、過去と現在を繋ぎ、未来を見通すために必須な、根源的な力にほかならない。二十世紀の日本文学において絢爛たる文学世界を構築した谷崎文学は、その物語のもつ力を最大限に発揮した文学である。谷崎文学のもつその豊饒で馥郁たる物語を読み直すことで、二十一世紀を生き抜く知恵をそこから学びなおすことができるのではないか。本論集が、そのための手がかりになれば幸いである。

シンポジウム開催にあたっては国際交流基金の後援を得た。また会場の設営などでご尽力いただいた同済大学の劉暁芳教授、ならびに日本語版の本書の編集にあたってご協力いただきました日高佳紀氏に心からお礼を申しあげたい。

二〇一六年七月二日

千葉俊二

物語の力——上海の谷崎潤一郎

◆座談会

千葉俊二（早稲田大学）
銭　暁波（東華大学）
日高佳紀（奈良教育大学）
秦　剛（北京外国語大学）

千葉　昨年（二〇一五年）は谷崎潤一郎の没後五十年でした。また今年は生誕一三〇年にあたります。この節目の年に決定版の『谷崎潤一郎全集』が中央公論新社から刊行されておりますが、昨年の十一月に上海で、没後五十年を記念する谷崎潤一郎国際シンポジウムが開催されました。谷崎の国際シンポジウムは一九九五年、没後三十年を記念してイタリアのヴェネツィア大学で、アドリアーナ・ボスカロ先生の尽力で開催されましたが、没後四十年ではパリのフランス国立東洋言語文化大学（INALCO）において、時期的にはちょっと遅れましたけれど、二〇〇七年に行われました。ヴェネツィアもパリも谷崎は行ったことがありませんでしたが、今回は没後五十年ということで、谷崎が実際に行ったことのある海外の都市、しかも谷崎文学にとっていろいろな意味で、非常に関連の深い上海で行いたいということで、上海の同済《どうさい》大学に場所を借りて開催することができました。

シンポジウムのテーマには「物語の力」ということを掲げました。というのは、私たちは物語という座標軸を通して、私たち自身のこの世界における位置を確認しているのではないかと思うのですが、その座標軸になる物語の力が、今日非常に衰弱していて自分の世界における位置が分からなくなっているのではないか。二十世紀の後半の大きな物語の終焉とともに、物語の力が希薄になって、それと同時に我々の存在も断片化して、一つのコンテクストをもった物語として立ち上げることが難しくなっているのではないか。シンポジウムのなかで清水良典さんがおっしゃっていたように、村上春樹が『アンダーグラウンド』で明らかにしたように、オウム真理教も麻原彰晃というひとりの男の物語によって大きな破壊と混乱を招いたわけです。こうした事態が起こったのも、私たちの側で麻原に対抗する物語をもっていなかったからと考えることもできますが、そうした意味で生涯にわたって魅惑的な世界を構築しつづけた谷崎潤一郎というのはいかなる作家だったのか、またその谷崎文学が提示した物語の力とは何だったのかといったことを考えてみたかったからです。

　今日はシンポジウムをふまえ、本書を総括する意味で、この上海という何でも飲み込んでしまうような猥雑な都市と、物語の力がどのようにかかわるのかといったようなことを考えてみたいと思います。まずシンポジウムにご参加なさっての感想や印象を率直に語るところからはじめましょうか。このシンポジウムの企画・運営に関して非常に大きな力になって下さった銭暁波さんから、まずいかがですか。

上海とモダン都市

銭　では、私から、今回シンポジウムに参加した感想について説明させていただきたいと思います。一九九五年、二〇〇七年を経て、今回、二〇一五年に上海で『谷崎潤一郎没後五〇周年記念シンポジウム』が開かれたことは、先ほど千葉さんがおっしゃったように、非常に意義が大きかったと思います。谷崎が生涯唯一行った海外である中国、なかでも非常に気に入ったといわれる上海で行われたシンポジウムは、没後三十周年、四十周年のときと少し状況が違っておりまして、いわゆる中国の日本文学研究者が多く参

銭　暁波

加し、また、日本、フランス、アメリカ、イタリアの研究者の方々が集まって、大きなシンポジウムとなりました。

私自身も含めまして、中国の日本文学研究者が発表した内容は、やはり、「中国における谷崎」あるいは「上海における谷崎」といったテーマが非常に多かった。私が発表したのは『鶴唳』という小説についての話でしたが、これもやはり中国と関係のある小説なんですね。

今回のシンポジウムに参加して、「世界における谷崎」という大きなテーマが、少し見えてきたと感じました。中国と谷崎、谷崎と中国だけではなくて、これからも、中国から飛び出て、「世界における谷崎」というテーマを考えてみることができるのではないかと。

また、中国の日本文学研究者、特に、谷崎をテーマに取り扱っている研究者の方々も、中国から飛び出て、もっと広い視野で、谷崎と文学について、縦横無尽にテーマを選んで書けばいいかなと思います。今回のシンポジウムは、自分にとっても、視野の広がるものでした。

千葉　例えば、ヴェネツィアのシンポジウムだと、欧米の研究者が中心だったので、圧倒的に東洋のエキゾチシズムを、ヨーロッパの文学者が受け入れて、谷崎を論ずるという方向が強かったんですけれども。今回、中国で行ったことで、また違う谷崎の側面が、非常に大きくクローズアップされてきて、やっぱり今までの、十九世紀、二十世紀の欧米中心の文化的な構造と、これからの時代、アジア的なものとヨーロッパ的なものとの衝突というか、融合というか、そういったものを考えさせられる大きなうねりみたいなのが、今回のシンポジウムで私も感じましたね。

銭　まさに、中国における上海という場所も、いわゆる東洋の世界と西洋の世界とをつないでいくような地点であります。谷崎にとっての上海というのも、恐らくそうした意義があったはずで、今おっしゃったとおり、その意味でも、今回のシンポジウムが上海で開催されたことは非常に意義があったと思います。

千葉　まさに上海という場所が、欧米とアジアとの出会いの場である、そこで、谷崎の物語というものも、その可能性を、谷崎自身、上海を通して探っていこうとしたという側面が、大正末の谷崎文学には強くあったんじゃなかったかと思いますね。

日高　それで言うと、今回は「物語の力」という大きなテーマだったので、何でもありというか、何をやってもいいということを最初に言われていたこともあって、それぞれテーマを選んだ結果、必ずしも中国や上海にこだわってない発表も半分ぐらいあったと思うんですね。

ただ言えることは、地域は中国に限定しないけれども、時代としては、谷崎が中国に行った頃、すなわち大正期ですね、大正からせいぜい昭和初めぐらいまでのものが、発表のほとんどを占めていたと思います。その意味で、場所だけじゃなくて時代に対する意味を考えようという意識も、全体としてあったんじゃないかなという気がしています。

　大正期、つまり第一次大戦後の谷崎は、都市的なものとか、浅草的なものに、強いこだわりを持っていて、たまたまか、あるいは、第一次大戦後だから中国に行きやすかったなどといった時代的意味もあると思いますが、ともかく、そのときに上海体験をしたことが、谷崎の都市イメージや作品イメージに投げ掛けた問題というのは、かなりのものがあったんじゃないかとあらためて思いました。

　そのあたりの当時の上海のイメージや、当時の上海における日本人作家の状況というのは、どんな感じだったんでしょう。

秦　谷崎潤一郎が二度目に上海に来たのは一九二六年で、日本では関東大震災が起きた後、出版界が新しく立ち上がって、その一年後の一九二七年に円本ブームが起こるんですよね。一方、上海では第二世代の留日学生たちが次々帰国して、上海文化界の中堅として活躍するようになったのです。内山書店は上海虹口北四川路の路地裏で、内山完造《うちやまかんぞう》夫婦が自宅で経営した日本書籍販売店でしたが、一九二四年に自宅の向かい側の家屋で初めて独立した店舗を持つようになりました。そして、まさに、谷崎潤一郎の上海訪問から一、二年後に起きた円本ブームの潮流に乗って、急激に経営規模を拡大していくんです。

　そういう意味で、谷崎潤一郎が滞在中に多くの中国知識人や作家たちに紹介されて、『上海交遊記』に書かれたように、上海文化界との交流を深めることができたことが、上海に繰り広げられた中日の文学者交流の一つの原点になって、後の時代に金子光晴《かねこみつはる》、村松梢風《むらまつしょうふう》、佐藤春夫《さとうはるお》、前田河広一郎《まえだこうひろいちろう》などに繋げていくのですね。谷崎潤一郎と内山完造の出会いが、中日両方の文学者が直に接触するきっかけを作るようになり、以後、特に内山書店が中日両方の文化人のつなぎ役になっていくという歴史的な流れが見えてくるんです。

　谷崎潤一郎の二回目の上海旅行は、彼自身の文学の創作にとっても、大きな意味を持つはずなんですけれども、それだけではなく、一つの文化史的な意味もあったのではないかと考えているんですよね。

日高　なるほど、当時の作家サークルというか、そういった中での谷崎の位置や意味についてはさらに後ほど詳しく教えていただこうと思うんですけど、それとは少し別の角度、世界の中の上海、当時の上海の都市イメージというのは、具体的にどんな感じだったと考えればいいのでしょう。

銭　上海というところは、まさにヨーロッパと中国、その全体的なつながりの中間地帯というようなところだと思うんですけど、先ほどの言葉にあったように、ローカルな場所からグローバルな場所に発展していくというようなところなんですね。まずイギリス租界がつくられて、そしてその後、アメリカ租界、フランス租界、日本は租界を持たなかったんですけれども、一応、虹口の居留地があって、一時は最大で十万人ほど居住していた。上海はまさに人種のるつぼっていうような形で、各国のいわゆる資本家とかが集まって、ここで、経済なり、政治の闘争といったことも絡んで、東洋のパリとも言われる一方で、魔都という名前があったような混乱の状態でもありながら、上海にいるだけで、世界が見えてくるような、そんな場所だったと思います。

秦　剛

　谷崎にとっての海外としては、ヨーロッパには憧れつつ行く機会がなかったんですけれども、上海には二回ほど来まして、一回目は一九一八年です。上海のことを気に入って、「ここで一居を構えよう」という話まであったようですが、そのとき、東京や大阪を批判して、「上海ほど先進的な土地はない」といったという話まであります。西洋を崇拝し、ヨーロッパ好きの谷崎にとって、恐らく上海は、非常に気に入ったところだったんじゃないですかね。

日高　今、人種のるつぼ的だったという話が出たんですけど、当時、谷崎は浅草のことを「メルティングポット」と、アメリカをイメージしながら言うわけですよね。もちろん谷崎はアメリカにもヨーロッパにも行ったことがなかったわけで、漠然としたイメージとしての西洋を浅草に重ねて見ようとしていた、ちょうどそのときに、上海で、もう一つの西洋、というよりももしかしたら、もう一つのメルティングポットを見てしまったんじゃないでしょうか。日本に帰ってきたときに、浅草の見え方とか、日本の見え方っていうのは、かなり変質したっていうふうに考えていいのかな。どうなんでしょう。

千葉　メルティングポットっていう言葉を使って浅草を表現したというのは、何か、恐らく英文の文献でもあって、どこかで何かの文献を読んで、それ使ったのかなとも思うんですけど、その辺、何かありますか。

日高　一九二〇年代以前から、アメリカの中で割とよく使われていた言葉のようで、そこにはしばしば植民地的なニュアンスが含まれた語彙だと、昨年の谷崎研究会でグレゴリー・ケズナジャットさんのご指摘があったと思います。ただ、個人的には、文献からの引用というよりも、初めての群集体験をしたときに、当時まだ大衆って言葉が一般的ではなく、他に言い表しようがなくてこの言葉を使ったんじゃないかという気がします。

千葉　私自身、上海の歴史については何も分かっていないわけですけれども、今回のシンポジウムを開催した、くしくも二〇一五年というのは、ちょうど百年前に、ヨーロッパでは第一次世界大戦のさなかにあったわけですね。そうすると、ヨーロッパの方は、世界大戦で、もう疲弊してしまう。そのときに、アジアの方は、日本が、ドイツが占領していた青島を攻めたっていうことはありますけれど、ヨーロッパが痛手を被ったような形では、ほとんど戦争に巻き込まれることはなかったわけですね。

そうすると、日本の経済も、ヨーロッパの戦争特需で潤ったわけですけれども、やっぱり一番活性化したのは、上海だったんじゃないのかなっていう感じがするんです。ヨーロッパが、戦火の中で衰弱していく中で、上海が非常に活気を帯びた時代だったってことは言えませんか。

銭　実際、ヨーロッパから、たくさん逃れて来ている。あるいは、お金を持っていても、持っていなくても、上海に流れてきたヨーロッパ人は多いと思います。彼らはここで一獲千金の夢を見ていました。

千葉　と言うと、一九一七年にロシア革命が起こって、谷崎の一度目のときは、まだそんなにはロシアの亡命貴族もいなかっただろうけども、二回目には、そういうロシアの亡命貴族みたいなのも、上海の地にたくさんいて、それが谷崎の中で、例えば『細雪』の中にまで、底流するものになっているわけですよね。

そういう意味からすると、世界を凝縮する一つの形が上海にあった。それが、第一次世界大戦直後から、それ以後の上海という都市を、特色づける一つの形になるのかなと思うんです。そうするとね、日高さんが取り上げて論じられた『嘆きの門』が大正七年（一九一八）の九月から十一月まで三回、『中央公論』に発表されているわけです。書き出しの設定の所だけで終わっているんですけれど、非常に壮大な長編小説にまとめ上げようと、モチーフ的には、この時期に谷崎が抱え持っていた、さまざまなテーマを、この作品の中にぶち込んで、まさにメルティングポットのような作品にしようとしている。だけれど、それができなかった。

恐らく『嘆きの門』の中には、『創造』とか『金色の死』とか『天鵞絨の夢』とかの、理想の世界というか、空想上の理想郷を描こうとする欲望が強く、そういう要素が入っている。そして、『鮫人』『肉塊』『痴人の愛』へという形で、その後の作品へつながっていくモチーフがね、せい子ものの、美少女を養育するという話の根幹になっていくわけですから、そういう谷崎的な要素っていうのが、かなり強く持ち込まれていて、まさにメル

千葉俊二

ティングポット的な要素を帯びていたわけです。

その谷崎の大正期の作品っていうのは、さまざまな要素を集大成しようと、それは『鮫人』でも『肉塊』でもそうなんですけど、そういう欲望が強くて、それがその後だんだん、いろいろなものがそぎ落とされていく。『痴人の愛』の場合は、完全にテーマが一つに絞られて、余分な要素がそぎ落とされていく。そこに谷崎文学が成熟していくための一つの方法というかな、秘密が隠されていたんじゃないかというふうに感じられるんですけどね。

日高　興味深いなと思ったのは、『嘆きの門』を大正七年の年末に、連載を投げ出す感じで、やめてしまって、そこから一年ぐらい、浅草を舞台にした小説を書かないんですよ。で、その間に、『蘇州紀行』であるとか、『秦淮の夜』だとか、そういう中国体験を約一年書いて、で、『鮫人』で復活するっていうか、やり直すんですよね。つまり、谷崎の創作のプロセスを見ても、上海に行った体験っていうのは、一年分ぐらいスポッと入ってる。そこで、『嘆きの門』と『鮫人』の間で、今おっしゃったような、何かのそぎ落としとか、物語化ということに対する意識があって、それはもしかしたら、西洋体験的なことをして、メルティングポット的なものを、もうちょっと違う感じで組み立て直すようなことだったんじゃないでしょうか。

千葉　だからそこのところで、やっぱり中国体験ってのはね、また新たに谷崎の文学の中に付け加えられた要素として、大きな意味を持っていたのかなと。そしてその後の谷崎の文学の展開の中に、この中国体験っていうかな、最初の第一回目の中国旅行が、どう位置付けられていくのか、その辺がちょっと興味深いなと感じましたけどね。

上海からまなざした世界

日高　ちょっと角度が変わるんですけど、谷崎の二度の中国旅行のうち、一度目は割と広く旅行して、二度目はほぼ上海のみだったわけですが、やはり、その点からしても上海という場所は、谷崎にとって非常に特殊な意味を持っているはずです。たとえば当時の天津にも租界があって、そこでも西洋体験みたいなことをしてますけど、その辺のギャップというか、やはり上海は、当時、天津などとは全然違うものだったのでしょうか。

銭　上海の租界文化というのは、中国において一番規模が大きく、そして歴史が長いという特徴があります。天津や、例えば青島なども同様で、非常に規模が小さいということもありますが、今も、天津には多少残ってるんですけど、街並みなど、上海とは比べものにならないと思うんですね。やはり、港の規模の関係もあったと思うんですけども、上海の場合、黄浦江というのは、大きな船が入ってこられるということも大きい。

日高　上海と天津の間には、一九一〇年代あたりから租界の規模にはかなり差があったんですか。

銭　そうですね、最初からありました。

秦　租界の規模よりも、恐らく上海の工業の目覚ましい発展が、天津と違ったところのひとつだと思います。一九二五年に五・三〇事件が起こるんですよね。日系の紡績工場の労働者のボイコットが広がって、工部局のイギリス警官がデモ隊に発砲して、死傷者が出たために、それで一気に全国規模の反帝国主義運動になっていったのです。その事件が、上海が既に経済的にも政治的にも、中国全土の中心地になったことを象徴するような出来事だったと思います。一九二〇年代の前半までは、北京が中国文化の中心地に一時なっていたんですけど、北伐の成功に伴って、一九二七年に南京を中華民国の都に定めるんです。だから、まさにその一九二〇年代後半から、北京に取り替わって、上海が中国最先端の、さまざまな文化現象が起こる都市になっていくのです。だから、胡適《こてき》も、魯迅《ろじん》も、北京を離れて上海に移住してくることになります。魯迅は厦門大学と広州の中山大学で合わせて一年間教えて、一九二七年に上海にきたのですね。魯迅と胡適のような文化人が上海に移住してきたことは、当時の上海の開かれた文化状況を象徴するようなことでした。

銭　多くの留日の学生や、郭沫若《かくまつじゃく》とか、田漢《でんかん》とか郁達夫《いくたつぶ》とかも同様ですね。

秦　創造社のメンバーたちも上海を拠点にして創作活動を展開してきました。特に五・三〇運動の以後に、上海は中国の文芸と文化の中心地となりました。

千葉　谷崎と魯迅について考えると、内山書店を介して、いろいろな中国の文学者と谷崎が知り合いながら、魯迅はその一年後に上海に出てくるので、直接、魯迅と会ってないわけですよね。その後のいろいろな関係、佐藤春夫とか、他の文学者との関係においても、魯迅に言及しても不思議じゃないのに、生涯、一度も言及していない。これは、一つの考えるべき要素だと、私は思っているんですけどね。

銭　それと関係あるかどうかは分かりませんけど、先ほどメルティングポットっていう話で、谷崎潤一郎の『嘆きの門』、こういったいろんな要素を含めた小説にみられるように、大作を作りたかったのではないかと思いますけど、それができたのは、谷崎ではなくて、横光利一なんですね。横光は、まさしく谷崎とは違う目で上海を見ていた。同じくメルティングポット、魔都っていうイメージにしても、谷崎はおとぎ話という感じでしたが、横光の場合は、多少、芥川龍之介の影響も受けて、見たのは政治、そして五・三〇運動の話をメインとして、こういった政治が絡んだ上海、いろんな勢力、闘争が混ざった上海なんです。こういう点から考えると、やはり谷崎が魯迅に言及していないのは、魯迅の文章などを読んで、政治的な匂いが強いからというようなことも、理由としてありますかね。

千葉　先ほど、秦さんがおっしゃったような、上海の、中国の文化の中心になっていく状況というのは、やっぱり、魯迅が来て以降、創造社とか、谷崎は、その以前だったんだよね。

秦　その以前から、創造社は上海にありました。また、商務印書館をはじめ、当時の大手出版社がほとんど上海にあったために、出版文化は北京より発達していました。

日高佳紀

銭　谷崎は創造社に特に接触したわけではないですね、谷崎と郭沫若の関係も非常に微妙で面白いと思いますけど。二回目に来たとき、田漢と郭沫若とともに鼎談を行いましたけど、その後、郭沫若が、日本に亡命して市川のほうに住んでるということが分かってても、あえて接触しなかったそうですね。

千葉　うん。一度も会いにいかなかった。

銭　やはり、こういう動きを見ていくと、どうしても、若いときからあった、政治と一線を画してそこに自ら入っていきたくないみたいな傾向が続いていたと思われるんですが。

日高　それ、魯迅とか郭沫若のこともそうですけど、上海自体が政治的な荒波に飲まれていって、戦争の舞台にもなっていくといった時代の変化の中で、谷崎も去就を定めていったんじゃないですかね。

千葉　そういう場に行きながら、なおかつ、そっちの方面には染まらなかった谷崎というのが、明確に見えてくると思うんですよね。やっぱり、そうすると、谷崎が関心を抱いた上海というのは何だったのかと、少しイメージが具体化してくるんじゃないのかなというふうに、私なんかは思うんですけどね。それと、第一回目の中国というのは、ともかく、この日常を超えた、何か異次元の、エキゾチシズムを満喫させるような衝動に駆られての旅だったのだろうけど、二回目のときには明らかに、上海という土地の持っている、東洋と西洋の入り混じった混沌とした文化的な、浅草をもっと何倍にも拡大したような、そういう、活力に満ちた猥雑さに対しての、シンパシーだったんじゃないかというふうなことを、ちょっと感じさせられますけどね。

日高　今、第一次大戦後っていうのが問題になっていますが、千葉さんが、シンポジウムのまとめのときにおっしゃったように、第一次大戦後と現代っていうのは、よく似てるわけですよね。そのことが、今、上海と谷崎を読むということの、もう一つの意味になるかなと思うんですね。つまり、政治的な混沌になっていくときに、少なくとも谷崎は、創作の上ではあまり政治性を持ち出すことはしてなかったわけですけど、でも小説の中に出てくる西洋イメージとか、中国イメージとかの混じり合いのところに、谷崎なりの世界の捉え方があったのかなと思うんです。

銭　例えば『天鵞絨の夢』というのは、典型的な、他の中国を舞台にした小説より、これまさに東洋の美と西洋の美っていうのを混ぜ合わせた小説なんですね。いわゆる『アラビアンナイト』のようなモチーフで、ただ舞台を東洋っていうか西湖辺りにしてるんですけども。この小説というのは、舞台は上海ではないですけども、典型的な上海のイメージが反映されているのではないかと思います。

千葉　『天鵞絨の夢』の主人公が、ハードンをモデルにしてるんじゃないかっていうこともある。一昨年の谷崎研究会で林茜茜さんが発表されたように、不動産王で、上海の麻薬王みたいな。そうしたイメージも、裏にあるんじゃないかなと思うんです。あれも谷崎としては壮大な大長編、哲学小説にするはずだったのが、ポシャッちゃった作品で、そういう意味じゃ『嘆きの門』と非常に近い位置付けにあるんじゃないかなと思うんですけどね。

銭　途中、捨ててしまって、もう作れないっていうふうになった原因は、谷崎潤一郎が自分で、はっきりイメージが作れなかったということもあるのではないかなと思います。やはり、上海の地は混沌とした街ですので、はっきりとした作品の全体像が、自分にも見えてこなかったというのもあると思います。

千葉　何でも抱え込んでしまって、全てを取り込もうとして、大きく大きくという意識が非常に強かったんだろうと思うんですけども、それがパンクしちゃって、なかなか完成させることができず、いつも中絶しちゃう。それを昭和期の谷崎文学は、かなりそぎ落とす形で、モチーフを限定していくことで完成度を高めていく、作品の大きさよりも、深さを求めていくというような形に移っていったのかなって思いますけどね。

日高　たぶんそれは、もちろん物語の作り方のほうが洗練されていったと考えられるかもしれませんけど、世界観の捉え方が、西洋っていうものから、いわゆる古典回帰っていう形になったこととも、関わってるのかなと思うんです。世界の混沌とした状況を、大文学で、大きな物語で描こうと思ったけど、だんだん、彼なりの限界が見えてきたのかなっていうことですよね。

千葉　そういう意味じゃ、今の時代状況が、第一次世界大戦後と同じような状況になっちゃうね。

日高　そう。まさに大きな物語が作りにくくなってるわけですよね。上海というローカルなものの中に、グローバルと言っていいかどうかわかんないけど、世界のいろんなものがあった。これは、第一次大戦後もそうだし、今もそうですよね。本当に世界の最尖端にあって、世界を引っ張ってる。ここに来ると、今、世界がどう動いてるとか、すごい実感できるんですけど、たぶん第一次大戦後もそうですよね。それを谷崎は魅力に感じて、できることなら小説に書きたいと思ったけれども、それを掬《すく》えるだけの物語というものが構想できなかったのかもしれません。あるいは、混沌を混沌のまま書くっていうんですかね、そういうことが不可能だったのかなという気もしますね。

中国文壇との交流をとおして

秦　一九二〇年代の上海における、日本近代文学の受容状況、翻訳紹介の状況を見ますと、二つの大きな流れがあるんですね。一つは日本のプロレタリア文学とその理論。これは大量に紹介されて、しかもソビエトの文学理論も日本語経由、内山書店に販売される書籍を通じて、翻訳されていました。ほとんど同時に、中国の左翼文学も上海を中心に広がっていったわけです。

　そしてもう一つの流れは、プロレタリア文学や左翼文学に対抗して、いわゆる耽美派の作家たちの受容が、非常に大きな現象としてあったんです。耽美派の作家の中では、谷崎潤一郎の文学を中心にしているんですよ。他に永井荷風《ながいかふう》や佐藤春夫のものも含まれているけれども。そうした状況の中で、谷崎文学の影響を受けた中国人作家もかなり多いです。郁達夫や郭沫若の外に、田漢がとりわけそうなんですけど、それから、章克標《しょうこくひょう》は谷崎の小説をもっとも多く翻訳していたし、彼自身の小説創作にも、マゾヒズムや官能美への追求を特徴として、谷崎の作品に共通する要素が顕著に見られます。

銭　今の、秦さんがおっしゃった上海でも真っ二つに分かれた政治と芸術という葛藤は、上海だけではなくて、一九二〇年代の中国では常に芸術と政治との戦いが行われていたわけですね。

秦　一九三〇年代前後の十数年間に、同時代の日本人作家の中でも、谷崎作品の中国語翻訳の単行本が一番多く出ているんです。合わせて十冊を超えます。その中では、開明書店刊の『谷崎潤一郎集』、水沫書店刊の『お艶殺し』をはじめ、章克標が翻訳したものは五冊もありました。田漢が李漱泉《りそうせん》のペンネームで翻訳し、中華書局より刊行された『神と人との間』も重要な訳本のひとつです。谷崎はいろんな意味で、中国文壇に大きく影響を与えて、しかも広く読まれた日本人作家の一人であることに間違いありません。

　だから、一九三〇年代、政治的な時代に入っていく中で、谷崎潤一郎はなぜそんなに若手作家に人気があったのか、それについて視点を変えて考えてみたくなります。

日高　面白いですね。政治的なものが強くなっていくときに、唯美的なものがすごく受けるという、ちょうど振り子の幅みたいになっていて。だからこそ今、谷崎を読む意味というのがあるのかなと思うんですよ。

　もう少し、このあたり、当時の中国人作家への影響や彼らとの交流を教えていただけませんか。

秦　郭沫若と郁達夫はその初期創作において、谷崎文学から退廃的、官能的な要素を取り入れていました。しかし、もっとも長い時期にわたって谷崎に傾倒したのは、やはり田漢でした。谷崎と交際を始めた時期から、田漢は映画製作に熱中していましたが、彼の映画観も谷崎に深く影響されています。一九三〇年に、彼は『我々の自己批判』という文章で、幻想的なものや感傷的なものに耽溺するような自らの傾向を深く反省していますが、その文章では田漢がどれほど芸術の政治的な側面と、耽美的な側面の両方に引き裂かれていたのかが、実によく表れています。もちろん、郭沫若も田漢も、三〇年代から政治問題、社会問題により関わる方向に変わります。それから、谷崎の小説をもっとも多く翻訳した章克標は、徐々に文壇の周縁に追い出されて、そして、ついに、その名前も一時文学史から完全に消えてしまうことになったのです。

銭　その当時の中国の状況もそうだったと思うんですけども、やはり日本との関係というのもあった。一九三〇年代から、侵略を受けるっていうような状況の中で、一部の文人、例えば郭沫若とか田漢とか魯迅とかですね、民族救済っていうようなことを主張しはじめる。一部の文人は、自分の芸術だけを守るけれども、中国の価値観の中では、やはり民族救済というふうなものがどうしても主流になる、その状況に合わせてですね。

秦　そういう意味で、一九三一年の満洲事変と翌年の第一次上海事変が、一つの歴史の転換点になったようです。

千葉　その絡みで言うと、谷崎潤一郎も、戦中から戦後にかけての、文学史的には危うい時期に、結構いたと思うんですよね。『春琴抄』といういわば最高傑作を書き上げた後、なかなか次の展開ができないという状況の中で、『源氏物語』の翻訳をしていく。それと、戦時体制がきつくなっていくと、今度は、皇室に関しての記述の所をカットせざるを得ない、あるいは、せっかく『源氏物語』の現代語訳を完成させたのに出版できるかどうかも分からないという状況に追い詰められていく、そういう危機的な状況にあったわけです。

『細雪』を書いても、すぐに発表禁止になってしまう。でも、谷崎は書き続けたわけですよね。これ、ちょっと考えると不思議なことであって、例えば、徳田秋声が『縮図』を、やっぱり同じような形で掲載を差し止められると、もうそれで筆をおいちゃったわけですよね。多くの作家でも、谷崎みたいに書き続けた作家はいないわけであって、そうすると、谷崎の場合は、書き続けて、もちろん中央公論社が経済的にバックアップしてくれたっていうこともあるけれども、でも、いつこれを発表できるのかと、戦争が終わらなければ発表できないし、なおかつ戦争でもし日本が勝ってしまったら、軍国主義の時代が続いてしまったら、発表できないかもしれないわけですよね。逆にいうと谷崎は、敗戦を見通さないと、書いている意味がなくなってしまうような状況が、あったわけですよね。

日高　まあ、敗戦まではいかないにしても、こんな状況いつまでも続くはずはないっていう信念みたいなものは、あったはずです。

千葉　でも、こんな状況が続くはずがないっていうふうな、一億玉砕の時代状況の中に巻き込まれて、冷静にそういうふうに判断できた谷崎って何なんだろうと。

日高　よく無思想であるとか、政治的なものに背を向けたというふうなことを言われますけど、あれだけ状況が偏ってる中で、踏みとどまってるっていうのは、逆にすごく政治的であったとも考えられますよね。

千葉　かなり、意識的だよね、その辺はね。

日高　作ったものの中に直接的な政治的発言がないからといって、谷崎に政治性がないというふうに見るんじゃなくて、あそこにとどまったことの政治的決断こそ認めるべきじゃないかと思いますね。

千葉　それで、前にも書いたことあるけれども、戦前に出した私家版の『細雪』上巻では、ロシアのおばあさんが、イギリスが悪いんだ、この上海を含めて中国、アジアの混乱の原因つくったのは、「世界ぢゅうで一番猾い国、英吉利ごぜえます」っていうわけだけど、そう戦前の私家版には書かれてるわけだけど、戦後版になると、すぐそこの所を削ってしまう。出版するにあたってね。やっぱり、連合軍が来るから。

そういう意味じゃ、すごい現実認識の柔軟さっていうか、対応のしなやかさみたいなのは、感じさせられますね。状況を見るのに、全く無視してるわけじゃなくて、非常に敏であったわけですよね。

日高　むしろ、状況をよく見てるし、今おっしゃった対応力といったことだけじゃなくて、本質的に、どう振る舞うかということに、かなり自覚的ですよね。

銭　そこら辺、佐藤春夫と、えらい違いますよね。だから、同じ耽美主義の路線たどってる作家でも、いわゆる、戦争協力をしなかった永井荷風と、谷崎潤一郎には、敏感というより、政治的な嗅覚があった。むしろ、これは谷崎の、一つの生まれつきの本性なのだというふうに認識したいんですけれども、どうでしょう。

日高　僕は、必ずしもそれだけじゃないと思う。例えば、『聞書抄』とか読んでも思うんですけど、歴史について発言できないときに、あえてやりますよね。それを、自分独自の歴史観というよりも、プレテクストの文献をそのまま使ったり、あるいは翻訳したりして。

ああいうのを見ると、自分の立ち位置っていうのを定めながらやってるという姿勢はずっと変わってない。その一方で、テーマや文体は絶えず変化し続ける。だからこそ長く作家ができたんだと思うんです。だから、もちろん本性っていうかね、もともと持ってるものがあったのはたしかだとは思うんですけど、やっぱりそこら辺は状況に合わせて、さっき千葉さんがおっしゃったように、しなやかさっていうところが、絶えずあったからこそ、いろんな読者に、変化しながら受け入れられたんじゃないかと。

千葉　それで、『細雪』に関していえば、戦前は『中央公論』に発表されたわけだけど、戦後になると、もうこんな古い作家要らないということで、『中央公論』は載せてくれない。『婦人公論』の連載ですからね。そういう時代の変わり目のところに、谷崎も危機的な状況というか、つらい状況というのは、やっぱりあって、それを乗り越えていくエネルギーというのは、すごくあったなと思うんですよね。

銭　そうすると、この話に絡んでいえば、例えば一九二六年に上海に来て、田漢と郭沫若と鼎談したことを、よく中国の研究者は、その鼎談を指して、非常に谷崎にとっては意味が大きかったと指摘します。つまり、最初は中国の、あるいは上海の実情っていうのは知らなくて、郭沫若と田漢の話によって、ああ中国人はこんなに苦しまされてるんだっていう実情が分かってきて、それから以後は一切中国への夢がなくなる、粉砕されてしまうということを言います。

僕はそういう説が、実は好きじゃなかったんですよね。そういう説の敷き方があまり好きじゃなかったんですけども、今の話を伺って、谷崎にとっておとぎ話の世界が、実はこんなに苦しまされてるんだということを知って、じゃあもう中国行くのはやめよう、とか、中国に関することを書くのはやめようって考えた可能性もあったんでしょうかね。

秦　田漢が翻訳した谷崎の小説集『神と人との間』が一九三四年に刊行されたのですが、その中に、田漢が四万字ほどの長文の谷崎評伝、「谷崎潤一郎評伝」を書いて付け加えたのです。一九三二年の第一次上海事変の数ヶ月後に書かれたもののようです。その時期にちょうど田漢が持っていた書籍は、第一次上海事変の砲火のために全部焼失したんです。そこで、彼は新潮社の『現代長編小説集』と改造社の『日本現代文学全集』の谷崎の巻を手にして、その評伝を書いたと述べています。谷崎の人生と文学についてかなり踏み込んで論じています。

この評伝の冒頭で、まず江南の風景を賛美する谷崎の文章を引用しながら、「満州事変と今の上海の状況について、谷崎氏はどのように見てるんでしょうか。賛成しているのだろうか、反対しているのだろうか。あるいはまったく関心を持っていないのだろうか」と問いかけて、「一人の人間の現在の行動は、その過去の思想から必然的な発展であり」として、「夢と現実」とか「悪魔主義」などのキーワードから、谷崎潤一郎の自伝風の小説を引用しながら、その人生と文学を分析したのです。

この文章の中でも、田漢が、『上海交遊記』の文章を引用しながら、谷崎潤一郎は中国の若者たちの心情や中国の現状を、非常に同情的に見ていることを強調してるんです。

銭　実際、その鼎談は、谷崎潤一郎によって書かれてるわけなんです。鼎談の内容は、もちろん田漢が一番よく知っていて、一部のいわゆる裏資料としては、谷崎も、その時はやはり同情を示したっていうことではないかと思いますけど。

秦　田漢の谷崎の評価の仕方を見ると、当時の時局の中でこの訳本の存在価値をアピールするためにあえて言ったのかと思ったんですけど、しかし考えてみれば、田漢は一番親しく谷崎と付き合っていたので、それは必ずしも過分の粉飾ではなく、やっぱり谷崎の姿勢から何かを感じ取ったのかもしれません。

千葉　『きのふけふ』で、谷崎が、中国文学をたくさん紹介している中で、自分の関心の領域の中で、胡適とか周作人《しゅうさくじん》とかに触れながら書いているんですけども、当時親しくしていた田漢、どうしているのかなと、彼の動向が分からないわけだよね。そういうふうな、田漢を気遣うようなことも記しておりますけども、しかし、あそこの中で語られたことは、逆に言うと、そういう政治的な側面というものが、一切そぎ落とされた形で、谷崎は自分の関心の領域の中でしか、中国文学についての発言をしていないと。

秦さんの教え子だった崔海燕さんが、林語堂《りんごどう》のMoment in Pekingを踏まえながら書いていて、谷崎は、『北京の日』という鶴田知也訳の翻訳で読んで論じているわけですけど、そういった大きな時代的状況の中にも、政治的な発言がないというふうに言ってるんだけども、それは翻訳の過程でそういう箇所が全部カットされてしまったわけです。原作は英語で書かれたわけだけれど、そこではストレートな形で日本に対しての批判的な言辞が書かれていたわけですよね。それは谷崎が翻訳で読んだから、そこのとこが見えてこなかった。『北京の日』は、かなり『細雪』に大きな影響を与えていると思うんですけどもね。でも谷崎は、そういうふうな受け止め方をしてしまって、非常に典型的な事柄なんじゃないのかなというふうに思うんですけどね（後注、崔海燕「谷崎潤一郎の読んだ林語堂のMoment in Peking」参照、「比較文学」第五十二巻、二〇〇九年）。

　それ故に、戦争に向かっていく時代状況の中で、『細雪』のような形で政治的なものは背後におしやられてしまった。関心がないわけじゃないですよね、所々に出てくるんだけれども、それを背後に隠しながら、むしろ関西人の日常生活の細部を丁寧に描き出していくっていうところで、『北京の日』と、ある近しさを感じるわけですけどもね。それは日本の翻訳によって意図的にそぎ落とされた形だったっていうことがあるんじゃないのかなと思いますけれども。

日高　そうですね。

銭　やはり、谷崎潤一郎と親交のある中国の文人っていうのは、みんな民族英雄視された人です。郭沫若、田漢、欧陽予《おうよう》倩《せん》ですね。

秦　田漢は、文化革命のときに、迫害されて死んでしまいます……。

銭　要するに、その時代においては、全部その後、芸術家から革命家に転身した……。

秦　文学的に高く評価されていますね。

銭　ですね。だから谷崎は、周作人とは直接触れ合ってないと思うんですけど。

千葉　『きのふけふ』で触れているように、周作人とも会ってます。

銭　会ってますか。

秦　会ってるんですか。

銭　周作人だけでしょうかね、いわゆる日本協力者。

秦　それ、日本で会ってるんですね？

千葉　日本で会ってます。

秦　谷崎潤一郎は日中文化交流協会の顧問をしていたようですが、これにはどういった経緯や背景があったのですか。

千葉　その背景はよく分かりませんが、やはり中国の文学者と多く知り合いがあり、中国に対する親愛の情もあったからではないでしょうか。欧陽予倩とか、郭沫若とかが来日したときに、みんな会っているんですね。郭沫若が来たときにも会って、朝日新聞で対談をしております。非常に懐かしがって、会いたいという意識は強かった。個人的にはシンパシー持ってたんでしょうけれども、話し合ったら全然かみ合わなかった、とんでもない対談になってるんだけれどね。郭沫若はもう革命一本やりで、谷崎はそれに対してポカンとしているという、なんかすごいおかしな対談になってるわけですけどね。

銭　でも親交のある人ってやっぱり、いわゆる革命家っていうより、中国の救済者という人が多いですね、その時代もそうですけど。そこからもう少し、谷崎潤一郎における政治性、あるいは政治的な、中国に対する同情的な視線が少し見えてくるんではないでしょうか。

逆に、谷崎潤一郎を勝手に翻訳した、章克標とか、揚騒《ようそう》っていう人もいたんですけど、谷崎潤一郎と親交がなくて、中国でも二流文人っていう。

千葉　そこも面白いですね。一生懸命、谷崎が好きで翻訳していた人たちとはコンタクトが個人的になくて……。

銭　そうですね。ほとんど、その後、『きのふけふ』などで書かれてるのは、全部中国の革命家です。当時の中国の救済者、民族の英雄っていう感じですね。

千葉　郭沫若と戦後に会ったときにも、内山完造が仲介して、手紙を仲介しながらやりとりしてるので、内山完造との関わりというのが、そういう意味じゃ大きかったのかなと思うんですけどもね。その、谷崎を翻訳した章克標というのは、内山完造とは、なんか関わりありますか。

銭　あんまり……。まあ内山書店には行ったことあるでしょうね。

秦　内山書店の常連の一人であることは間違いない。彼の自伝にも、内山書店で魯迅を見かけたと書かれています。

銭　ただ、章克標は、歴史的には汪兆銘《おうちょうめい》政府の新聞の編集長になって、歴史的に批判されたと。もう一つ、この人『文壇登龍術』っていう本を書いたんですよ。半分冗談で書いたんですけど、それによって魯迅に『登龍術』なんて書くとはどういうことだ、っていうような感じで、ののしられて罵倒された人なんですけど。魯迅に罵倒されたら、中国では主流になれないですから。本当は谷崎が好きで、芸術一本やっていきたいような人間だと、中国では一流になれなくて、二流とか三流とかっていうような文人が多いですね。

秦　文壇の周縁に排除されていくんですね。

銭　そうですね。本当、谷崎潤一郎の翻訳者見ても、ほとんどそういう感じだと思いますけども。

秦　官能的ものへの崇拝を描いた作品がかなり多かったのですね。

銭　そこも、本当に面白い現象で、見えてくる谷崎潤一郎の作風っていうのは、いわゆる耽美主義で、政治と絡みがない。だけど作家自身としては……。

日高　日本でプロレタリアの作家とすごい親しかったという事実はないと思いますけど、中国の作家たちとの関わりは、やっぱりそっちのほうに……。あまり偶然とは思えないような傾向があったってことですよね。

銭　だから決して没思想ではない、ということですよね。

日高　非常に面白いですね。中国の状況との関連で、もうちょっとお聞きしたいのは、戦後、現在の出版物とかもそうなんですけど、谷崎の本はどの程度、何種類ぐらい翻訳されてるんですか。たぶん、戦後といっても、文革前後のあたりとか、一九八〇年代とか、二〇〇〇年以降とかという切断もあると思うんですけど、例えば、戦後すぐの頃には、谷崎の翻訳はあったんですか。もともとあったものが残ってただけですかね。

秦　一九四〇年代までは、谷崎の作品は十種の訳本が刊行されたのですが、それ以後の四十年間は大きな空白と断絶がありましたね。戦後の一九五〇年代や文革前後の時代では、谷崎潤一郎の文学はほとんど紹介されていなかったと言っていいでしょう。章克標が一九五七年に上海のある出版社と契約を結んで、『細雪』の翻訳を始めたようですが、実際は出版にたどり着くことができませんでした。だから、戦後から一九八〇年代前半までは、谷崎作品の翻訳本は一冊もなかったようですね。八〇年代半ばから、『細雪』や『春琴抄』などの訳本が刊行されるようになりました。今は、谷崎の代表作はほとんど翻訳されています。

日高　それは、文革に対する揺り戻しみたいな状況の中で、という感じでしょうか。

秦　そうですね。

銭　一九八〇年代は、さっき言ったように、中国の今までの政治と芸術の中で、一番の芸術の開花期なんですね。

日高　政治が抑圧してたものが、文革の反省とともに……。

秦　そうですね。噴出してしまう。

日高　それはやっぱり、一九八九年の天安門事件まではある程度行けるわけですか。で、八九年にまた一気に抑圧されるといったような。

銭　うん、そうでしょうね。そういう状況なんですね。

秦　あまり関係がなかったかもしれない。村上春樹が中国で売り出されるようになったのは、一九八九年以後なんですよ。むしろ九〇年代に入ってから、若者たちの政治離れの傾向が村上春樹の人気を推し進めた印象があります。

銭　むしろそういった文化の開花、中国にとってのルネサンスっていうのは、価値観にまで影響してしまって、政治っていうよりは、中国の伝統的な文学観が崩壊してしまうんではないかと。だから、当時の言い方で資本主義自由化ですか、だからその自由が駄目だったんです。その自由っていうのが、むしろ今まで維持してきた価値観を崩壊させてしまうっていう恐れがあって、必ずしも政治とは関係なかったかもしれない。

秦　逆に、一九九〇年代に、谷崎に関する学術論文も多く書かれるようになって、中国で本格的な谷崎文学の研究は、九〇年代以後に活性化してきたような感じがします。

物語る力と「物語の力」

日高　今ちょっと村上春樹の話が出ましたけど、村上春樹の受容っていうのは、ファンタジーに対する意識みたいなものですか。あるいはもうちょっと独自のものがあるんでしょうか。

秦　村上春樹が最初に翻訳されたのは『ノルウェイの森』で、都市文学、あるいは青春小説として受け止められたのではないでしょうかね。ただし、一九八〇年代に『ノルウェイの森』の訳が最初に出たとき、完全に通俗小説として受け止められたはずです。一九八九年以後、若者たちの中で絶大の人気を獲得するようになったんですね。

日高　日本でも、当初は、どっちかっていうと、そんなに純文学の王道っていう感じではなかったですよね。今はもう、村上春樹を読んでると純文学の読者、みたいな感じになってますけど。

　村上春樹は今、とにかく世界的な規模で、桁違いのレベルで読まれてるわけですが、村上春樹は「漱石と谷崎が、好きな作家だ」っていうふうに、どこかの講演で言ってたみたいですけど、それは分かるような気がするんですよね、何となく。やっぱり、ストーリーテラーであって、物語を語る行為そのものを小説の作り方の基礎に置いていることや、あと、解釈をとにかく複数的にしていくっていうのも、やはり谷崎や漱石の特徴に通じるところがあるように思います。そういうところに学んだと言ったかどうかわかりませんが、そういう在り方として、谷崎と村上春樹は、似てるところがあると、個人的には思っています。そこら辺に、現代において谷崎が読み続けられる状況や可能性を考えるヒントがあるかもしれません。

銭　やはり、「物語の力」っていうテーマからすると、また、推理小説の部分に関しても、谷崎潤一郎の『途上』とか『金色の死』とか、そのあたりが江戸川乱歩などに大きな影響を与えたっていう事実もあったんですけども、今回のシンポジウムの中、アンヌ・バヤール＝坂井さんの発表にもあったように、こういったミステリー小説、推理小説の物語、その語りは、構想、構造、組み立て方っていうのが、谷崎潤一郎は本当にうまいなと、実感してるんです。

　僕が一番関心がある作品は『人面疽』と『途上』なんです。『途上』はもう、本当に申し分ない小説です。

日高　バヤール＝坂井さんは、ミステリーっていうジャンルの問題とか、その形式が、いわゆるミステリー的な小説じゃなくても、谷崎の作品の中に構造としてある、ということもおっしゃっていたと思うんですけど、少なくとも、ミステリーを書くんだっていう、ジャンルに対する意識みたいなものは強いですよね。むしろ読者もそれを期待してるから、わざとそれを、ジャンルの特性を崩すような、『私』なんて小説や『途上』もそうですけど、わざとミステリーの要素をつくって、読者と共有させておいて、崩したり裏切ったりっていうことを仕掛けている。

　ジャンルの問題でいうと、谷崎は歴史小説でも同じようなことをやっていて、歴史小説というジャンルを読者に共有させといて、わざと裏切ったり崩したりするところがありますね。だから、乱歩が『途上』を高く評価しても、「今更あんなものを」褒められても困る、といったようなことを言い、犯罪物では『私』の方がいいという。むしろ『途上』はミステリーというよりも、殺される奥さんの「運命」を描くのが目的だった、などと、とぼけたこと言いますよね。そのあたり、読者に対してサービスしながら、でも自分はそれだけではないぞ、っていうところに、ずらしたりといったところが、谷崎の特徴にあるのかなと思うんです。

銭　『春琴抄』も一種のミステリー小説ですよね。

千葉　そうですね。前からいっていることなのですけれど、『陰翳礼讃』で、「虚無の空間を任意に遮蔽することで、そこに自ずから陰翳の美しさ生じる」というようなことをいっておりますが、小説も、作中に任意に謎や、秘密を持ち込むことで、自ずからそこに物語が立ち上がってくると思うんですがね。

銭　読みたくなるんですね。

千葉　そうなんだよね。そういう意味じゃ、春樹の作品も、いつも謎を秘めていて、宝探しになるわけだよね。谷崎も、謎の作り方の面白さだよね。日常の中でも、私たちの感情を活性化させるのは、常に何かの謎というものが秘められているから、それに向かっての探索っていう形で、私たちの意識が動くわけで。

日高　ミステリーというものの基本的な在り方として、謎が仕掛けられて、秘密とかがあって、それの解明がきちっとされたら、多分差し引きゼロで割り切れた感じ、きちっと着地がきれいに決まると思うんですけど。たぶん、谷崎とか村上春樹の小説は、着地したとしても何かが残ったり、わざと違う所に着地するといったようなところでの、さっき申し上げた、ずらしとか崩しみたいなところが、すごく巧妙だし、そこにこそ物語の価値があるような気がします。型として予定調和的にきっちり収まらない、というところ。そこが最終的に、ミステリーを読む快楽とは少し違うんだと。

千葉　そうだよね。エドガー・アラン・ポーが『モルグ街の殺人』で、世界で最初の探偵小説を提示したわけだけど、ポーは、近代の発想法というのは、常に結末から考えるんだと、文学作品も、仕上がった段階をまず考えて、そこから逆算していくんだといっている。そういう発想法で、そして十九世紀の小説というのも、全て結末から、到達点から考えるっていう形での思考法で組み立てられていたわけで。ですから、十九世紀、二十世紀においての文学形式が、ミステリー化していくってのは、当然なんだよね、ある意味。

日高　そこに対するアンチの立場って違うんですよね。

千葉　そうそう。そしてそれが、予定調和的な形で終わっちゃうと、もう私たちにとっては物足らないわけで、なおかつその向こうに、また謎がいくつも続いている、どこまでもね。二枚の鏡に映された像のように、どこまでも謎が続いていくっていうのが、一つの形になっているのかなって思うんですけどね。

日高　たぶんそれが、絶えず新しい感じというのを生み出す力なのかなって思うんですね。

千葉　そういう意味じゃ、そういう作り方が、春樹も谷崎もうまかったと思うんだよね。春樹も、いつも、ここで終わりかと思ったら次の作品が、第三部が出てくる。谷崎も、『武州公秘話』にしても『乱菊物語』にしても、戦後になってもその続きを書きたいと、いつも意識していた。物語には一応の結末はあるんですけれども、その先を読者に考えさせるし、また谷崎自身も、その後の展開をもう一度作りたいというような欲望を、いつも抱え持つような形になっていく。その辺、よく似てるんじゃないのかなって思いますけどね。

さっき、谷崎の作品、未完の作品が多いということが話題になったんですけれど、村上春樹と谷崎は、小説の作り方にしても、ある点でよく似てる。春樹は、連載小説じゃなくて書き下ろしなので、連載途中でほっぽり出すことはないけど、結末を考えないで書き出すっていう方法は、二人とも共通してるわけですよね。芥川は小説の途中からでも書き出せたと、『雪後庵夜話』で谷崎が言ってるわけですけどね。

つまり、芥川は最後まで、結末までしっかり考えた上で、構想した上で書き出している。ですから、短編しか書けないわけだけど、それに対して、谷崎も村上春樹も、大きな方向性だけ考えて、結末決めないまんまに書き出していって、その過程の中で、自分の無意識の世界の中から、そのエネルギーを小説の中にくみ入れていくという方法を取っている。だから、谷崎は、結末を考えないまんまに書き出して、途中で放り出しちゃう作品が多くなっちゃったわけです。

日高　それは、「物語の力」っていうより、物語る力っていう……。

千葉　物語る力だね。だから、無自覚的な意識の最底辺の所から、どういうものをくみ上げて、自分の物語にエネルギーを注入していくかっていうところ。

日高　語ることで、力を、どんどんね。

千葉　そこのところは、春樹と谷崎、よく似てるんじゃないのかなと思うんですけどね。それでさっき言ったように、谷崎の研究者はみんな春樹が好きでね。みんな春樹を論ずるようになっていくというようなところも、ちょっとある。

日高　なぜかそうなんですよね。

千葉　それはやっぱり、春樹の持ってる部分と、谷崎の要素とが、重なる部分があるからじゃないのかなというふうに感じますけどね。

日高　僕自身も結構そういう所あるんですけど。好き嫌いは別にして、本当に似てるなって思う。たぶん、読者への意識だと思ってたんですが、今の千葉さんのお話を伺ってて思うのは、語りながら、語ってること自体を力に変えて、さらに物語っていくようなところがあるのかもしれないですね。

千葉　漱石は、恐らく『それから』という作品で、『それから』のきっちりとした構成メモが残っているように、近代的な、作られた小説は『それから』で完成したと思うんですよね。それ以降、やっぱり春樹的な世界、同じような、どこに目指していくのか、書き出す直前にはよく分からないような形で書いていくっていう方法が、漱石もやっぱり多くなっていくと思うんですよね。

日高　そうですね。

千葉　そんなことから言うと、今回の「物語の力」っていうテーマを掲げたわけだけども、やっぱり文学っていうのは、根源的に、どこまで行っても、いつの時代においても、物語るっていう形での力が、大きな意味を持ち続けていっているのかなというふうに感じますけどね。

日高　先ほど申し上げた物語る力というのは読者のほうにもあって、そこが共鳴するんじゃないですかね。人間誰しも一つは語ることのできる物語を持っているわけで。そこと共鳴して、読みながら、その力がどんどん変わっていく感じを、自分で作品を読みながら共鳴し合う感じを実感できるんじゃないでしょうか。

銭　春樹と谷崎の、物語の作り方とか方法を、一般の読者はどういうふうに見ているんでしょうか。要するに、村上春樹が好きな今の若い人たちはどんな内容の小説も、とにかく読んでいく。ならば、谷崎潤一郎も中国でも若い人たちに読まれる可能性があるのかどうか。

千葉　いや、それは、谷崎が作品を書いた時代背景っていうのがあるから、やっぱりそれを共有できないと。私たちが古典になじみにくいのと同じように、違う時代に生きてると、その時代に対する知識が必要になってくるから、若い人はなかなか入りきれないところもあると思うんですよね。ちょっと勉強すりゃあクリアできると思うんですけどもね。そういう意味で、村上春樹的な、同時代的な感覚を持って享受するっていうことはなかなか難しいかもしれないけれども、しかし、その物語に触れる形で、読者がその作品を通して、エネルギーを獲得するということでは、同じ効果を持つんじゃないのかなっていうふうには思いますけれどもね。

二〇一六年二月二十九日
於／上海市　東華大学

物語る力——谷崎潤一郎の物語方法

千葉俊二

ちば・しゅんじ——早稲田大学教育学部・総合科学学術院教授。専門は日本近代文学。主な著書に、『物語の法則　岡本綺堂と谷崎潤一郎』（青蛙房、二〇一二年）、『物語のモラル　谷崎潤一郎・寺田寅彦など』（青蛙房、二〇一二年）などがある。

谷崎文学において物語るということはどういうことか。「恋愛及び色情」では、ジェローム・K・ジェロームの言葉を借りて、小説とは男女の出会いに尽きるという。谷崎にとって物語ることは、異性との出会いから現在の自己の欲望にかかわる世界認識のありようを反映させ、自己の生そのものを解放することでもあった。

谷崎潤一郎にとって物語とは何だったのだろうか。また私たちは谷崎潤一郎という特異なひとりの作家が、その生涯をとおして小説という形態で提示した多くの物語を読むことで、そこに何を見出し、そこから何を得ることができるのだろうか。もちろん、物語は谷崎文学の専売特許ではないのだが、二〇一五年は谷崎潤一郎の没後五十年ということで、新たな全集の刊行もはじまっている。そこには創作ノートをはじめ、さまざまな資料が公開される予定だが、その外にもいろいろな新資料が発見され、話題となっている。そんなことで谷崎にとって物語るということが、どんなことだったのかを考えてみたい。

一九三一年（昭和六）四月から六月まで「婦人公論」に連載された「恋愛及び色情」（原題は「恋愛と色情」）で、谷崎はその冒頭にジェローム・K・ジェロームの「ノーヴェル・ノーツ」から「小説なんて要するに下らないもんだ、昔から世に著はれた小説は浜の真砂の数よりも多く、何千何百何十万冊あるか知れぬが、どれを読んだつて筋は極まり切つてゐる。煎じ詰めれば「先づ或る所に一人の男がありました、さうして彼を愛してゐた一人の女がありました」――"Once upon a time, there lived a man and a woman who loved him"――と、結局それだけのことぢやないか」という言葉を引用している。

「ノーヴェル・ノーツ」は、ジェローム・K・ジェロームが一八九三年に刊行したユーモア小説である。四人の友人が集まってひとつの小説を書こうと試みた体験を、ずーっと後になって、これまで開けることもなかった抽出からその小説のためのノートが出てきたところから、おもしろ可笑しく物語ったものだけれど、その最後の結末にいたって語られた言葉が、ここに谷崎によって引用されたものである。結局、ひとりの男とひとりの女が出会うことによってひとつの物語は立ちあがり、それをさまざまな状況のなかにおくことで、千差万別で、複雑なストーリーをもつ小説へと仕上げられてゆく。

そうした意味では、村上春樹の「四月のある晴れた朝に一〇〇パーセントの女の子に出会うことについて」(『トレフル』一九八一年七月)と題されたごく短い「スケッチ風の小説」は、物語の原初的な形態を示したものといっていいかも知れない。四月のある晴れた朝、僕は原宿の裏通りでひとりの女の子とすれ違う。それほど綺麗でも目立つところがあるわけでもないが、五〇メートルも先から彼女が僕にとっての一〇〇パーセントの女の子なのだということが分かる。僕の胸は地鳴りのように震え、口のなかは砂漠みたいに乾いてしまったけれど、どんな風に話しかけていいかも分からずに、そのまますれ違ってしまう。

たったこれだけの話である。そして、この話のなかにはこんな風に話しかければよかったのではないかという、「昔々」で始まり、「悲しい話だと思いませんか」で終わるもうひとつの短い物語が組みこまれている。自分にとって一〇〇パーセントの女の子と出会ったという胸の高鳴りと、ただならぬ興奮がそのまま伝わってくるような切ない思いを感じさせる見事な作品だけれど、私たちは毎日、一〇〇パーセントの女の子から〇パーセントの女の子にいたるまでのさまざまな異性と出会っている。そこから無数の物語が立ちあがり、物語られたとしてもいっこう不思議ではない。

物語を立ちあげる出会いは、何も男女の出会いにかぎられるわけではない。森鷗外「サフラン」(『番紅花』大正三年三月)には、これまでの生涯におけるサフランとの出会いをかえりみて、「どれ程疎遠な物にもたまたま行摩《ゆきずり》の袖が触れるやうに、サフランと私との間にも接触点がないことはない。物語のモラルは只それだけである」とある。「物語」とは異質なもの同士が接触すれば、そこに必ず立ちあがるものなのだろう。それは酸素と水素が化合することで水が生ずるように、ふたつの異なった種類の物質が触れあうことで惹起するある種の化学反応とも似たものなのかも知れない。

今日、コンピュータによってきわめて複雑な演算が可能となり、これまでその原理が分からなかったさまざまな自然現象も、非常に単純なアルゴリズムに還元することができるようになってきた。たとえば、一九五〇年に数学者のアラン・チューリングは、自己増殖的な活性化因子を含む物質と、それを抑制する作用をもつ抑制因子を含む物質とが接触すると、活性化物質と抑制物質との拡散の速さの違いによって濃淡の縞模様を生みだす化学反応が生じることを、偏微分方程式の数式として提示した。反応拡散波によるチューリングパターンとよばれるその縞模様は、一九九〇年にフランスの研究グループが実験室ではじめて実現させることに成功したという。

一九九五年、近藤滋は熱帯魚を使って、さまざまな生物の縞模様もこのチューリング波の原理によっていることを立証した。近藤滋『波紋と螺旋とフィボナッチ――数理の眼鏡でみえてくる生命の形の神秘』（学研メディカル秀潤社、二〇一三年）によれば、チューリングの方程式のパラメーターの値をわずかに変えるだけで、キリンやシマウマなどの動物の模様をコンピュータ上でつくることができるという。

また化学反応系では溶液の色が周期的に変動し、自己組織化する現象としてベルーソフ・ジャボチンスキー反応も知られている。チューリングパターンが静止したものであるのに対し、これは時間とともに変化する。一九五〇年、ロシアの生化学者ベルーソフが、呼吸に関する生化学反応を無機化学反応で実現しようとして、溶液の色が周期的に変動する現象を発見、これを追跡実験したジャボチンスキーは物質濃度の濃淡が波動パターンとして自己組織化してゆく現象も見出した。現在ではネット上のYouTubeでも高校の理科室でおこなわれた、いろいろな実験報告を見ることもできる。自然界に見られるこうしたパターンを生みだす自己組織化の現象は、蔵本由紀『非線形科学』（集英社新書、二〇〇七年）によれば、散逸力学系に属するのだというが、自然科学が数字や化学記号をつかって自然現象をパターン化しようとするものならば、物語とはこの人間世界の現象を言葉を使ってパターン化しようとするものだということができよう。

物語のもっとも簡単でシンプルなパターンが、男と女との出会いということである。物語によるパターン化が、自然現象のパターン化ともっとも異なるのは、天体の動きがわれわれの生理と無関係であるように、自然現象のパターン化は人間の意思とはまったくかかわることがないのに対して、物語はそれを物語るものにとっても、その物語を享受するものにとっても、その物語にかかわる人間の生理に根ざした欲望と直結しているということである。物語とは、あくまでも現在の私の欲望によってパターン化された世界認識なのだといえる。

谷崎潤一郎の「恋愛及び色情」に話を戻そう。もちろん、ここに昭和六年当時における谷崎の欲望が色濃く反映していることはいうまでもない。前年の昭和五年八月に谷崎は最初の妻である千代と離婚し、昭和六年一月に二十一歳も若い古川丁未子と婚約、四月に結婚式をあげている。「佐藤春夫に与へて過去半生を語る書」に「僕は丁未子との結婚に依つて、始めてほんたうの夫婦生活といふものを知つた。精神的にも肉体的にも合致した夫婦と云ふものの有り難味」が分かったとあるが、これまで長い間、千代とのあいだで夫婦間の生理的不和ということに悩んできた谷崎は、丁未子という新しい伴侶を得て、文字通り身も心も存分に解放することができたようである。

「恋愛及び色情」において、谷崎は西洋文学の及ぼした影響で、そのもっとも大きなものは「「恋愛の解放」、――もつと突つ込んで云へば「性慾の解放」――にあつたと思ふ」といっている。西洋では男性が自分の恋人に聖母マリアの姿を夢み、「永遠女性」のおもかげを思い起こすというが、東洋にはこうした思想がなく、「女」という観念は、「崇高なもの、悠久なもの、厳粛なもの、清浄なものと最も縁遠い対蹠的な位置」におかれてきた。そうしたなかで平安朝の文学のみは、「女」が「男」のうえに君臨しないまでも、「女性崇拝の精神」をもっていた。そうでなければ、「竹取物語」のかぐや姫が最後に昇天するというような発想もなかったろうと指摘している。

そんな平安朝の男女の物語として、「古今著聞集」から刑部卿敦兼の話を紹介する。敦兼は世にも稀な醜男なのに、北の方はすぐれて器量の美しい人だった。宮中に五節《ごせち》の舞を見にいって、自分の夫のように醜い男はひとりもいないと思い、それからは夫に物もいわず、奥へ引き籠もって顔を見せなくなった。ある日、宮中から夜遅く帰っても、迎えに出るものもなく、装束を脱いでも畳んでくれる人もいない。そんな妻の仕打ちが恨めしくてやるせなく、心をすまして、篳篥《ひちりき》を取りだして、歌を繰り返しうたった。すると、女も急に哀れを催して、それからは夫婦仲が非常にこまやかになったという。

敦兼のような意気地のない、女々しい男は、武士の時代であったならば、「まことに男子の風上にも置けぬ奴、「男の面よごし」として擯斥されたであらう」といっている。また北の方の振る舞いも責められるものだが、「古今著聞集」の著者は、「それより殊になからひめでたくなりにけるとかや、優なる北の方の心なるべし」と、北の方の「優にやさしい心」がけを賞賛し、夫婦の美談として伝えている。この部分が掲載されたのは『婦人公論』四月号だが、執筆はおそらく三月上旬だったと思われる。丁未子との新婚生活に「優なる北の方の心」を期待する谷崎の心持ちがそのまま反映していると思われる。

このエピソードは「古今著聞集」の巻第八「好色」の箇所によっているが、そのひとつ前には、「後向きに車に乗りたる道命阿闍梨、和歌を以て和泉式部に答ふる事」という話が載せられている。ごく短いものなので、次にその全文を引いてみよう。

> 道命阿闍梨と和泉式部と、ひとつ車にて物へ行きけるに、道命うしろむきてゐたりけるを、和泉式部、「など、かくはゐたるぞ」といひければ、よしやよしむかじやむかじいが栗《ぐり》のゑみもあひなば落ちもこそすれ

道命阿闍梨は藤原道綱の子で、三十六歌仙の一人。名誦経者として知られるが、その道命阿闍梨が和泉式部と同じ車に乗って、後向きにいるので、和泉式部がどうしてそうするのですかと尋ねると、「ああどうしよう、向こうか向くまいか、やはり向かないでおこう、あなたに向き合って、いが栗が笑み割れるようににっこりされたら、栗の実が落ちるように車から落ちかねませんし、戒律を破ることにもなってしまいますから」と、和歌をもって答えたという。

道命阿闍梨と和泉式部との関係は、当時、よく知られていたようで、「宇治拾遺物語」では巻頭の第一話で取りあげられている。「今は昔、道命阿闍梨とて、傅殿《ふどの》の子に色に耽りたる僧ありけり。和泉式部に通ひけり。経をめでたく読みけり。それが和泉式部がり行きて臥したりけるに」と語りだされ、夜中に目覚めて、法華経を一心に読んでいると、五条西洞院の道祖神があらわれ、経を聴くことができたことを感謝する。身を清めて読経するときは、梵天、帝釈など高貴な方々が御聴聞なさり、私のようなものはおそば近くにも寄れないが、今宵は御行水もしないで読まれたので、梵天、帝釈も聴聞なさらず、おそば近くで拝聴できたのがうれしく忘れがたいという。

この話は「されば、はかなく、さは読み奉るとも、清くて読み奉るべき事なり。「念仏、読経、四威儀《しゐぎ》を破る事なかれ」と、恵心《ゑしん》の御房《ごばう》も戒め給ふにこそ」と結ばれる。ここには明らかにひとつの価値観のねじれがある。仏教の戒律、世の常識からしても、末尾に置かれた説話者の批評はもっともなこ

となのであるが、そうした表面的な説教とは別に、説話者は民間に信仰された土俗的な道祖神のもつような野卑で、猥雑なエネルギーの解放をもくろんでいたと思われる。説話の根底には、この人間世界の秩序を律している常識的な規範を越えて、生命の底の奥深くにたくわえられたエネルギーを解放し、私たちの生そのものにひとつの躍動感を与えることがもくろまれていたといえる。

芥川龍之介は、この「宇治拾遺物語」の第一話に取材して「道祖問答」(『大阪朝日新聞』大正六年一月二十八日)を書いている。芥川は説話のもつ野性味あふれるエネルギーに触れることで、自己の生をふるいたたせようとしたが、それに必ずしも成功したということはできない。一方、「恋愛及び色情」において谷崎は「古今著聞集で思ひ出したが、今昔物語の本朝の部第二十九巻にある」日本には珍しい女のサディストの話に言及し、「性慾のためのFlagellationの記事としては、東洋に於ける最も古い稀な文献の一つ」として長々と引用している。当時の谷崎の関心が奈辺にあったかということをうかがわせ、興味深いものである。

結局、物語とは、これを享受するものにしても、また語りだすものにしても、この世界の森羅万象あらゆる事象からいくつかの要素を抽出し、その異質なもの同士の出会いを現在における自己の欲望にかかわらせながら、その諸要素を線条的に結合させたものということができる。それはあたかも満天の星空に任意に線を引くことによって、ひとつの物語をもつ星座をつくりだすことにも似ている。果ても知れない無限の彼方にまで拡がる広大な天空のなかの任意の点として存在する私たちは、満天の夜空を見上げては自己の存在の微少さに愕然とし、その存在の位置の見きわめ難さにある種の恐怖感さえ覚える。天空を埋め尽くす、限りない無数の星のなかに、〈物語〉という星座を描くことによって、そこに私たちはひとつの座標軸を獲得しようとしているのだといえる。

それにしても、谷崎がここで「恋愛及び色情」と、恋愛と色情とを区分しながらも、総括的に一体のものとして論じていることには、どのような意味があるのだろうか。連載の第一回の冒頭に掲げられた「断書」には、「かねてから島中社長に対し「恋愛論」を寄せる」約束になっていたが、充分に頭のなかでまとまっていないので、覚え書き的にアット・ランダムに感想を書いてみるとある。今日ならば、「恋愛について」とか、「恋愛と性」といったタイトルの方が自然と思われるが、そもそも「色情」という語はもはや死語で、今日ほとんど使用されることもない。

このことは谷崎の再婚問題に絡んでいたと思われる。千代と離婚後、まず谷崎が再婚相手と考えた女性は、谷崎家にお手伝いさんとして勤めていた宮田絹枝である。一九八六年（昭和六十一）三月十五日の「毎日新聞」大阪版には「谷崎潤一郎の〝忍ぶ恋〟」という見出しで、谷崎邸に一年ほどお手伝いさんとして勤めた宮田絹枝に宛てた書簡七通が発見されたという記事が載った。書簡は昭和五年二月から八月のもので、宮田絹枝は当時二十歳で、昭和四年末までに仕事を辞めて谷崎邸を去っていた。七月十四日付の書簡では「正月以来の私の家庭の問題も、今月中にはきまりが付きさうですから、どうぞ何処へもいらっしゃらず待ってゐて下さい」と、真剣に結婚を考える気持を述べている。

　たをやめに〇〇〇〇〇〇〇昼下り庭を見をれは啼くほとときす

一九二九年（昭和四）十一月の「相聞」に掲げられた「春、夏、秋」のなかの一首である。初出誌以来伏字が用いられてきたが、今回、全集にはじめて収められる歌稿の「ありのすさび」によってその伏字部分が「まらいらはせて」だったことが明らかになったが、この「たをやめ」は、おそらく宮田絹枝だったろう。谷崎終平『懐かしき人々　兄潤一郎とその周辺』（文藝春秋、一九八九年）には、谷崎夫婦、終平、絹枝の四人でいたとき、絹枝が「私は旦那様が一番大好き！」といい、それを聞いた谷崎が真っ赤な顔をしたのに驚かされたというエピソードが記されている。

また後日に、同居していた「石川のお婆さん」（千代の伯母で、千代は彼女の養女となっていた）が、「お絹が近いうちに旦那様と結婚するのだと触れ廻っている」と終平に告げると、終平はそれを嫂である千代に話したといい、それを聞いた谷崎は告げ口をしたとして烈火のごとく怒り、そのために終平は一週間ほど家出をしたという。こっそりと絹枝との結婚話を進めてきた谷崎は、おそらく千代と佐藤春夫からの強硬な反対にあい、宮田絹枝との結婚を断念させられたようである。終平は「兄は不思議な人だと思う。お絹のような教養のない女を家に入れてうまく行くと思うのが理解出来なかった」といっている。

次には「幼少時代」で明かされた偕楽園の女中である。すでに嫁にいっていて谷崎の願いはかなわなかったけれど、この時期、再婚相手を自己の好みのタイプの女中に求めていたようだ。そうした欲望は谷崎自身の「色情」とかかわりをもっていたのではないだろうか。『谷崎潤一郎家集』には「心におもふ人ありける頃鞆の津対山館に宿りて」という詞書をもつ、「いにしへの鞆のとまりの波まくら夜すから人を夢に見しかな」という一首があり、先の「春、夏、秋」にも「つのくにのみぬめの浦にすむ海人の夢にも人にあふよしぞなき」との一首がある。この時期に「夢にも」あいたい「人」というのは、昭和二年三月一日の初対面以来、激しく魅せられつづけた、それこそ谷崎にとって一〇〇パーセントの女だった根津松子である。

「蓼喰ふ虫」おいて谷崎は、主人公の「要に取つて女といふものは神であるか玩具であるかの孰れかであ」るといっている。仰ぎ見る崇拝の対象である「神」が人妻で、「夢」にあうこともままならない状態ならば、いきおい再婚相手に「玩具」を選ばざるを得ないことにもなる。結局、谷崎が再婚相手として選んだのは、谷崎家に出入りしていた大阪府女子専門学校卒の仲間で、谷崎自身が文藝春秋への世話をした、二十一も年下の古川丁未子だった。丁未子との再婚直後に「盲目物語」が書かれているが、これは語り手の弥市がお市の方を思慕する物語であると同時に、秀吉のお市の方へのかなわぬ恋の形代としてお茶々を娶る物語でもある。後年、谷崎はお市の方を松子の念頭に描いたと告白するが、丁未子が松子の形代だったことは間違いない。

恋い焦がれる恋愛の対象と、おのれの色情に満足を与えてくれる対象とのあいだの乖離と分裂。ここに「恋愛及び色情」において谷崎が問題としたことの核心があるといえる。そのひとつの解法を谷崎は古典に描かれた男女の姿に求め、「古への男は婦人の個性に恋したのでもなく、或る特定の女の容貌美、肉体美に惹きつけられたのでもない。彼等に取つては、月が常に同じ月である如く、「女」も永遠に唯一人の「女」だつたであらう」という。そのためには常闇の夜の暗さを必要とするが、それは近代の社会からはすでに失われたものだった。

こうした問題への谷崎なりの解答を、物語という形式をとおして模索したのが「盲目物語」であった。語り手の弥市を盲目のもみ療治をする茶坊主とすることで、視界を閉ざされた暗闇の世界に触覚や聴覚などの感覚のなかで、お市の方とお茶々とは同一化されて、「永遠に唯一人の「女」」としての幻影が確保される。ここに昭和六年当時の谷崎がかかえもっていた欲望に絡めとられた世界認識のありようは如実に反映している。谷崎にとって物語るとは、自己の生の奥深くに隠されてある欲望と折り合いをつけながら、自己の生そのものを解放することでもあって、物語ることと生きることとはまさに同一のことがらだったのだといえよう。

文学モデルとしての推理小説——谷崎潤一郎の場合

アンヌ・バヤール＝坂井

谷潤潤一郎は多くのジャンルに属する作品を書いており、なかでも推理小説の占める位置は大きい。では何故谷崎は推理小説に魅せられ、どのような可能性をこのジャンルのなかに見いだしたのであろうか。ここでは推理小説を構成する文章装置を顧みて、それが「犯罪もの」の枠を超えて谷崎作品に如何に応用されているかを考慮したい。

ある作家がさまざまなジャンルを探索し、その作品が幾つものジャンルに属することは珍しくない。知名度を高めるために、普段書いているものが属するものよりも、読者の多いジャンルに属する作品を書くことにメリットもあるし、その方が原稿料を多く支払われる、ということもあろう。また出版界としては、作家の知名度を利用し、さまざまなメディアでそれを活かして、利益を上げるといった商業的目的もあろう。

しかしまた、ある作家の仕事を顧みるとき、そのような経済的、或いは商業的な理由からだけではなく、文学性、文学生成上の理由からジャンルの境界を超えて作品が書かれていることも考えられる。その場合、作家がどれだけそれを意識していたか、という問題よりは、われわれが作品を読む時にその超ジャンル性というものを考慮し、分析の方法論に取り入れた時にどのような作品の解釈を紡ぎだすことが出来るか、という問題の方が重要であろう。つまり、作品解釈に発展性を与えるべく、その超ジャンル性を利用することが出来るのではないか。此処ではそのような仮定を立てて、谷崎作品を

あんぬ・ばやーる＝さかい——フランス国立東洋言語文化大学教授。専門は日本近・現代文学。主な著書に、*La parole comme art*（ガリマール社、一九九二年）、編書に、『谷崎潤一郎集』（ガリマール社、二〇一一年）、論文に、「暴露される一人称と小説の可能性——谷崎潤一郎の場合」（『文学』岩波書店、二〇〇八年九／十月号）などがある。

取り上げてみたい。

　周知の通り、谷崎潤一郎はその初期の作品から多くの所謂「犯罪もの」を書いている。この命名は谷崎自身が使っているもので、たとえば『春寒』という昭和五年（一九三〇）に発表されたエッセイで谷崎は「探偵小説」という言葉と「犯罪もの」という言葉の両方を用いている。[1] 探偵小説、推理小説、犯罪ものなど、ジャンルの名前としてはいろいろ考えられるが、谷崎が自分の作品を犯罪ものと呼んでいるのはそれなりの理由があると思われる。

　この『春寒』というエッセイで谷崎は探偵小説の限界というものをつぎのような表現を用いて示している。

> 味噌の味噌臭きは何とかと云ふが、探偵小説の探偵小説臭いのも亦上乗とは云はれない。若しも所謂探偵物の作家が最後までタネを明かさずに置いて読者を迷はせる事にのみ骨を折つたら、結局探偵小説と云ふものは行き詰まるより外はあるまい。読者の意表に出ようとして途方もなく奇抜な事件や人物を織り込めば織り込むほど、何処かに必ず無理が出来自然の人情に遠くなり、それだけ実感が薄くなるから、たとひ意表に出たにしてからが凄みもなければ面白味もなく、なんだ馬鹿々々しいと云ふことになる。
>
> ［…］
>
> 単に読者の意表に出ると云ふだけなら、奇抜な筋を考へないでも、書きやう一つで実は案外たやすいのである。たとへば崖から石が落ちて来て脳天を打たれて死んだ男を、さも他殺らしく書き起して、いろいろ容疑者らしい人物やそれらしい理由を仔細らしく並べ立てて、うんと事件を迷宮に追ひ込んで置いてから、最後の一ページで背負ひ投げを喰はしたらどうか。ちやうど幾ら考へても分らない数学の問題を、調べて見たら誤植があつたと云ふやうなもので、そんなのを読まされた読者はきつと腹を立てるだらう。だが、これは極端な例だけれども、さう云ふ卑怯な「落ち」を付けた物が、外国の作品にもある。何と云ふのか、題も作者も忘れてしまつたが、僕自身そんなのに打つかつてひどく忌ま忌ましかつたことがあつた。それほどでなくても、今の探偵小説は一面に於いて奇抜な思ひつきを競ふと同時に、一面に於いては愚にも付かない事を書きやう一つで勿体をつけてゐるのがある。中には相当にカラクリが巧く出来たのもあるが、要するに婦女子を欺くものに過ぎない。

　これは谷崎にしてはいささか歯切れの悪い発言だという気がするのだが、それは何を意味しているのであろうか。探偵小説臭くない探偵小説は何故上乗なのだろうか。最後まで読者を待たせずにタネを明かす探偵小説などそもそも探偵小説として成り立つのだろうか。探偵小説はまた実感が薄くてはいけないのだろうか。そして、この場合の「実感」は何を指すのだろうか。また、その最後で意表に出る小説は必然的に「実感」を失うのだろうか。谷崎のこのような発言が注意を引くのは、その三年前に発表した『饒舌録』で谷崎が示した小説観とある意味で矛盾しているとも思えるからなのである。

いつたい私は近頃悪い癖がついて、自分が創作するにしても他人のものを読むにしても、うそのことでないと面白くない。事実をそのまゝ材料にしたものや、さうでなくても写実的なものは、書く気にもならないし読む気にもならない。

[…]

事実小説でもいゝものはいゝに違ひないが、たゞ近年の私の趣味が、素直なものよりもヒネクレたもの、無邪気なものよりも有邪気なもの、出来るだけ細工のかゝつた入り組んだものを好くやうになつた。(2)

この数行は谷崎の小説観を理解する上でとても重要なのだが、先に上げた『春寒』のたとえば「奇抜」なものの批判と照合すると、一種のずれがあるように思われる。また、『饒舌録』の細工と『春寒』のカラクリなども無関係とは思われないのだが、一方は肯定され、他方は否定されている。そのような点から、いささか歯切れの悪い中にも先のもので谷崎が批判している、奇抜なもの――それは筋であろうと、脚色であろうと、さまざまな在り方が考えられるが――とその数年前に谷崎が書いていたひねくれた、細工のかかった入り組んだものの賞賛はどのように繋がり、その一見矛盾している側面はなにを表しているのだろうか。また谷崎が用いている表現のなかで、多分最も重要なのは「卑怯」という形容で、それが形容である以上、ひねくれた奇抜なものの中にも卑怯なものとそうでないものがある、というニュアンスを谷崎は表していることになる。それでは卑怯でない入り組んだものとは何を指すのであろうか。この問題にはまた後で触れたい。

いずれにしても、このようにそれが「卑怯」であろうとなかろうと入り組んだ筋を好んでいた谷崎が推理小説、犯罪小説に興味をもったことは必然的な成り行きと言える。

千葉俊二が指摘しているように、(3)一九二九年に谷崎は二冊の『犯罪小説集』を刊行しているが、そこでは七十九編の短編、中編が収録されている。

『潤一郎犯罪小説集』（新潮社刊）

「日本に於けるクリップン事件」（一九二七年）

「白昼鬼語」（一九一八年）
「或る罪の動機」（一九二二年）
「私」（一九二一年）
「途上」（一九二〇年）
「前科者」（一九一八年）
「黒白」（一九二八年）
「秘密」（一九一一年）
『日本探偵小説全集第五篇谷崎潤一郎集』（改造社刊）
「柳湯の事件」（一九一八年）
「或る少年の怖れ」（一九一九年）
「人面疽」（一九一八年）
「金と銀」（一九一八年）
「呪はれた戯曲」（一九一九年）
「ハッサン・カンの妖術」（一九一七年）
「途上」（一九二〇年）
「青塚氏の話」（一九二六年）

このリストから谷崎の犯罪小説観のいくつかの特徴を読み取ることが出来るのではないだろうか。ここに挙げられているもののほかにも定義によっては犯罪小説と看做す事の出来る作品を谷崎は書いているのだが、ここで注意を促したいのは殺人がその小説の中で起こるからと言って即それが犯罪小説であるとは全く限らない、という点である。

谷崎潤一郎の作品のなかで人が殺されることは多く、その極端な例を一つあげるとしたら人が次から次へとばたばた殺される『お艶殺し』（一九一五年）であろうが、この作品はこの二冊の犯罪・探偵小説集には所収されていない。従って、そのジャンルの定義で重要なのは内容よりは仕掛け（カラクリ）である、ということになり、だからこそ谷崎は書きよう一つで探偵小説は出来上がってしまうと言っていたのであろう。

ではまた登場人物の種類によって探偵小説などは定義されるかと言うとそうでもなく、例えば谷崎の犯罪小説、探偵小説には厳密な意味での探偵は殆ど登場しないと言える。

それでは何がこの場合定義の要になり得るのであろうか。仕掛け、とはどのように文章上機能するものなのであろうか。語られている事件が何であれ、その原因からその展開、そしてその結末までが順に時間の推移を追って語られていれば、そこには何の謎も所謂ミステリーもあり得ない。ここで大雑把にミステリー小説と言っても良いのではないかと思われるが、ミステリー小説を成り立たせているのは何なのであろうか。それはわれわれ読者が最初から読み与えられているナラティヴではなく、実は語られていない話、例えば犯罪は実際は（この実際とは物語世界の中での実際を意味する）どのように行われたかといった不在のナラティヴなのである。読者に与えられているナラティヴは、その不在のナラティヴを再現する事を目標としている。そして、たとえば手がかり（フランス語でのindice、英語でのclue）はその不在のナラティヴが現存の（読者に与えられている）ナラティヴに介入する点、不在のナラティヴと現存のナラティヴの接点だと言えるのだが、その介入を介入と認めるには解釈、或は推理と言った解釈学的、hermeneuticな作業が必要である。つまり、或る事象が現存のナラティヴでは無意味であり、その意味の欠乏を補充し、あらためて意味の確認を行うためには不在のナラティヴのコンテクスト内への移行が必要になる。それでやっとある無意味な事象が手がかりへの変貌を成し遂げる。そしてテクスト論上面白いのは不在のナラティヴが不在であるからこそ意味を付与する枠組みとして機能している点で、意味上では不在の効力とでも云うべきものを発揮していることになる。

このように大まかにミステリー小説の機能をまとめることが出来るとして、それを踏まえて谷崎に戻ると、谷崎作品では「解釈」の文学的効果が最大限に活用されており、その可能性が積極的に探索されていると言えるのではなかろうか。ここで全ての作品を取り上げるわけには行かないが、幾つかの例を挙げて考えてみたいと思う。

一九二九年の『犯罪小説集』に列挙されている作品のうち、或る意味で最も探偵小説らしい小説は『途上』（一九二〇年）だと言えるかもしれない。これは三人称で語られており、一人の会社員（湯河）が会社の帰りがけにある私立探偵（安藤）に呼び止められるところから始まる。そして二人の会話を通して、その会社員の前妻が病死していることを読者は知り、それが実は会社員が犯したプロバリティー犯罪だという事が少しずつ判明して行く。ここで現存のナラティヴの展開はさまざまな事象の知識を読者にもたらし、その事象の羅列が不在のナラティヴ（会社員による妻の殺人幾つか未遂、そして成功するプロセス）を少しずつ構築して行く。ここで興味深いのは、先に挙げた『春寒』でこの小説がその殺人の方法の面白さから江戸川乱歩に賞賛されたけれども、実は自分が興味を持っていたのは殺人ではなかったと谷崎が書いている点だ。

自分で自分の不仕合はせを知らずにゐる好人物の細君の運命——見てゐる者だけがハラハラするやうな、——それを夫と探偵の会話を通して間接に描き出すのが主眼であつた。殺人と云ふ悪魔的興味の蔭に一人の女の哀れさを感じさせたいのであつた。

［…］

しかし要するに、自然主義風の長篇にでもなりさうな題材を、探偵小説の衣を被せて側面から簡潔に書いてみたのである。

ここで興味深いのは、谷崎が明確に自然主義的な方法と探偵小説的な方法を対立させている点で、そう考えてみると、自然主義的な方法が原因から結果へと心理的、社会的要素を取り入れながら話を原則的に時の流れに沿って展開させているところを、推理小説、ミステリー解明小説は原則的に結果から原因へと時の流れをも遡ろうとしている、という根本的な相違が見えてくる。自然主義を根本的に嫌い、受け入れなかった谷崎が、そういった意味でもミステリー解明小説に興味を持っていた事は当然だと言えるかもしれない。

この『途上』のもう一つの特徴は三人称で語られている点であろう。ミステリー解明小説の場合、不在のナラティヴがその不在故に機能するためには、全知の語り手が原則的に不可能なのはもちろんの事であり、(4) だからこそ知と無知、knowledge & ignorance の難しいバランスを保つために最も手頃な一人称語りが広く使われているのだ。『途上』の語りは三人称でありながら、会社員に内的焦点化(internal focalization)されているため、その語り手は全知の語り手では全くなく、語り上の効果は一人称に大変近くなっている。また、最初の状況設定が行われた後、殆ど二人の登場人物の会話によって話が進められている以上、探偵がさまざまな事象をプロバビリティー上の証拠として指摘し、または暴露する前に語り手を通して予めそれが読者の方に漏れる事は回避されてもいるのだ。

それでは一人称の語り上の効果を駆使したものが谷崎作品にないかと言うと、全くその逆だと言える。谷崎は一人称に非常に執着していた作家であり、その一人称がミステリー解明小説と特に相性が良いとなるとそれを彼が使わない、などという事は考えられない。一人称言説のナラトロジー的要素の再確認をここで行う余裕はないが、ともかく語り手/聞き手の関係と作者/読者の関係が重なる部分と重ならない部分、そのずれを活用する事によって生じる文学的効果、などさまざまな側面がある事は重要だと思われるので確認しておく。ミステリー解明小説に限って言えば、それが探偵小説の形を取る時、多くの場合その一人称の語り手は探偵ではなく、探偵の友人、またはアシスタントとして登場し、探偵がその働き、特にその頭脳の働きを通して不在のナラティヴを再現するまでのプロセスに立ち会う証人として機能する。その典型的な例はコナン・ドイルのホームズに対する友人ワトソン、或クリスティーのポワローに対する友人ヘイスティングス、或はレックス・スタウトのネロ・ヲルフに対するアシスタントのグッドウィンなのだが、元祖エドガー・アラン・ポーの例えば『モルグ街の殺人』(一八四一年)や『盗まれた手紙』(一八四四年)のオーギュスト・デュパンに対する無名の語り手もすでに同じ語りの構造を呈している。そして先に谷崎に探偵小説と厳密に言えるものはないのでは、と書いたが、語りの構造からいってそれに多分最も近いと言えるのは『白昼鬼語』(一九一八年)ではないかと思われる。

これは中編と言ってよい一〇〇ページのもので、あまり問題にされることのないのが不思議だと思えるぐらい面白い作品なのだが、その一人称の語り手である作家(高橋)は友人の園村にこれから殺人が行われるのを突き止めたので一緒にそれを見届けに来てくれと呼び出される。それから何が起こったかを記してしまうと、未読の読者にとっては種明かしになってしまうため、このテクストの筋に関してはこれ以上言及しないが、ここで注目したいのは谷崎が探偵小説のカリカチュアを試みたのではないかと思いたくなるぐらいその手法を取り入れ、誇張している点だ。

まず興味を惹くのはテクストのあちらこちらにジャンルとしての探偵小説、そしてその主立った作家たち、エドガー・アラン・ポーやコナン・ドイルへの言及がみられることだ。

「……君は、ポオの書いた短篇小説の中の有名な "The Gold-Bug" と云ふ物語を読んだことがないのかね。あれを読んだことがある人なら、此処に記してある符号の意味に気が付かない筈はないんだが。……」

私は生憎ポオの小説を僅かに二三篇しか読んで居なかつた。ゼ・ゴオルド・バツグと云ふ面白い物語のある事は聞いて居たけれど、それがどんな筋であるかも知らないのであつた。

[…]

「それぢやいよ〳〵出かけるかな。シヤアロツク・ホルムスにワツトソンと云ふ格だな。」

から云つて機嫌よく立ち上つた。

このほかにも「探偵小説」「推理」などという言葉が頻繁に使われている。『白昼鬼語』はそういった点で間テクスト性(intertextuality)がとても強いと思われるが、それはこのテクストのみの特徴ではなく、探偵小説、推理小説、ミステリー小説、とにかくこのジャンルの一つの特徴でもある(一般に大衆小説はジャンル性が強いと言われているが、その中でも推理小説は特にそうである)。谷崎はそのような側面に大変敏感に反応していたのではないかと推察出来るのだが、この小説が本当の意味でのミステリー小説でない以上(これも種明かしをせずには説明出来ないので此処で詳しい説明は避けるが)そのジャンル性を強調する事で谷崎はそのジャンルのパロディー化に成功していると言えるであろう。そしてこの作品が一九一八年に発表されている事を考えると、その文学センス、文学的な問題に関する感覚の鋭さ、には眼を見張るものがある。(5)

次にやはり興味深いのは『白昼鬼語』では様々な形で解釈論が展開されている点である。先に挙げたポオの作品への言及にある暗号だが、それによって書かれたメッセージを園村は解読し、それが英語であるから日本語に訳し、それが直接的な表現ではなくいささかアレゴリックな言い回しであるので、それを解釈する、と言った入り組んだ解読の妙技を披露する。ある筆記システムからの転換、ある言語から他言語への転換、そしてある意味形態からほかの意味形態への推移と、セミオティックな観点からも、hermeneuticな観点からもコード変換transcodage/transcodingが何重にも重なるように行われている。また、ほかの場所では、登場人物の行動をやはり園村が解明して行くのだが、解明、解き明かす事はやはり解釈の一つの在り方で、そこでも作者はジャンルの一つの特徴である不可解な事象の解明、説明、意味付け、といった、探偵の一つの特技であるものを、これでもかこれでもかと園村に披露させている。この重層的に行われる解釈によって、不在のナラティヴが少しずつ読者に認識されて行く、といったプロセスが繰り返し見届けられる。そしてその園村に対置される形で、これも探偵小説のステレオタイプの語り手の特徴に違わず、一人称の語り手(作家の高橋)は同じ事象を前にしながらも、解釈の才能に欠けるために、その事象を全く理解出来ずにいるか、或は誤解するか、といった惨めな状況に置かれている。その結果、語り手と園村が遭遇するさまざまな事件は重層的に語られていくことになる。語り手に理解されないまま語られ、園村に解読され再度語られ、またさらにほかのコンテクストに据え直されて語られる、といったパターンが何度も繰り返され、解釈という知的行為がそのコード化された枠組みに左右されているのだということがこのテクストでは強調されているかのように思われる。

さてその間文章的、間テクスト的で解釈論的な面白さのほかにもう一つ読者論的な特徴もこのテクストは備えている。一人称の語り手である作家は文中での読者の代理人、というか投影である事は確かなのだが、園村がそれを解明するまで、読者が語り手同様事態を理解出来ずにいるのは、そのために必要な情報を作者が語り手に語らせないからなのである。ここで谷崎が利用しているのは一人称小説の一つの特徴である、〝書いている語り手〟と〝書かれている語り手〟の距離で、その距離の操作は、〝書いている語り手〟はその話の結論をむろん知りながらも〝書かれている語り手〟に成り済まして知らないように書いている、という物語論的な構造に基づいている。

ワトソンやヘイスティングスにももちろん見られるこの一人称の語り手の分裂は、物語上の隙間、とでも言うべきものを形成するのだが、その隙間は物語の構成から言えば、さまざまな可能性を意味する。谷崎がそのような物語り上の隙間を探索しないわけはなく、その端的な例が一九二一年に書かれた『私』ではないかと思われる。谷崎は前にも挙げた『春寒』でこの『私』について誰に読まれても恥ずかしくない作品だと相当の自負を表しており、このようにそのプロットを自分でまとめている。

犯罪者自身が一人称でシラを切つて話し始めて、最後に至つて自分が犯人である事を明かにする。

これは周知の通りアガサ・クリスティーの『アクロイド殺人事件』と同じ発想だが、よく指摘されているように谷崎は『アクロイド殺人事件』が発表される一九二六年よりも五年前に既にこのような一人称トリックとでもいうべきものを使っている。ただ、いささか冷たい見方をすればトリックを除けばたいして何も残らない作品であるとも言えるので、一人称の可能性の探索の上での一つのステップと考えた方が良いのではなかろうか。

と言うのも、此処でその最も大きい距離を置いて一人称ギャップの効果を発揮し、それがどのような小説的可能性を開くかを経験した作家が、その後その経験を活かしたと考えた場合、つまり『私』が習作だと考えた場合、その後のさまざまな作品と結び付ける事が出来ると思えるからだ。重要なのは、同じような〝一人称の語り手が実は犯人〟という方法は一回きりしか使えないものである故、そこから得た教訓をほかの一人称語りのテクストで活かすとしたら、一人称ギャップを使って読者をある意味で騙す、という方法に行き着くのではなかろうか。そこで一つ仮定としてたてたいのがその教訓がたとえば『痴人の愛』（一九二四〜二五年）に活かされているのではないかというものだ。一種のピグマリオン伝説の現代版である『痴人の愛』は一人称で譲治という人物によって語られている。そしてその彼が愛しているナオミという女性が実は浮気を重ねている事が発覚することによって話はまたこじれるのだが、その浮気が発覚するという事自体、話の流れに沿ってその浮気があった時期にそれは語られずに、後から、つまりそれがばれた時に語られるという事を意味している。事後譚、後から過去を振り返って書かれている話、という触れ込みの記録を〝書いている語り手（書き手）〟はもちろん知っている事を〝書かれている語り手〟はその時には知らなかったという口実のもと、lying through omission、語らない事で嘘をつく、騙す、という事をやり遂げ、それはまさに『私』の語り手がその語りの途中で自分の罪を話の時間の流れの中で起きている時に語らずにいる、というプロセスの応用なのだとも考えられるのではないだろうか。事後譚としてある事象が語られる場合、不在のナラティヴが実は存在していたのだと読者は遅ればせながら気づかされる、といった構造をこのテクストは呈しているのだが、それは一人称語りが内包するギャップの物語的可能性に基づいており、それは例えば『私』で既に谷崎がまさに意識的に応用していたものなのである。

ミステリー小説から谷崎が学んだものが如何にその不在のナラティヴの効力を発揮させるかであり、その効力を最大限活かすために一人称語りが最適の話法だという認識をそのようにして得たとしたら、その後の創作、一見ミステリーものでない作品にもそのような手法が活かされているとも考えられる。例えば『春琴抄』での春琴の失明と大火傷にまつわる記述も、不在のナラティヴの存在を示すことによって成立しているし、『夢の浮橋』における母の死の記述も不在のナラティヴがあるのかないのか、といった疑問に基づいている。

このようにして谷崎文学に於ける超ジャンル性はテーマの問題ではなく、あるジャンルにて発揮される語りの可能性を文学モデルとしてほかのジャンルへ移行させ、そこで応用することによって成り立っている、と言えるのではないだろうか。

推理小説が作者と読者の駆け引き、両者の間のゲームに基づいていることは以前から多くの作家、または研究者に指摘されている。チェスタートンなども一九二五年の *How to Write a Detective Story* ですでにそれを当たり前の事のように言っている。『饒舌録』で「自分が創作するにしても他人のものを読むにしても、うそのことでないと面白くない」と書いていることが示すように、書く事と読む事の循環関係にこだわっていた谷崎が、だからこそ推理小説、ミステリー小説に興味を持った事は十分考えられるのではないだろうか。では何故厳密な意味での探偵小説を書かなかったのか。それはさまざまな理由がもちろん考えられるが、「卑怯」な落ちが付いたものを読むのは忌ま忌ましいと谷崎が『春寒』に書いている事を考慮すると、プロット、トリックが奇抜なものは単に表面的な技巧に過ぎず、文章のより深層でのトリック、つまり語りのトリック、もしくは解釈のトリックの方に興味が向いていたからでないか、と思われる。そしてその解釈のトリック、語りのトリックは、読者とのゲームの上で卑怯な小細工、言うなればルール違反、ではない、と看做していたのではなかろうか。探偵小説の面白さの一部は確かにその技巧にあるにもかかわらず、谷崎は読者との間に「読む」というより真剣で真摯なゲームを展開させることを望み、だからこそ狭義での探偵小説を批判せざるを得なかったのかもしれない。

注

（1）『春寒』には千葉俊二が『潤一郎ラビリンスⅧ　犯罪小説集』（中公文庫、一九九八年）の解説で言及しており、また渡辺直己も『谷崎潤一郎犯罪小説集』（集英社文庫、二〇〇七年）の解説で触れている。

（2）この一節は所謂「小説の筋論争」への谷崎の参戦を期していることで有名である。

（3）『潤一郎ラビリンスⅧ　犯罪小説集』解説（中公文庫、一九九八年）二八三―二八四頁参照。

（4）全知の語り手が何かを語らないことによって不在のナラティヴを生みだすことは、つまり全知の語り手が実は全知ではないといった矛盾した状況を作り出し、それは語りのルール違反を意味する。

（5）因に、そのジャンル性の認識上重要なチェスタートンの *A Defense of Detective Stories* は一九〇一年に発表されているものの、同じチェスタートンの *How to write a Detective Story* は一九二五年、*On Detective Novels* は一九二八年に発表され、江戸川乱歩のデビューは一九二三年ということになっている。

「お伽噺」としての谷崎文学
――「オリエンタリズム」批判再考

清水良典

しみず・よしのり――愛知淑徳大学教授。文芸評論家。主な著書に、『あらゆる小説は模倣である。』（幻冬舎新書、二〇一二年）、『増補版　村上春樹はくせになる』（朝日文庫、二〇一六年）、『デビュー小説論』（講談社、二〇一六年）などがある。

大正中期の谷崎のいわゆる「支那趣味」については、浅薄な「オリエンタリズム」が批判されて久しいが、そこには現実にあえて目を閉じ美しい夢の世界を守護しようとした谷崎文学の本質的な世界観が胚胎していた。関西移住後の円熟期の作品の萌芽となる要素が、すでに「支那趣味」の作品群には散見される。

一

大正七年（一九一八）から翌年にかけての谷崎潤一郎の軌跡に、目下のところ興味が集中している。この時期に谷崎文学の大きな成長の節目があると思えるからである。

一九二三年の関東大震災をきっかけに関西に移住し、さらに二七年に根津松子と出会ったのちに谷崎文学が一気に成熟を遂げていったことは衆目の一致するところだが、のちに確立されたものの多くが、じつはこの時期にすでに胚胎していたと考えられる。

ざっと眺めてみると一九一〇年代後半の谷崎は、西洋崇拝と中国への関心が並行したエキゾチシズムの渦中にあった。そこから生まれた作品には佳作もあるが、いかに谷崎ファンといえども、その幼稚さや浅薄さに閉口してしまうような例が少なくない。

悪しき例としてその端緒を開いた作品が、三十歳のときに書かれた「独探」（一九一五年）である。

「独探」は、外国語の会話能力の欠如を思い知らされながらも止みがたい西洋への憧憬を満たそうとする「私」が、イタリア系オーストリア人の好色な放浪者「G氏」に振りまわされた記録である。中村光夫の『谷崎潤一郎論』(河出書房、一九五二年)以来、谷崎の西洋理解の皮相さを象徴する作品として、たびたび批判の対象になってきた。

その冒頭に次のような述懐がある。

《私は自分の周囲に対して激しいContemptを感ずるやうになつた。同時にわれ〳〵よりも遥かに偉大な芸術を有して居る「西洋」その者を、もつと親しく観察しなければならない、其処に自分の憧れて居る「美」の対象を求めなければならないと云ふ事を考へ出した。私は俄然として、激しい西洋崇拝熱に襲はれ始めた。》

このような「西洋」に対するイリュージョンを中村は、「潤一郎がその資質の必然から西洋文明について心をひかれたものは風俗をも含めた『物質文明の状態』でしかなく、実際は「植民地性」に他ならなかったと看破した。[1] のちの「東京を思ふ」(一九二四年)において二度の訪中体験を回想し、「天津や上海の整然たる街衢、清潔なペーヴメント、美しい洋館の家並みを眼にしては、欧羅巴の地を踏んでゐるやうな嬉しさを味はつた」と告白した谷崎の文章を引いて、中村は「彼にとってヨーロッパの文化とは、それを生んだ自然とも、またそこから培われた思考とも切りはなされた外面的な形態のみであり、植民地とはまさしくこうした文化の外形が、純粋な人工として、異なった気候風土のもとに移植されたものです」と指摘する。[2] エドワード・サイードの *Orientalism* (Pantheon Books, 1978) の刊行以後、にわかに拡大したポストコロニアリズムの言説[3]よりずっと以前に、その植民地性の本質を看破した卓見というよりない。

谷崎が朝鮮中国を旅した一九一八年は、植民地政策を推進する列強に伍して日本も参戦した第一次世界大戦のさなかであった。大戦勃発からまもなく日英同盟の要請によって日本はドイツに宣戦布告し、ドイツが権益を有して居た山東省と南洋諸島を攻略した。そして中国に「二十一カ条要求」を突きつけた結果、中国内では猛烈な反日運動が巻きおこっていた。ヨーロッパから遠い東アジアまでが大国の激しい権益争いの舞台となっていた同時代の国際情勢を鑑みれば、上記のような谷崎の異国趣味は政治にあまりに無関心な――その結果として権力的立場に無意識に依拠した――皮相なオリエンタリズムといわざるをえないかもしれない。

しかし中村による谷崎の「西洋」観批判は、たんに皮相な植民地性を指摘したのに留まらなかった。「三十にもなって、西洋の『芸術』にこれほど子供っぽい讃辞を本気で書ける」

谷崎の幼稚さが、彼の本質的な「子供の心」から発していることを、中村は見抜いたのだ。その上で「青春」をも「恋愛」をも裏切ってしまう「子供の心」を終生鮮やかに温存しつづけた特異性を、谷崎文学の一種奇形的な本質として見出したのが彼の『谷崎潤一郎論』である。

中村のいう「子供の心」は、じっさい次のような一九一八年の朝鮮中国訪問直後の紀行文にもはっきりと表れている。

《港に着いて、町の後ろに聳えて居る丘の上を、真白な服を着た朝鮮人が鮮かな秋の朝の日光にくつきりと照らし出されながら、腰を屈めつゝ悠々と歩いて行く姿を見た時には、一と晩のうちに自分は幼い子供になつて、フエアリー、ランドへ連れて来られたのではないかと云ふやうな心地がした。》(朝鮮雑感)

中国旅行を回想した「蘇州紀行」(一九一九年)でも、画舫に乗船して眺めている運河の光景に、次のような記述が現れる。

《此方から眺めると、林のあるあたりがいかにも清い美しい仙境のやうに感ぜられる。お伽噺のお爺さんやお媼さんの住んでゐる村は、きつとあゝいふ所にあるのではないか知らん。さうして、桃太郎の桃の流れて来る川は、大方こんな川だつたらうなどと思ふ。》

これら「フエアリー、ランド」(4)「仙境」「お伽噺」という語が、谷崎の「子供の心」が憧れつづけた理想郷を意味するものであったことはいうまでもない。

こうしてみると谷崎の異国趣味が、植民地性を宿した蒙昧なオリエンタリズムから一歩も出ないこと、またその感動の本質が幼児性への回帰に他ならないことは、否定しがたい事実であるといわざるをえない。

その批判的観点は、まったく正しい。しかし――、と私は考える。そのような正しい〝常識〟を以て批判することは、もともと谷崎文学とは根源的に相いれないのではないだろうか。

二

谷崎の三年後に、後輩の芥川龍之介が大阪毎日新聞海外視察員として中国旅行に出かけた。谷崎だけでなく佐藤春夫からも彼は「支那趣味」の薫陶を受けていた。谷崎とはちょうど逆に、上海上陸から始まり、北京、朝鮮を経て帰国するルートだったが、上海到着後に乾性肋膜炎を患い約三週間、入院治療を余儀なくされた。ようやく外を歩ける体になって訪れた上海の観光地「湖心亭」で、芥川は一人の中国人が池に悠々と小便する姿に衝撃を受ける。

《そう云へば成程空気の中にも、重苦しい尿臭が漂つている。この尿臭を感ずるが早いか、魔術は忽ちに破れてしまつた。湖心亭は畢《つい》に湖心亭であり、小便は畢に小便である、私は靴を爪立てながら、匆々四十起氏の跡を追つた。出たらめな詠歎などに耽るものじやない。》（「上海游記」一九二一年）

のちに刊行された『支那游記』（改造社、一九二五年）に収録されたこの「上海游記」は、帰途の船上の甲板で、煙草を探したポケットから零れ落ちた白蘭花《パレイホウ》――芝居のパンフレットに挟まり、今は香りもなくなり褐色に変じていた――を、「手軽な感傷癖に、堕し兼ねない危険を感じながら」床に投げ捨てるところで終わっている。「魔術」も「詠歎」も「感傷」も、彼のなかで白蘭花のように萎れてしまった。芥川は憧れていた中国の現実の不潔さや猥雑さにすっかり幻滅して帰国するのである。

中国体験におけるこの両者の対照、すなわち谷崎のロマンティシズムと芥川のリアリズムを比較して、川本三郎は『大正幻影』（新潮社、一九九〇年）のなかで次のように論じている。

《〃谷崎も佐藤も中国がさも文学的ユートピアのように書いているが、現実にいってみたら中国なんて、美しい場所であるべき池に平気で小便をするような人間のいる、つまらない場所ではないか〃。芥川龍之介の「支那游記」はこの冷ややかな批判精神がモチーフになっている。だから芥川龍之介は実にしばしばそのなかで谷崎潤一郎を引き合いに出している。（中略）しかし芥川龍之介と違って谷崎潤一郎は「明晰」であることをむしろ恥じた。汚ないものを汚ないということは誰にもできる。汚ない現実を見ながら、それにあえてそっぽを向き、錬金術師のように、汚れを美しさに変えてしまう。それが作家だと谷崎潤一郎は思った。[5]》

川本がこのように谷崎を弁護するのは、本書が明治の富国強兵政策と昭和の軍国主義化のはざまの大正時代に、少数の文学者たちによって密やかに築かれた人工の夢想世界への、ほろ苦い郷愁を描くためである。同時代の政治的現実へのデタッチメントから出発した初期の村上春樹に川本が示した共感と同質のシンパシーが、本書では谷崎に重ねられているといってもいい。いわば『大正幻影』は、大正時代の現実からドロップアウトしたアウトサイダーたちへの讃歌なのである。

その川本の文脈とは別に、「汚ない現実を見ながら、それにあえてそっぽを向き、錬金術師のように、汚れを美しさに変えてしまう」谷崎像が、オリエンタリズムと幼児性への批判から、われわれに本来の谷崎を取り戻させてくれることも事実である。

リアリズムや批判精神の「明晰」にあえて目をつぶり、空想のなかに築かれた美という「お伽噺」を守り抜くこと――。まさにこのモチーフは、のちの『春琴抄』(創元社、一九三三年)にも通底する谷崎の作家人生の真骨頂というべき思想ではないか。だとすれば、谷崎がこの時期の幼児性から徐々に脱却を果たしていって、然るのちに輝かしい成熟が到来したとわれわれは考えるべきではない。むしろ断固たる、異様なまでの「お伽噺」への志向にこそ、一貫した谷崎文学の本質があったのだ。

帰国して翌年の四月に発表されたエッセイ「早春雑感」は、次のように宣言している。

《所謂ロマンテイシズムの作家とは、空想の世界の可能を信じ、それを現実の世界の上に置かうとする人々を云ふのではなからうか。芸術家の直観は、現象の世界を躍り超えて其の向う側にある永遠の世界を見る。プラトン的観念に合致する。――かう云ふ信仰に生きて行かうとするのが、真の浪漫主義者ではないだらうか。》

ここでの「空想」は、「お伽話」と同義である。「オリエンタリズム」の旅は、谷崎の固い信念をむしろ生涯の指針となるべく醸成したのである。

三

しかし、いかにもかよわく脆弱な「お伽噺」を守るには、狡知にたけた秘策が必要である。谷崎の成長とは、その秘策の極限までの開発に他ならなかった。その開発の契機となった痕跡が、帰国後の一九一九年のさまざまな作品に見出せる。

たとえば「天鵞絨の夢」は、この時期の異国趣味がもたらした失敗作の代表というべき作品だが、その最後に次のような叙述がある。温秀卿の別荘に囚われの身となったユダヤ人のヴァイオリン奏者の娘が、窓から眺めた湖の夜景に、彼女が恋焦がれていた美少女(嫦娥)の死骸が漂っているのを目撃し、その美しさに恍惚となる場面である。

《……或は二時間も立つた後でしたらう。が、消え失せてしまつてからも、私は長い間窓際に頬杖を衝いたまゝ、身動きもせずに湖の面を視詰めて居ました。たとへば非常に美しい音楽を聴いた後のやうに、私の胸には恍惚たる快感がいつまでもいつまでも余韻を引いてふるへて居るのでした。私の心はあの輝ける屍骸より外に何物をも考へることは出来ませんでした。》

死体を目撃したにもかかわらず「恍惚たる快感」を覚え

るなど狂気の沙汰だが、少なくともこの「美しい音楽」のイマージュと一体となった「快感」は、次のように、『痴人の愛』（改造社、一九二五年）の終盤でリフレインされている。離別を決心し追い出したはずのナオミが荷物を取りに家へやってきて、二階の階段から降りてくるのを待つあいだ、にわかに恍惚が彼を襲い、全てを忘れて彼女に拝跪する結果となる重要な場面である。

《私の胸にはたゞ今夜のナオミの姿が、或る美しい音楽を聴いた後のやうに、恍惚とした快感となつて尾を曳いてゐるだけでした。その音楽は非常に高い、非常に浄らかな、此の世の外の聖なる境から響いて来るやうなソプラノの唄です。もうさうなると情慾もなく恋愛もありません。……私の心に感じたものは、さう云ふものとは凡そ最も縁の遠い漂渺とした陶酔でした。私は幾度も考へて見ましたが、今夜のナオミは、あの汚らはしい淫婦のナオミ、多くの男にヒドイ仇名を附けられてゐる売春婦にも等しいナオミとは、全く両立し難いところの、そして私のやうな男はたゞその前に跪き、崇拝するより以上のことは出来ないところの、貴い憧れの的でした。》

ほとんど同じような描写であるにもかかわらず、また敬体による一人称の語りも共通しているにもかかわらず、「天鵞絨の夢」では陳腐で荒唐無稽な「お伽噺」でしかなかった「快感」が、「痴人の愛」では何度も裏切られたナオミを許す譲治の尋常ならざる精神状態をみごとに説明してしまっている不思議をどう説明すればいいだろうか。

それはナオミと暮らす大森の家を「お伽噺の家」と名付けて始まるこの物語が、狡猾なナオミとの紆余曲折の格闘の末に「汚らしい淫婦」の現実を散々に譲治へ突きつけるからであり、そのよんどころない現実との落差が広がれば広がるほど、譲治の「お伽噺」を希求する異形の情熱が否応なく聳え立つというドラマツゥルギーが雄弁に作用するからである。より逞しく「汚い現実を見ながら、それにあえてそっぽを向き、錬金術師のように、汚れを美しさに変えてしまう」谷崎が、ここにいる。

さらに「秦淮の夜」には、のちの絶頂期の谷崎の美学を形成した「陰翳」と「闇」の発見が見出せる。南京の夜更けに「支那料理」と女を求めて、案内人と二台の俥で暗い路地をさまよった「私」は、美しい女と出会う。

《鈍いランプの光線の中に浮かんだ顔は、むつちりと円く肥えて居て輝やかしいまでに色が白い。》

「巧」と名乗る美女は、だがあまりに高額を要求するので「私」は別の店を当たることにする。そして深夜の南京の路地の奥に「私」は案内される。

《我々の後で再びガサリと板戸の締まる音がしたので、振り返つて見ると、目の前にはたゞ暗黒があるばかりである。今潜つて来た筈の門のありかも分らなければ、中から戸を明けてくれた筈の人影すらも見当らない。外には兎に角柳だの古池だのがあつたのに、内部には暗黒より外に何等の物象も無いのである。（中略）板戸の蔭から、背中に弱いランプの明りを浴びながら、黒い人間の影が蝙蝠の如くふらふらと此方へ近づいて来る様子である。》

この作品に先立って「美食倶楽部」が発表されている。そこには照明を消した真っ暗闇の中、女が近づいてきて口中へ指を入れる「料理」の場面が描かれていた。また「母を恋ふる記」で「漂渺たる月の光」の下をさまよう「私」が見つける母の白い顔は、なんと秦淮の路地奥の女と見え方が似ていることだろう。秦淮での「陰翳」と「闇」の経験が、谷崎の感受性にどれだけ深く刻印されたかが窺われる。(6) その「闇」という秘策が谷崎の「お伽話」を包みこみ、のちの『蓼喰う虫』（改造社、一九二九年）のお久をはじめ、「盲目物語」「春琴抄」「陰翳礼讃」で最高度に発揮されていったことは誰しも認めざるを得ないだろう。

しかもこの秦淮の闇は、当時の国民党の首都を揺るがしていた「革命騒ぎ」によって市街に溢れている「兵隊」を、周到に遠ざけているのである。案内人は「芸者達は兵隊の来ないやうな、暗い淋しい何処かの路次の方へ逃げ込んでしまひました」と「私」に説明する。谷崎は決して当時の中国の政治的情勢に無関心でも無知蒙昧だったのでもない。たやすく現実に脅かされる「お伽噺」の美を、「路次」の「闇」の奥へ避難させることによって保護したのである。

四

朝鮮中国からの帰国後、谷崎の異国趣味がかくも盛んに発露した一九一九年に「富美子の足」が書かれたことは、前年に異色の傑作「小さな王国」が唐突に書かれたことと同じくらいの驚異である。

日本橋の質屋の隠居が妾の富美子と七里ヶ浜の別荘で没頭する活人画遊びは、支那趣味から遠い江戸趣味を感じさせるが、これが美学生の「僕」による「谷崎先生」への手紙の体裁をとることによって、モダニズムに〝翻訳〟されていく。すなわち「僕」は隠居から「油絵の方が何となく日本画よりは本当らしく見えるから」という理由で「出来るだけ彼女の姿を生き写しにしてくれろ」という頼みを受ける。そして「僕」自身も「異性の足を渇仰する拝物教徒、――Foot-Fetichistの名を以て呼ばるべき人々が、僕以外にも無数にあると云ふ事実を、つい近頃になつて或る書物から学んだ」のであり、「洒落な江戸児を以て任ずる隠居の胸に、さう云ふ近代的な病的な神経が宿つて居る事は、それ自身が一つの時代錯誤でした」と述懐するのである。

谷崎において「饒太郎」（一九一四年）以来のマゾヒズムやフット・フェティシズムの知的自覚は、ルソーやボードレールにも通じる「近代的な病的な神経」というデカダンスを媒介としたモダニズムの契機に他ならなかった。「洒落な江戸児を以て任ずる隠居」のフット・フェティシズムを「時代錯誤」と「僕」が評するのは、それゆえである。前近代のはずの隠居は、いわばモダニズムの快楽に一気に追いつこうとして「僕」の助けを借りるのである。

蠱惑的な足先を露わにした富美子の姿を、より明瞭に「生き写しに」しようとする隠居は、「六十燭の青い電球と、其の上に瓦斯燈まで点して、眼がチカチカと痛くなるほど室内を明るくしてくれ」る。そのような光線の下の明視と「生き写し」への志向が、人工の光の時代である近代の欲望の申し子であることはいうまでもない。さらにそれが油絵に留まらず、やがては写真へ、さらには映画へと導かれていくことは自明だった。谷崎が日本で初めて純粋な映画芸術を探求しようとした大正活映の脚本部顧問となり、映画製作に夢中になるのは一九二〇年からであり、「富美子の足」にはその直前の活人画への欲望が描かれているともいえる。

しかしながら同時に、この作品ではそれに逆行した「時代錯誤」が描かれている。つまり「僕自身の趣味は孰方かと云ふとエキゾティツクな女の方を好く」のに、彼が心をときめかすのは、「暗い中にぢつと据わつて居るお富美さんの瓜実顔と、ぎゆつと肩がもげるくらゐに、思ひ切つて抜き衣紋にした襟足とが、其のほんのりした反射を受けて生白く匂つて居る光景」なのである。この光景は、先ほど論じた「秦淮の夜」の女の姿とともに、「蓼喰ふ虫」の薄暗がりに浮かびあがる人形のようなお久の姿を先取りしている。一見江戸趣味のような趣向を光あふれるモダニズムによってアレンジしながら、同時にそれを逆転する「陰翳」の美が描かれているのだ。

西洋的なエネルギッシュな享楽主義への憧れと、日本的な渋みと深みを帯びた落ち着いた風情への回帰に引き裂かれた「友田と松永の話」が発表された一九二六年よりずっと前に、ここには密やかに両者が同居しているのである。

あまつさえ「先生」から始まる作家への手紙の告白は、

『卍』（改造社、一九三一年）の語りの形式を先取りしているのみならず、富美子の足に踏まれたまま「私が死ぬまで足を載つけて居ておくれ。私はお前の足に踏まれながら死ぬ」と臨終の間際に呟く隠居の姿は、あたかも四十年以上ものちの『瘋癲老人日記』（中央公論社、一九六二年）の下書きのようだ。

谷崎の大正時代中期を、浅薄なエキゾチシズムにとり憑かれた残念な時代――成長の前段階の未だ幼稚な時代――と見做す怯懦なる習慣から、われわれはそろそろ目覚めなければならない。谷崎はこの時期に、すでに立派に「タニザキ」だったのであり、一九一八年の朝鮮中国旅行から摂取したものが、すでにあの「大谷崎」を形成しつつあったのである。

注

（1）中村光夫『谷崎潤一郎論』（講談社学芸文庫、二〇一五年）一四四頁。
（2）前掲書、一四三頁。
（3）西原大輔『谷崎潤一郎とオリエンタリズム――大正日本の中国幻想』（中公叢書、二〇〇三年）は、サイードの『オリエンタリズム』援用して、大正期の「支那趣味」と谷崎の二度の中国旅行を詳細に分析している。
（4）「フェアリーランド」の表現は、一九一七年から親しくなった佐藤春夫が「田園の憂鬱」（「中外」一九一八年、に掲載）で、谷崎に先だって用いていた。
（5）川本三郎「大正幻影」（新潮社、一九九〇年）一四三―一四四頁。
（6）「秦淮の夜」における「闇」の発見については、一九九五年七月二十三日に芦屋市の谷崎潤一郎記念館で催された記念すべき第一回谷崎潤一郎研究会における、たつみ都志による研究発表「中国ものに見る大正期の美意識――『秦淮の夜』を中心に」から大きな示唆を受けた。謝して明記する。

陰翳礼讃の端緒としての「西湖の月」

山口政幸

やまぐち・まさゆき――専修大学。専門は日本近代文学。主な著書・論文に『日本の作家100人 人と文学 谷崎潤一郎』（勉誠出版、二〇〇四年）、「秋田に行く今西栄太郎――『砂の器』における取材」『日本文学の空間と時間 風土からのアプローチ』（勉誠出版、二〇一五年）などがある。

谷崎潤一郎の中国への旅は、大正七年と十五年の二回行われた。西原大輔の論考以来、第二回目の文人との交流により、谷崎の作品からそのオリエンタリズムの要素が消失するという指摘がなされて久しいが、それでは第一回目の中国体験を表した作品にはオリエンタリズム以外の要素は無いのか。

一、日本人旅行者たち

近代日本の文化人にとって、近代以降の中国大陸を実際に見て回るということは、その圧倒する歴史的先進性と、近代化における政治的あるいは文化・産業的な後進性の双方を、行く先々で自分の内なる部分に引き受けなければならないという揺れ動く体験を積み重ねていくことを意味していた。

ここでは谷崎潤一郎の第一回目の中国旅行を中心に、同じ民国期の初期に中国大陸をツーリストとして旅した徳富蘇峰と芥川龍之介を視野に入れ、特にその特異な歴史的地域としての「西湖」を取り上げて、彼らの言説に注目しながら、谷崎の「西湖の月」の基盤となった独自性について考えたい。

二、第一回目の中国旅行と言語の不通

一九一八年（大正七）十月から十二月にかけて、三十二才の谷崎潤一郎は朝鮮半島を北上し、中国大陸を南下して東行するという長い旅行へと出かけた。帰国直後に発表された「支那旅行」という文章に具体的なその旅程が書かれている。

僕の支那旅行はマル二ケ月で、十月の九日に東京を出発した。途中の行程は、朝鮮から満洲を経て北京へ出、北京から汽車で漢口へ来て、漢口から楊子《ママ》江を下り、九江へ寄つてそれから廬山へ登り、又九江へ戻つて、此度は南京から蘇州、蘇州から上海へ行き、上海から杭州へ行つて再び上海へ立戻り、日本へ帰つて来た様な順序である。

このほかに、この第一回目の中国旅行によって書かれたものとして、「蘇州紀行」、「朝鮮雑感」、「廬山日記」といった紀行文、「支那劇を観る記」、「支那の料理」、「支那趣味と云ふこと」、「奉天時代の杢太郎氏」などのエッセー、また小説の創作としては「秦淮の夜」、「西湖の月」、「或る漂白者の俤」、「天鵞絨の夢」、「鮫人」、「鶴唳」などがあり、戯曲では「蘇東坡」がある。

この長途の旅に比べて、第二回目の中国旅行は一九二六年（大正十五）の一月から二月までの短いもので、場所も上海に限定されたものだった。ここでは、第一回目に彼が会いたいと願っていた現地の中国人文学者との交流が可能となり、若き日の田漢、郭沫若、欧陽予倩から熱烈な歓迎を受けたことが「上海見聞録」や「上海交友記」に記されている。

谷崎の第一回目の中国旅行の前年に、明治期の著名なジャーナリストである徳富蘇峰がほぼ同じコースをたどっていたのを、西原大輔が『谷崎潤一郎とオリエンタリズム』（中央公論新社、二〇〇三年）の中で指摘している。蘇峰はこのとき五十四才。蘇峰にとって、中国への旅は、初めてのことではなく、すでに一九〇六年（明治三十九）五月から八月にかけて朝鮮と中国大陸をめぐり、『七十八日遊記』（民友社、明治三十九年十一月）という見聞記も記していた。

蘇峰の二回目の中国旅行は、一九一七年（大正六）の九月から十二月にかけてで、谷崎と同じく朝鮮半島を北上、満洲方面から北京を経て南へと中国大陸を南下しつつ、揚子江をさかのぼり、上海へと至るコースをたどっている。谷崎の初めての海外渡航も、ほぼこれを踏襲した形で行われたと言ってよい。蘇峰の著した『支那漫遊記』（民友社、大正七年六月）を谷崎が参考にしていたのは「蘇州紀行」の記述などからも明らかだが、その『支那漫遊記』の中で、現代の「支那漫遊客の最も愉快の一」として、蘇峰が次のような事柄を挙げていたのが注目されよう。

> 今日に於て、支那漫遊客の最も愉快の一は、自から支那語を解せざるも、殆んど何等の不自由なきこと是也。固より解すれば、解する丈の便宜あるは、云ふ迄もなし。但だ解せざるも、余りに大なる差支を見出さざる也。其

の理由は、支那にある日本人中に、支那語を解する者多きが如く、支那人中に、日本語を解する者少からざれば也。重なる官衙、重なる官吏は勿論、苟も吾人の訪問に値ひする程の人ならば、必らず其の身辺に、一名乃至数名の、日本語に堪能なる支那人なきはなし。僻遠の地方に於てさへも、日本語の片言位は、自から語り得る留学生上りの官吏、決して少しとせざる也。

いわば、広大な中国大陸の主要でない地域においてさえ、日本語が通じ得る環境が整えられてきたということを蘇峰は告げているのだが、その要因については、同文書院の存在と日清戦後における中国側の留学生の派遣増加のためだとしている。これは、十一年ぶりに大陸旅行をした際の蘇峰の偽らざる感慨だったのだろう。ところが、今は、その基盤となった海外への留学ももはや米国を目指し、日支間の会話にも徐々に「英語」が使われるようなケースが増えてきた。それは、日本語をなおざりにしているというより、日本という国自体を閑却しつつあるためだと、蘇峰は憂えていくのである。

では一年後の谷崎を取り巻く、日本語の環境はどうだったか。たとえば、「蘇州紀行」の中では、中国人を怒鳴りつける日本人の宿屋の女将とその息子が登場するが、彼女の息子自慢は、その苦力さえも屈服させるという腕力とともに、「支那語の上手なことゝ云つたら、支那人と間違へられるくらゐで」というその中国語を自在に操る能力のゆえであった。蘇峰の言うところとは逆の事例に当たるかもしれないが、中国国内における日本語環境が整い、それによって旅行者に便宜がはかられるという点から見れば、蘇峰の言っていることとも一致するだろう。が、そうした通訳を、何の伝手もない旅行者が金銭であがなわなければならない場合、かえって少なからぬ不満を抱くようなケースも起こり得るということを、谷崎は「蘇州紀行」の中で大いに語っていた。大小の運河が四通する蘇州をひどく気に入った谷崎だが、「案内者」の怠慢極まる説明不足には大いに腹を立てずにはいられなかったのである。

川の景色を独りで心置きなく味ふ為めには、其の女将さへ余計な邪魔者であるやうな気がした。実際支那語が少しでも出来れば案内者の必要なんか全くない。案内者を頼みにして居るといつも名所や風景を見落してしまふ。昨日も西園の戒幢寺へ案内しながら、俗悪な金ピカの五百羅漢のお堂の中を馬鹿丁寧に見せて歩いて、其のお堂の直ぐ傍に純支那式の林泉があつたのを、教へもせずに通り過ぎてしまつたのはあの番頭である。それはかりか、虎丘へ行つた時にも有名な古真嬢の墓のありかをさへ注意してはくれなかつた。

実際中国語に通じてさえいれば「案内者の必要なんか全くない」はずなのだが、そのつど「案内者を頼みにして」いかざるを得ないのが、第一回目の谷崎の中国旅行の常態だった。つまり、彼の中国人との言語的コミュニケーションはおよそ不通状態であったと考えられる。千葉俊二の言うように「言葉が通じない不便をいやというほど実感した」(『谷崎潤一郎上海交友記』みすず書房、二〇〇四年)のが、この最初の大陸行きだった。「蘇州紀行」に登場するこの傲慢な現地日本人女将や、「秦淮の夜」に出てくるひどく日本語の達者な中国人「案内者」の存在は、二ヶ月に及ぶ長い旅程の間、谷崎が置かれた言語的孤立と、金銭の報酬による翻訳環境の場当たり的な様相をよく物語っている。先に紹介した「上海見聞録」や「上海交友記」における谷崎の心から安心し打ち解けた様子は、無論中国人文学者や文化人の温かな歓迎が彼にもたらした心的結果であるに違いないが、深層にあったのは、その言語的不通による苦痛からの解放であったと考えられる。しかし、それは言うまでもなく、自らの言語状況の変化からではなく、相手の側の日本語能力に全面的に依存した結果でもあった。これは、のちに述べる芥川龍之介の場合もまったく同様である。

三、芥川の中国旅行

「蘇州紀行」に続けて書かれた「秦淮の夜」では、この言語状況の不通の中にあって、買春を行うという日本人観光客である「私」の姿が生々しく描かれている。秦淮というかつての明時代の遊興文化の中心地にあって、「私」は中国人の「案内者」に引き回されるようにして車に乗り、その漆黒の闇に包まれた路地をさまようように行き来する。この親切すぎる「案内者」が、なぜこれほどまでに客に誠意を見せるのか、金銭目的以外に何かあるのかは、最後まで語られることはない。佐藤春夫との交流を匂わせるなど、「私」という意図的に谷崎本人に近づけられた主人公が出会うのは、薄汚れた不気味な狭苦しい娼婦の部屋という空間と、自らの欲望の対象となるはずの異国の女たちのむき出しの姿態である。これは話としては単に買春の行為を描いているのにすぎないものだが、ここに描かれている闇の深さとそこにかすかに灯された明かりの存在を、「私」の置かれている言語状況の孤立と「案内者」による覚束ないながらの母語(日本語)によるコミュニケーションと置き換えて読んでみた場合、作家が自己の不如意な旅行体験を、いかに闇の象徴する空間へと転化させてみせるかを表す好個の例とも読み得るのではないだろうか。芥川龍之介がこの「秦淮の夜」に触発されて「南京の基督」を書いたのはよく知られているが、そこには「秦淮の夜」の膠《にかわ》のような闇の深さはなく、「昔の西洋の伝説」にあるとされる奇跡話を、南京の幼い娼婦の上に単にもたらしたという以上のものとは読み得ないのである。

しかし、谷崎の中国旅行から約二年後に、ちょうど谷崎とは逆のコースをたどりながら中国本土に足を下ろす芥川にも、闇を主題にしたような作品が書かれることになる。四年もの歳月を経てまとめられることになる芥川の『支那游記』(改造社、大正十四年十一月)だが、そのうちにある「江南游記」には、「西湖」との出会いが闇夜を媒介にして、実に美しく語られている。

おそらく偶然の結果だろうが、芥川の「西湖」との最初の出会いも、夜だった。午後七時に杭州の停車場に着いた彼と現地の大阪毎日新聞記者である村田孜郎《し》とは、そのまま人力車に揺られながら宿泊先の新新旅館へと向かうのだが、その行程は思った以上に長く、車上の二人はやがてたまらない空腹に襲われる。「これが城外の町、——この突き当りが西湖ですよ。」と村田から教えられた「私」は往来のはずれを眺めるのだが、すでに闇夜に鎖されている西湖は、「薄白い往来の左に、暗い水面を広げたなり、ひつそりと静まり返つてゐる」だけだ。見え隠れしつつ徐々に近づいてくる西湖の放つ光は、大きな蛍や鬼灯のように見えながら、その青い光に不気味さとロマンチックな気持ちを掻き立てられもする。人家にいったん見えなくなった西湖が再び現れるのは、その時だった。

「此処が日本領事館ですよ。」

村田君の声が聞こえた時、車は急に樹樹の中から、なだらかに坂を下り出した。すると、見る見る我我の前へ、薄明るい水面が現れて来た。西湖! 私は実際この瞬間、如何にも西湖らしい心もちになつた。茫茫と煙つた水の上には、雲の裂けた中空から、幅の狭い月光が流れてゐる。その水を斜に横ぎつたのは、蘇堤か白堤に違ひない。堤の一箇所には三角形に、例の眼鏡橋が盛り上つてゐる。この美しい銀と黒とは、到底日本では見る事が出来ない。私は車の揺れる上に、思はず体をまつ直にした儘、何時までも西湖に見入つてゐた。

この一節は「江南游記」ばかりでなく、おそらく『支那游記』全体を見渡しても、芥川の書いた中国もののうちで、最も素直な感動に溢れた箇所であろう。その「到底日本では見る事の出来ない」美しさを、ふつう求めて旅行者ははるばると大陸の地まで足を運んで来るはずなのだが、芥川の苛烈な

現在の画舫と再建された雷峰塔（著者撮影）

知性は容易にその美しさを認めようとはせず、十のうち八までもが、民国期における堕落したような「支那」の風景を暴き立てる方向へと話を進めていく。

たとえば、彼にとって、昼の西湖はどう映るか。端的に言って「西湖は思つた程美しくはない」ものと断言され、「泥池」と呼ばれていく。そればかりでない。そうした西湖の景観を、さらに破壊しているものへのどうしようもない反発へと導かれていかざるを得ないのが、芥川の中国紀行文の押しなべての性向でもある。

西湖の自然を嘉慶道光《かけいどうこう》の諸詩人のように、「繊細な感じに富み過ぎてゐる」と見た芥川の直観は、おそらく正しいものだろう。したがって、支那の文人墨客の見るのとは違って、繊細な自然に慣れた日本人の眼には再応の適わないものと見なしていく、その判断も狂いのないものと呼んで差支えないだろう。たとえば、北方の奉天とはいえ、長く中国大陸にいたはずの木下杢太郎が西湖を見た際に抱いた、あまりに平凡すぎる反応と比較した場合、芥川の鋭い観察ぶりが一層よくわかるに違いない。その延長線上に彼が糾弾するのは、現在の西湖の美観を著しく損ねている、そこかしこ至るところに建てられている、赤と鼠色の二色で彩られた「俗悪恐るべき煉瓦建」の存在である。これは単に西湖周辺に限ったことでなく、江南一帯にはびこっていてことごとく「風景を破壊してゐる」建造物であると訴える。芥川の姿勢のどこが悪いだろうか。おそらく旅行者というものだけが好き勝手にこうした俗化を厭う姿勢に束の間身を任せることができるのだ。先ほどの谷崎ですら「俗悪な金ピカの五百羅漢のお堂」という言い方をしていたはずだが、俗化を糾弾するのと、俗悪をののしるのとはやや次元を異にすることではないだろうか。芥川は先行して発表されている谷崎の文章を常に念頭に置いていた。彼が現実の俗化された風景に衝撃を受け、「ロマンテイツクにはなれない」と嘆くとき、それがややもすれば増幅された理念であることに無自覚だったとは思えない。が、比類なく鮮やかに動く芥川の『支那游記』の中の眼は、一時も安らうことをしないかのように、その悪しき糾弾の対象物を見つけ出そうと働き続けていくのである。

四、中国文人に描かれた「西湖」と「西湖の月」における「西湖」

こうした眼にとって、昼の西湖がどのように見えるかは、おおよそ予想がつくであろう。もし芥川が初めに昼の西湖を見ていたならば、先に見た夜の西湖のロマンチックな出会いをわざわざ綴って見せることはしなかったとも考えられる。

西湖は名所旧跡の地であると同時に、杭州の一般の民衆にとっては、行楽の地でもある。当時の西湖が休日ともなればどのような賑わいを見せたかについては、蘇峰が丹念に書き留めている。

領事館の下より小舟を艤し、西湖に遊ぶ。此日外套を要せず舟遊尤も佳也。当時湖中の旧行宮に於て、天津水災義捐金募集会の催し最中にて、湖上の舟織るが如く、水仙王も林処士も、将た康熙、乾隆両帝の霊も、定めて驚殺せられつゝあるならむ。予等も舟より上がりて、蝗の如く群がる男女を押し分け、漸く其の余興場、展覧会、販売店等を通り抜け、故行宮の最高所に上り、湖中の鳥瞰的観察をなせり。

天津水害は未確認の事項だが、もしこのイベントがその義捐金のためのものだったのなら、こうした催し自体が、近代化された一つの現象であることに間違いない。無論こうしたやや例外に属するような催し以外にも、各節気ごとに、杭州の民衆は思い思いに西湖を目指し、西湖に船を浮かべて、自分たちの楽しみを満喫した。それが可能であるかは、水深がわずか二メートルほどにすぎない浅すぎるこの湖の自然状態が、どのような状態に置かれているかによって定められたと言ってよい。人による総合的な手入れが周期的になされなければ、元《げん》の時代のようにそれは打ち捨てられたただの大きな水溜りのような存在にすぐに変容してしまうのが、西湖という湖の脆弱さに伴う、魅力なのだ。

こうした繊弱さに引き寄せられでもするのか、大室幹雄の『西湖案内　中国庭園論序説』(岩波書店、一九八五年)を参考にすると、西湖という湖が、単なる時々の観光の域を超えて、代々の文人によって、およそ疲弊するほどまでに、弄り回されてきた巨大な文化財的自然であったことがよくわかる。官吏として堤防まで築いた白楽天や蘇東坡以外にも、『西湖佳話』(康熙年間)などが伝える西湖と武人、文人、僧侶、導師、また谷崎が「西湖の月」で言及する蘇小小のような詩人であり遊女である存在など、それほど広くないこの湖に積み重ねられてきた名所の数々は、あたかもずっと受け継がれたものでもあるかのように、類を見ないほどに多彩であった。

それでは、谷崎が描いた「西湖」はどのようなものだったか。

まず谷崎がしたことは、昼の西湖を描かなかった、という選択だ。

「西湖の月」の主人公である「私」は、「江南游記」の「私」のように、夜の七時に杭州の駅に着く。が、ここでは芥川の「私」のように、夜の闇に光る西湖の姿は出て来ない。「私」は湖畔に臨んだ亭子湾内にあるホテルへと到着する。東京の新聞社の特派員として北京に住んでいた「私」だが、上海方面へ一か月ほどの出張を命じられて、行きそびれていた杭州への小旅行を思い立ち、「其の日が満月にあたつて居るとすれば、西湖の景色は可なり遊子の心を唆るに足る」と考えてきているので、簡単な旅装を解くとすぐに彼は、窓辺に寄り、西湖の風景を眺めようとする。しかし、遠く呉山の山影が、空の色よりは幾分か濃いくらいに見えているほど夜霧がかかっているので、彼が楽しみしていた三潭印月も湖心亭も区別ができず、白公隄や放鶴亭、断橋情蹟や保叔塔などの「名所旧蹟」のすべてが「ヹランダからはまるつきり望む事は出来なかつた」のである。

確認しておかなければならないのは、谷崎はこの「西湖」に関する紀行的な文章を一切発表していないという事実だ。つまり彼は、旅行記の中でも一番書きごたえのあるはずの西湖周辺の名所旧跡に言及していくことはなかったのである。それは、「西湖」の項目を六個も設けている芥川とは著しく対照的だ。あるいはそこから連想されるのは、実際に谷崎は西湖に行かなかったのではないかという推測だが、これはあくまで、作家の一つの選択だったと考えられる。

夜の西湖を見なかった「私」だが、当然翌日になり、昼の

秦檜と王氏（著者撮影）

定番の西湖観光に出かけるが、そこでも「西湖」の概容すら報告されることはないのである。

> 一週間ほど滞在する予定であつたから、細かい名所旧蹟はいづれゆつくり見て廻る積りで、先づ大体の地勢を探るべく朝から輿《よ》を雇つて湖畔をぐるりと一と周りした私は、くたびれ切つて夕方の四時過ぎにホテルへ帰つて来た。

蘇峰や芥川の楽しげな、あるいは苦々しげな「西湖」観光を読まされてきた者にとって、これは異例な西湖観光に映らざるを得ないのではないか。西湖が西湖であるのは、蘇東坡の建てた三潭印月を船中から眺め、学校で習ったあの白楽天の築いた白堤を実際に歩き、「私」も触れている文世高と秀英小姐の恋物語の舞台である断橋情蹟を見たりすることで、はじめて成り立つ観光といえる。芥川が写真撮影をしている岳飛廟の横にある秦檜と張俊の鉄像には、当時は常に小便がかけられていたそうだが、その事実を平気で記しながら記念撮影もせずにおられない芥川よりも、おそらくは一層なナイーブな感覚から、谷崎はこれら『西湖佳話』に登場するような著名すぎる名所旧跡を切り捨てることで、物語世界を作りあげた。というよりも、むしろ逆に、『異郷往還』（国書刊行会、一九九一年）の宮内淳子によって詳細に論じられたアルベール・サマンのような特にそれまでなじみがあったわけではないフランスの詩人の詩句をここで谷崎が引用しなければならなかったのも、現実の「西湖」からいったんは逃れ、距離をとる必要があったためではないだろうか。それほど、彼の眼に映った「西湖」が俗化していたわけではおそらくない。すでに旅行以前に蘇峰を読んでいた谷崎にとって、芥川の書いた「西湖」の俗化などは織り込み済みだったはずだからだ。しかし、それをそのまま芥川のように直写することを、谷崎はエクリチュールの上で前提のように排除し回避してしまう。

谷崎がここで採った方法は、明らかに昭和期の彼の文学営為を支えることになる「陰翳礼讃」の美学の応用であり、その理論化されない以前の端緒としてのオペレーションと考えられる。なおかつ、それまでの中国文人が描くことのなかった西湖の「水」を表象することで、彼なりに過去の文人たちへの隠されたオマージュをささげたというのが、現時点で論者が広げて見せたい方向性にほかならない。

十年一覚揚州夢——谷崎潤一郎『鶴唳』論

林　茜茜

りん・せんせん——四川外国語大学。専門は日本近代文学。主な論文に「「風流」な文学者——谷崎潤一郎「蘇東坡（三幕）——或は「湖上の詩人」」論」（『国文学研究』二〇一六年三月）、「谷崎潤一郎と田漢について——戯曲を中心に」（『比較文学年誌』二〇一五年三月）などがある。

『鶴唳』は谷崎潤一郎が創作した最後の「支那趣味」の作品であるが、ここには中国への憧憬を極限まで実践した男が形象化されている。『鶴唳』に出てくる「梅崖荘」「鎖瀾閣」という空間および鶴の造形などに関する分析を通し、創作モチーフを明らかにするとともに、谷崎文学における中国文化の意味についても考察する。

はじめに

一九二一年（大正十）に谷崎潤一郎の身辺に大きな出来事があった。「小田原事件」である。『鶴唳』は「小田原事件」の直後に（『中央公論』一九二一年七月）書かれた作品で、谷崎夫婦の問題も作品に反映されている。一九一五年（大正四）五月に結婚した谷崎は、娘鮎子が生まれた年に「父となりて」（『中央公論』一九一六年五月）を発表し、妻と娘の存在が次第に重荷となり、創作活動に影響を及ぼすようになったと述べている。芸術の面においても谷崎は窮地に陥り、長きにわたる停滞を見せ始める。家族の桎梏を打ち破り、創作窮地からの脱出を果たすために、谷崎は一人で中国へ旅立ち、家族によっては充足されることのない欲望を中国で満たそうとする。

谷崎が中国で見つけたのは、想像力をすこぶる刺激する世界と自己の空想を展開するにふさわしい異空間である。「東京をおもふ」（『中央公論』一九三四年一～四月号）にも語られているように、谷崎は長い間抱き続けてきた異国趣味を慰めることができたようである。帰国したあと、中国から受けた刺激を創作のモチベーションとして、中国を舞台とする幻想に満ちた一連の作品を発表したが、その中の『鶴唳』では家庭問題が初めて「支那趣味」と呼ばれる作品において俎上に載せられることになる。今までの先行研究で『鶴唳』の創作モチーフを明らかにするものは見られるものの、谷崎の「支那趣味」と家庭問題を結びつける論は皆無である。では「小田原事件」の年に書かれた『鶴唳』において、以上の二点はいかに一体化されているのか、谷崎が中国文化に対してどのような態度を抱いていたのか。本論は先行研究で注目されてこなかった諸要素のモチーフを明らかにしながら、以上の問題について分析したい。

一、佐藤春夫と小田原

『鶴唳』の舞台は「東京から程遠くない海岸にある暖かい土地」と描写されている。明確な地名は示されていないが、野崎歓は「どうやら小田原あたりとおぼしき」ところであると指摘している。(1) 小田原といえば、もちろん『鶴唳』の創作と同時期に起きた「小田原事件」が思い出される。

『鶴唳』に佐藤春夫とおぼしき人物は登場していないが、靖之助の祖父と春夫の父親佐藤豊太郎との間にはたくさんの共通点が見られる。春夫の家は代々紀州の下里町で医者を業としており、豊太郎に至って九代を数えている。豊太郎は狂歌をつくることを趣味とし、正岡子規を模範として学ぶ文学的素養が高い人物であった。『鶴唳』において、靖之助の先祖は代々「旧幕時代に何十万石かの或る大名」に仕えていた医者で、彼の祖父は「医を業とする傍漢籍や詩文の道楽に耽つて居」て、「梅崖詩稿」という草稿も残す文化人である。春夫の父親豊太郎と靖之助の祖父の趣味には狂歌と漢詩という違いが見られるものの、医者を職業にしながら文学を趣味にしていることが二人には共通しているのである。

一九一九年（大正八）三月に父親倉五郎が逝去したあと、谷崎一家は本郷区曙町に移り住む。これが契機となり、近くに住む春夫と谷崎との親密な交際が始まり、その頻繁な交流は「小田原事件」が勃発するまで続いたようである。ちょうどその時期に春夫は随筆「わが生ひ立ち」（『大阪朝日新聞』一九一九年七月二十三日～八月二日）を連載していたが、その中に「私の父と父の鶴との話」という一節が収められており、春夫の父親が鶴を飼った時のエピソードが詳しく綴られている。(2) その随筆によると、豊太郎は鶴を理想的な老後生活の一部として取り込もうと試みたようである。鶴をつれて隠居をする人物といえば、『鶴唳』のモチーフの一つである林和靖が想起される。中国文化の中で、鶴は長寿のシンボルである。その上品に振る舞う姿から、よく仙人に結びつけられたり、気高い人柄の持ち主のたとえとして使われたりする。豊太郎が林和靖を紹介する『西湖佳話《せいこかわ》』（一六七三年）を一読したことがあるかどうかは分からないが、鶴を紹介する漢籍に目を通してその影響を受けたことは間違いないだろう。ここで、隠居を望む豊太郎の姿は、『鶴唳』における「梅崖荘《ばいがいそう》」という隠居所で詩文の道楽生活を送る祖父のイメージと重なっている。このように、鶴を飼った春夫の父親の話は、谷崎の『鶴唳』の創作に重要なヒントを与えている。ただし、『鶴唳』で実際に鶴を飼ったのは祖父でなく、靖之助本人である。それは『鶴唳』において鶴が隠居や仙人とはほど遠い意味合いをもっているからである。その点についてはのちほど改めて詳しく分析する。

『鶴唳』で見られる春夫の影響は、祖父の造形や鶴を飼うシチュエーションにとどまらず、作品における建物の描き方にも表れている。『鶴唳』では祖父の隠居所「梅崖荘」が取り壊され、のちに靖之助によって「鎖瀾閣《さらんかく》」が建てられるが、「鎖瀾閣」は「箱根細工の組み物のやうに、全体が紫檀に似た木材で組み合せてあるかと思はれる、二階建ての、非常に可愛らしい、やつと室内に人間が立てるくらゐな楼閣」である。『鶴唳』が書かれるまで、谷崎は「金色の死」（『東京朝日新聞』一九一四年十二月四～十七日）や「天鵞絨の夢」（『大阪朝日新聞』一九一九年十一月二十六日～十二月十九日）などの作品でスケールの大きい理想的な楽園を描いてきた。しかし、靖之助が作った理想的な住居の「鎖瀾閣」は可愛らしくて小さい建物である。『鶴唳』で谷崎が小さい建物を描き始めたという変化の裏に春夫の影響を見逃すことができないのである。

春夫のミニチュア趣味は文壇でもよく知られているが、代表作の一つである「田園の憂鬱」にミニチュアの建物に関する描写が見られる。しかも、谷崎は「田園の憂鬱」が収録されている春夫の最初の著作集『病める薔薇』が刊行される際に序文を寄せて春夫の作品を絶賛している。おそらく春夫作品の影響を受けたと思われるが、谷崎は『鶴唳』で「箱根細工の組み物のやう」な「非常に可愛らしい」建物を描いた。ただし、同じくミニチュアの建物を描くが、春夫は東京の何処かにある近代的な場所に目を向けたのに対して、谷崎は「紫檀」や「陶器」という比喩の言葉が特徴付けるように中国風の建物に興味を示している。

では、谷崎が空想の世界で作ろうとする中国風の建物「鎖瀾閣」およびそれが建てられる前にあった「梅崖荘」はどんな空間で、『鶴唳』においてどのような役割を果たしているのだろうか。これらの問題を分析する際に、『鶴唳』と密接な関連をもつもう一つの場所が浮かび上がってくる。

二、「梅崖荘」「鎖瀾閣」と西湖

『鶴唳』において、「梅崖荘」は靖之助が陰鬱を紛らわす空間としての役割を果たし、「鎖瀾閣」は靖之助に中国語のみで生活できる環境を提供している。草庵「梅崖荘」は靖之助の祖父の隠居所で、詩詞や戯曲、小説など中国の古本が多く納められている。靖之助は孤独な時に梅崖山荘の書棚を漁って、中国の書籍を「手あたり次第に抽き出しては気の向くまゝに拾ひ読みして居た」。しかし、彼が「始終傍に置」くのは、祖父が書いた「梅崖詩稿」という草稿で、「自分でも折々詩を作つて居」たのである。

「梅崖」といえば、江戸中期の儒学者十時梅崖《とときばいがい》が思い出される。[3] 谷崎が愛読した『西湖佳話』は梅崖によって日本語に訳されたことがあり、『通俗西湖佳話』（一八〇五年）と題して刊行された。梅崖は中国の作品を日本語に翻訳したり、中国から伝来した儒教の思想を学んだ人物で、日本的な漢学の代表者といえる。「梅崖荘」に中国の書籍が数多く納められているにもかかわらず、靖之助に一番気に入られるものは祖父の書いた詩稿であった。このことは、「梅崖荘」が靖之助にとって日本的な漢学を求める願望を満たしてくれる空間だということを象徴している。

しかし、日本における漢学だけでは物足りなくなった靖之助は、「もう日本へは帰つて来ない」と言い、妻子を日本に残したまま、長いこと憧れる中国へ行くことにした。七年後、靖之助は「日本が恋ひしさに戻つて」きた。ところが、日本に帰ってきたからといって、中国に憧れる気持ちに変わりがなかった。靖之助は、祖父が作った日本的な漢学に満ちる「梅崖荘」を取り壊し、中国から届いた種々な建築材料を組み立てて「鎖瀾閣」という中国的な要素から成り立つ空間を築き上げる。

中国を旅行した谷崎は、たくさんの都市の中で杭州にもっとも関心を示したが、杭州の名勝旧跡西湖に「文瀾閣《ぶんらんかく》」という建物がある。谷崎は「西湖の月」（『改造』一九一九年六月号）で直接「文瀾閣」に言及しているが、この「文瀾閣」は『四庫全書《しこぜんしょ》』を保存する場所として名が知られている。『四庫全書』とは、一七八一年に清の乾隆帝《けんりゅうてい》の勅命により、二三〇人の学者が編集に携わって、十年間かけて完成した四部分類による一大叢書である。七部の写本のうち、朝廷用は四部あり、一般用は三部あるが、一般用の三部はそれぞれ揚州の文匯閣《ぶんかいかく》、鎮江の文宗閣《ぶんそうかく》、杭州の文瀾閣に収められていた。したがって、「文瀾閣」は、長い歴史の中で生み出された中国文化の精髄が凝縮されている場所といっても過言ではない。一方、『鶴唳』における「鎖瀾閣」はすべて中国から輸入した材料で出来上がっており、その中で使用できる言語も中国語のみとなっている。込められている文化の深みに雲泥の差が見られるものの、「鎖瀾閣」は「文瀾閣」と同じく中国的な要素、文化がつまっている空間といえよう。

では、谷崎はどこからインスピレーションを得て「文」を「鎖」に変えたのだろう。その答えは同じく西湖という場所で見つけることができる。「西湖の月」では蘇東坡の六橋が取りあげられているが、そのうちの一つが「鎖瀾橋」である。中国の詩人の中で谷崎はもっとも蘇東坡に関心を示し、彼を主人公にする作品も書いた。西湖の景観は実際のものから大きく変更されて、美しい名勝旧跡にいたっては、蘇東坡が作らせた蘇堤とその一部である六橋が、重要な役割を果たす。谷崎はその六つの橋の中で「鎖瀾橋」に惹き付けられ、特に波を閉じ込めることにちなんで付けられたその名前に魅力を感じた。

谷崎が「文」という漢字を、敢えて閉じ込めることを意味する「鎖」に変えたのならば、理想的な空間「鎖瀾閣」と「文瀾閣」との間にはどのような差異があるのだろうか。「文瀾閣」は、民衆の便利のために開放される特徴をもっているが、それに対して、「鎖瀾閣」は靖之助と中国から連れてきた中国人女性、鶴および彼の娘のみが生活する閉鎖的な空間である。

谷崎は西湖にある「文瀾閣」と「鎖瀾橋」に目を引かれ、この二つの名称から関心を寄せる部分を切り取り、『鶴唳』で自分なりの世界を表現する空間に両者を融合させた「鎖瀾閣」という名前をつけた。一見「鎖瀾閣」は中国要素のみでできあがる空間のように見えるが、なにより無視できないことは、その空間自体が日本にあるということである。さらに谷崎は『鶴唳』で「己は一生日本語は話さない」と宣言する主人公靖之助を描きながらも、小説自体が日本語で書かれているという作家の限界を現わしてしまう。家族によって満たされることのない欲望を中国人女性や鶴に求め、日本にいながら、中国にいるのと同様な生活をする、これらは谷崎が靖之助に託したあまりにも欲張りな夢である。その点は鶴の設定からも読み取ることができる。

三、鶴と揚州

日本が恋しくて戻ってきた靖之助は、中国人女性も一緒に連れて帰ってきた。彼女の身分に関する紹介はほとんどなく、唯一確認できるのは「揚州の生れ」ということだけである。[4]これまで谷崎は作品の中で主に杭州に対する愛着を表わしたが、揚州を取り入れたのはかなり珍しい例である。

靖之助によって日本に連れられてきたのは女性だけでなく、一匹の鶴もまたそうだった。鶴はどこでどのように手に入れられたのかは、まったく触れられていないが、作品において中国人女性と鶴はほぼ一体化しているため、鶴の出身も女性と同じ揚州と考えてよいだろう。しかも、中国では揚州と鶴との組み合わせは特別な意味をもっており、『鶴唳』のテーマをよりよく表現するのに重要な役割を果たしている。

蘇東坡に「於潜僧緑筠軒（於潜《おせん》の僧の緑筠軒《りょくいんけん》）」という漢詩があるが、その中で「揚州鶴」に言及している。

可使食無肉　　食をして肉無からしむ可きも
不可使居無竹　　居をして竹無からしむ可からず
無肉令人痩　　肉無ければ人をして痩せしめ
無竹令人俗　　竹無ければ人をして俗ならしむ
人痩尚可肥　　人の痩せたるは尚お肥ゆ可きも
俗士不可医　　俗士は医す可からず
旁人笑此言　　旁人　此の言を笑う
似高還似痴　　高なるに似て還た痴なるに似たりと
若対此君仍大嚼　　若し此の君に対して仍お大いに嚼めば
世間那有揚州鶴　　世間　那ぞ揚州の鶴有らん[5]

蘇東坡はこの漢詩を通して、高潔で気品のある振る舞いを称賛し、世俗的な価値観を批判しようとしている。最後の一句に出てくる「揚州鶴」は、贅沢に食欲を満たしたいながらも、竹のような気品も保ちたいという馬鹿げたあくなき欲望のたとえである。「揚州鶴」は、まさに中国から女性と鶴を日本につれてきて、中国式の建物に引きこもる生活をする馬鹿げたあくなき欲望をもつ靖之助の物語を表現するのにふさわしい言葉である。蘇東坡を主人公にする作品も書いた谷崎のことだから、前述した蘇東坡の詩を読んだ可能性は大きいと考えられる。しかし、谷崎が『鶴唳』で表現したい欲望まみれの世界は、蘇東坡が「於潜僧緑筠軒」で提唱する無欲の世界とはほど遠いものである。

揚州鶴という言葉が生まれるには、揚州が繁栄していた背景があるが、それと通じるように、「揚州の夢」という言葉もあり、楽しく遊んで過ごした夢のような生活の思い出のたとえとして使われている。それは杜牧の漢詩「遣懐（懐《おも》いを遣《や》る）」が生み出した言葉である。彼は赴任先の揚州で酒色に耽る放蕩生活を十年も過ごし、そこでの暮らしを振り返るときに「十年一覚揚州夢（十年一たび覚む　揚州の夢）」という句を書き、揚州で過ごした十年間は夢のようだと表現する。

「南京夫子廟（口絵写真説明）」（『中央文学』一九一九年二月号）で秦淮河の景色を描写する時に、谷崎は杜牧の詩「煙籠寒水月籠砂　夜泊秦淮近酒家　商女不知亡国恨　隔江猶唱後庭花」をそのまま引用し、「其の時分と今と余り変つてない処が面白いではありませんか」と漢詩の世界を参考にしながら、目の前の風景を見ている。したがって、揚州出身として設定された女性を描く際にも、谷崎は杜牧の「遣懐」をはじめとする揚州をめぐる知識や漢詩を数多く漁ったと考えてよいだろう。

中国に七年もいた靖之助は揚州にいる杜牧と同じく、「その金を贅沢に使ひ流して、したい三昧の楽しみに耽つて、所々方々を流浪して居たらしい」。娘に「支那はいゝ所ですか」と聞かれた時、彼は「未だに消えやらぬ夢を趁ふやうな眼つきをして、「いゝ所だ、絵のやうな国だ」と答へた」。靖之助にとって中国で過ごした七年間はまさに「揚州の夢」のような生活だったろう。しかし、靖之助の夢ないし谷崎の夢は「十年一覚揚州夢」が表わしたように、次第に覚めていく。

おわりに

憧憬の気持ちが高じて中国に行くと決めた靖之助は、中国を絶賛していたが、中国から戻った後、彼の関心をもつ対象に変化が現れた。靖之助にとって中国は単なる憧れの国ではなくなり、彼がいま憧れる中国はすべて中国からつれてきた女と鶴にある。『鶴唳』において中国の女と鶴は、物欲をはじめとする俗な欲望を象徴しているが、しかし小説の結末で、中国人女性は靖之助の娘に短刀で殺される。つまり、靖之助は一方的に「支那」に自分の欲望をぶつけることができなくなったわけである。

作品の最後の一文は「殺される時の支那の女の悲鳴が、それが又、鶴の唳き声にそつくりだつたと云ふ話です」であるが、まさに小説のタイトル『鶴唳』と呼応している。字面だけでは、『鶴唳』は鶴の鳴き声の意味であるが、漢語「風声鶴唳」の影響で、『鶴唳』は「ささいなことにもおじけづくこと」のたとえになっている。(6)『鶴唳』は一見中国への極端な憧れを描く作品のように見えるが、そのタイトルに込められているように、中国文化への恐怖も作品の根底に流れているのだと思われる。

『鶴唳』の設定と対応するように、実生活においても谷崎は妻を譲る約束を破り、妻子とともにふたたび暮らすことにし、夫婦問題は一旦落ち着いたように見えるが、これまでの千代夫人と鮎子との三人家庭で満たされることのなかった芸術的な刺激の不足への不満は相変らず存在している。その満たされない欲望を中国に押し付けるように、中国に対する谷崎の憧れの気持ちは『鶴唳』が書かれた後もしばらく続いた。しかし、一九二六年二回目の中国旅行を経た後、谷崎は中国の現状を知り、そこは自分の幻想を押し付けるのにふさわしい場所ではないことに気付いた。関西に移住した谷崎は、次第に中国に代わって関西に想像力をかき立てる要素を見出し、長い間にわたる創作の窮地を打ち破る方法を見つけてゆく。

それでもなお、『鶴唳』は家庭問題と新しい作風の転換に深くかかわり、谷崎の葛藤のプロセスを鮮明に反映した注目すべき作品なのだといえる。

注

（1）　野崎歓「「貴い大陸」の言葉――『鶴唳』」（『谷崎潤一郎と異国の言語』人文書院、二〇〇三年）。

（2）　発表当時は「頭の赤い鶴の話」というタイトルだったが、一九二〇年一月一日発行の『サンエス』に「思ひ出のなかから」の標題のもとに、「私の父と父の鶴との話」の小題が付され再掲載された。後に、『幻灯』（新潮社、一九二一年）に「私の父と父の鶴との話」として収録された。

（3）　「十時梅崖」は「十時梅厓」と書く場合もある。

（4）　歴史上、本来「楊州」と書かれたが、唐代に「揚州」と改められた。ただし、漢字の偏としての「木」と「扌」は行書ではほとんど区別がつかず、よく混同されるが、「楊」と「揚」の両方が用いられた時代も長い。

（5）　現代語訳は「食事には肉の料理がなくてもよいが、住居には竹が植わっていなければならない。肉がなければ人が痩せ、竹がなければ人間が凡俗になる。人の痩せたのは肥らせることもできるが、凡俗な人間は癒しようがない。かたわらの人がこの意見を笑う、「高尚そうじゃが、どうも馬鹿げているわい」と。もしも「此の君」（の竹）を前にして、そのうえ（肉を食べているつもりになって）さかんに口を動かすようではだめだ。世の中になんで「揚州の鶴」みたいにうまい話があろうか（期待するのはむだなことだ）」である。訓読文および現代語訳は『蘇東坡詩集　第二冊』（小川環樹・山本和義、筑摩書房、一九八四年）によるもの。

（6）　『集英社　国語辞典　第三版』（森岡健二・徳川宗賢等著、集英社、二〇一二年）における「風声鶴唳」の解釈から引用している。

「隠逸思想」に隠れる分身の物語——『鶴唳』論

銭　暁波

せん・ぎょうは——東華大学外語学院准教授。専門は日本近代文学、日中比較文学。主な著書・論文に『日本と中国の新感覚派文学に関する比較研究：ポール・モーラン、横光利一、劉吶鴎、穆時英を中心に』（上海交通大学出版社、二〇一三年）、「ポール・モーランの芸術の本質に関する論争——『夜ひらく』を中心に」（『言語と交流』第16号、二〇一三年七月）、「若き荷風と中国——『上海紀行』における漢詩表現に関する一考察」（『和漢比較文学』第52号、二〇一四年二月）などがある。

『鶴唳』の物語は多くの中国の古典の素材が織り込まれ、「支那趣味」作品群の一作とみなしてもよいが、谷崎潤一郎のほかの「支那趣味」小説と比較して、その芸術に内包されているものがあきらかに異なっている。主人公の星岡靖之助と重なる谷崎の人生経験をみれば、『鶴唳』のストーリーは「隠逸思想」に隠れている分身の物語であるといえよう。

一、「支那趣味」作品群

一九一八年（大正七）十月から十二月の間、谷崎潤一郎は朝鮮経由で、中国大陸の北京、漢口、九江、南京、蘇州、上海、杭州などの地を歴遊した。帰朝してから、翌年、さまざまな文学誌上に立て続けに『秦淮の夜』（『中外』一九一九年二月）、『西湖の月』（『改造』一九一九年六月）、『天鵞絨の夢』（『大阪朝日新聞』一九一九年十一月～十二月）など一連の中国、とりわけ江南の水郷を舞台にした小説や、随筆、旅行記を発表した。

漢学にも造詣が深い谷崎潤一郎は、これらの創作に漢文学の素材を多く織り込み、馥郁たるオリエンタルの香りを漂わせ、女性の官能美を横溢させながら、甘美な夢幻を加え、より纏綿にさせた。その後、谷崎はさらに脚本『蘇東坡』（『改造』一九二〇年八月）、小説『鶴唳』（『中央公論』一九二一年七月）、紀行文『廬山日記』（『中央公論』一九二一年九月）を発表した。これらの作品はいわゆる大正期の「支那趣味」の範疇に属し、谷崎の生涯におけるエキゾチズム作品の一環となっている。

小説『鶴唳』の舞台の設定は中国ではないが、文脈には中国との深い関係がみて取れ、また内容にも多くの中国の古典の素材が織り込まれており、「支那趣味」作品群の一作とみなしても差し支えないだろう。しかしながら、前述の大正八年前後に発表された官能と夢幻に満ちた「支那趣味」小説と比較してみると、その芸術に内包されたものがあきらかに異なっている。

たとえば、『秦淮の夜』は、紀行文さながらの形式で当時の煙花城南京を描写し、とりわけ秦淮河の両岸に林立する酒楼や娼館が醸し出す官能美を細かく描いた。この小説において、谷崎は地図でも持ちながら目的地までたどるような書き方を用い、迷宮のような小道さえもはっきりと記し、秦淮河の河畔の位置を詳細に紹介した。そのような手法がゆえに、『秦淮の夜』は小説というより紀行文とみなされているが、それはわからなくはない。(1) また『西湖の月』は「佳人薄命」をテーマにした典型的な中国伝統文学風の作品である。物語には多くの紆余曲折はないが、谷崎は北宋の隠逸詩人林和靖や、元末の詩人楊維楨、明朝の詩人高啓、清朝の劇作家李漁の詩歌を多く引用した。その結果作品には中国の古典的な情緒があふれている。『天鵞絨の夢』は同じように杭州の西湖を舞台にした小説だが、物語には神話的な神秘さが際立ち、より超現実的な作品となっている。上述した作品には中国の古典のモチーフが多く取り入れられ、古典、神秘、官能などの要素がそろい、典型的なオリエンタリズムの作品だといえよう。

それと比較してみると、『鶴唳』における「支那趣味」は表象的ではなく、作品に内包されている「支那趣味」の意義がより深く、「支那趣味」作品群のほかの作品との違いはあきらかである。『鶴唳』における「支那趣味」は表象的な役割にとどまらず、一種の隠喩であると同時に、谷崎自身がおかれていた当時の心境を如実にあらわし、自ら構築した芸術の理想郷を語っているのではないだろうか。

二、『鶴唳』における「支那趣味」

『鶴唳』は、中国古典文化に心酔する日本のインテリが現実の生活と芸術的理想の間で悶え苦しむ姿を描いている。

小説は第一人称の「私」をナレーター役として、その語りから始まっている。三月某日の午後、自宅の周辺を散歩中、「私」は偶然中国風の邸宅を目にした。その庭には中国服を身にまとった少女がいて、一羽の鶴と遊んでいた。好奇心に駆られ、多くの人に聞きまわった結果、ようやくこの邸宅の主が星岡靖之助であることがわかった。星岡は性格が陰鬱で、中国の古典文学をこよなく好んでいる。妻のしづ子は温良淑徳な人物で、ふたりには照子という娘がいる。

物語はそこから展開して、星岡靖之助を主人公に、その数奇なる半生を描いている。星岡はかつて妻子を置き去りにして中国へ赴き、生涯戻らないと誓ったが、六、七年後一人の中国婦人と鶴を連れて戻ってきた。その後、星岡は「鎖瀾閣」を建て、そこで中国婦人と同棲生活を送ったが、ある日、娘の照子が胸中の鬱憤を抑えきれなくなり、短刀で中国婦人を刺し殺してしまう。

前述のように、『鶴唳』のテーマはこの時期の谷崎の「支那趣味」小説とやや異なってはいるが、小説に用いられている素材には依然として「支那趣味」があらわれている。

主人公星岡靖之助の祖父は医者であると同時に、中国古典文学を好み、漢詩に造詣が深い。かつては「槐南、岐山」と交流したことがあり、詩集『梅涯詩稿』を遺している。その祖父の薫陶を受けて、星岡は漢文学に深い興味をもち、中国文化に憧れている。心に孤独や、疲弊を感じるとき、星岡は祖父が建てた「梅崖荘」に閉じこもって、祖父が所蔵していた詩歌や、戯曲、小説、野史を手当たり次第手に取り読みふける。星岡は祖父が遺した『梅崖詩稿』も大切にして、自らもよく漢詩を作して、「纔かに遣るせない情懐を述べて居た」。

上述のように、中国古典文学の閲読は星岡靖之助の趣味でありながら、孤独と寂寞の気持ちを慰める手立ての一つであり、精神的な疲れを癒す良薬でもある。現実生活の束縛から逃げ出したいとき、星岡にとって「梅崖荘」は浮世の喧騒をシャットアウトし、心の静けさを取り戻すことができる良き場所である。

星岡靖之助は昔からよく「日本は詰まらない、何処か外国へ行つてしまひたい」と口癖のように言っていた。母親が早く結婚させたく縁談を持ち込んでくるたびに、星岡は「母親が居なかつたら、疾うに外国へ行つてるんだが」と愚痴をこぼした。星岡の心には束縛から逃げたい気持ちが常にあった。ようやくしづ子と結ばれ、陰鬱な性格がしばらく家庭の温かさによって癒され、一、二年の間は平穏無事な生活を送った。しかし、母親の逝去はまた彼にショックを与えたようで、星岡は再び「青年時代の懊悩と寂寞とに囚はれ始めた」。ついにある日、星岡は妻に「支那へ行きたい」と告げる。それは旅行のような短期間のものではなく、行ったきり二度と日本に帰ってこない決意の上である。

星岡はその考えを次のように説明している。

自分は支那の文明と伝統の中で生き、そこで死にたい。自分にしろ、祖父にしろ、兎も角も此の貧弱な日本に生きて居られたのは、間接に支那思想の恩恵に浴して居たからだ、自分の体の中には、祖先以来、支那文明の血が流れて居る、自分の寂寞と憂鬱とは支那でなければ慰められない。

星岡靖之助は妻子を置き去りにし、決然たる態度で日本を離れ、心の理想郷である中国へ赴き、その音信すら途絶えた。固い意志をもって残されるものを顧みずに家を脱出したのは、中国文化への心酔、崇拝の気持ちはもちろんあったが、星岡が性情の自由や、生命の本源を追い求め、精神の超克を実現したかったからであろう。星岡の家出は、現実の束縛からの脱出だけではなく、そこには大いなる期待感が含まれている。「自分の寂寞と憂鬱とは支那で慰められたい」と期待している。中国を有形の世界の代表にし、さらに自身の理想の浄土にしたのであろう。

では、星岡が常に感じている「寂寞と憂鬱」は一体どこからきて、何を意味しているのであろうか。小説には明白な答えは提示されていない。星岡は生まれつき陰鬱な性格の持ち主で、その人生には哀愁と感傷の雰囲気が満ちている。そしてわけのわからない寂寥感が始終星岡の周囲に漂っている。彼はときには豪飲し、酒の力で狂態をしめし、ときには「梅崖荘」に隠れて一時的な精神の解放を追求する。

星岡はまた日本の「貧弱さ」を常に感じている。その「貧弱さ」が何を意味するのかは小説では具体的な説明がされていない。いずれにしても「貧弱さ」は生命の花を枯れさせてしまう。心の迷妄を打ち破るために星岡は現実世界以外の理想郷を追求し、精神の超越を実現したく、永遠なる生命を探し求めた。

自身の境遇やわけのわからない寂寥感を嘆き悲しみ、「梅崖荘」に引きこもって半隠棲の生活を送り、妻子や現実の生活を投げ捨て、顧みずに精神の超越を追い求め、血を吐くまで啼き続ける杜鵑のように、星岡靖之助の精神世界には古代中国の文人墨客の美学が織り込まれている。

ほかの「支那趣味」小説と違って、『鶴唳』において、谷崎潤一郎は意図的に中国の古典文学から美辞麗句などを織り込ませず、また絢爛たる才子佳人のようなモチーフをも用いていない。以前の作品と比較して、『鶴唳』における「支那趣味」は具体的、直観的なものではなく、意識の内部のものである。つまり、形而下から形而上への転移である。『鶴唳』のオリエンタル性は単純な模倣や直観的な美意識から脱出し、精神や意識の深層にあるものとし、より深くなったのではないかと思う。

もちろん、作品のオリエンタル性を引き立て、主人公星岡靖之助が中国古典文学の熱狂的なファンであることを表現するために、小説には中国風の装飾が至るところに細かく施されている。たとえば、星岡の祖父が隠居生活のために建てた「梅崖荘」や、中国からの外遊を終え、帰朝する際、星岡が一羽の鶴とともに帰ってきた描写は、「梅が妻、鶴が子」という北宋の隠居詩人林逋が連想させられる。さらに、中国風の建築物である「鎖瀾閣」や、中国風の服飾などを、点描画のように細かい描写を得意とする谷崎潤一郎はより力を入れて描いた。

三、星岡靖之助と重なる谷崎潤一郎

作家は創作において実生活に取材することが多く、家庭の環境や、人生経験、生活の場面などを作品に投影させることがしばしばである。創作において谷崎潤一郎は「私小説」に反対する立場をとっているが、自身の生活を作品のモチーフとして取り入れている例は決して少なくない。たとえば「異端者の悲しみ」は典型的な例である。『鶴唳』においても、谷崎の人生経験や家庭の事情を調べてみると、多かれ少なかれ主人公の星岡靖之助と重なる部分があるのではないかと思う。

星岡靖之助は父親が早く亡くなり、祖父と母親に甘やかされ、わがままの性格になる。祖父の逝去後、星岡は母親との二人きりの生活を送り、性格が陰鬱になり、人生に対して極めて消極的な態度でのぞんだ。東京の帝大の文科を出たのち、就職もせず、幾日も家を離れ、東京へ遊びに行き、家に戻ると「梅崖荘」に引きこもって漢文学に耽溺する。このような懶惰な日々を繰り返し、母親からの結婚の催促に対してもまったく聞く耳を持たず、自由奔放かつわがままな生活を送り続けた。ようやく二十七歳のとき、母親のすすめを聞き入れ、しづと結婚した。身を固めた後の一、二年間、星岡は落ち着きを取り戻し、ふるさとの中学で漢文を教えるようになった。のちに娘の照子も誕生し、家族とともに睦まじく、安定した生活を送るようになった。しかし、このような平穏無事の生活は長く続かなかった。母親の逝去によって、星岡は再び「青年時代の懊悩と寂寞とに囚はれ始めた」。

谷崎潤一郎の回想録『幼少時代』の記述をみてもわかるように、谷崎の幼少期において、祖父と母親が与えた影響が大きく、間接的に谷崎文学にある「西洋崇拝」「女性崇拝」の特徴を形成させたのである。谷崎は青春時代において、性格はやや陰鬱で、神経質な気質の持ち主であり、東京帝国大学に入学後も自由かつ放蕩な生活を送った。このような点が星岡の性格や生活と類似しているのである。また、その後の谷崎の婚姻生活と家庭の事情も星岡と重なっている。谷崎潤一郎は三十歳のとき、石川千代と結ばれ、のちに長女の鮎子が誕生した。三十二歳の時、母親がこの世を去り、翌年、谷崎は家庭から飛び出し、人生はじめての外遊を敢行した。

星岡靖之助の妻しづについて谷崎は次のように描いている。「しづ子は高雅な人品の婦人でしたけれども、昔風な士族の家に育てられたので、云はば透き徹つた湖水のやうな、静かな、何処か俤に淋しみのある、内気な人だつたのです」。しづは夫に対して、終始一貫して温順、貞淑かつ謙遜な態度で接している。夫が終日口を閉ざしたまま、食事もせず、家の雰囲気を嫌って、「梅崖荘」に逃げ込むのをみても、しづは愚痴をこぼさずに我慢し、決して夫を責めたりしなかったのである。「我が儘な病人のやうな良人に疎まれれば疎まれるほど、一と入優しくして、痒い所へ手の届くやうにいたはつてやつた」。しづは夫に期待を寄せている。いつか夫が自分の心をわかってくれると期待をしている。しかしながら、星岡はしづの期待を裏切り、ついに家を出て、しかも遠く離れた中国へ行ってしまったのである。それでもなお、しづは温順かつ貞淑なの態度をまったくかえずに、五、六歳になる照子と質素な生活を送り、一日三回夫のための「陰膳」[2]をも据え、夫の両親の法事をも欠かすことがなかった。このようにして七年の歳月が経ち、「永久に帰ってこない」と誓った夫が中国婦人と鶴を連れて帰ってきたとき、しづは涙を流し、夫を喜んで迎え入れた。しかしながら、しばらくともに暮らしたのちに、しづは体は日本に戻ってきても夫の心は依然として中国にいることを悟ったが、黙々とこの結果を受け入れざるを得ず、それ以後も我慢し続けた。

『鶴唳』における星岡靖之助の妻であるしづは、頑なに伝統を守り、運命に逆らうことなく、耐え忍び続ける「賢妻」である。しづに対する描写は、谷崎潤一郎の最初の妻である石川千代と重なる部分が多いのではないかと思うのである。

谷崎潤一郎は一九一五年（大正四）、三十歳のときに石川千代と結婚した。千代夫人は「柔順、貞淑、夫思い」[3]の伝統的な女性である。翌年、谷崎は千代との間に長女の鮎子をもうけた。このような安定かつ円満な家庭生活は世間の人が希求するものである。しかし、谷崎にとってはむしろ逆だった。人に羨まがられるこの結婚と家庭は、谷崎に不安をあたえ、束縛すら感じさせたのであった。のちに書かれた回想文『父となりて』で、谷崎は次のように述懐した。

私に取つて、第一が芸術、第二が生活であつた。初めは出来るだけ生活を芸術と一致させ、若しくは芸術に隷属させようと努めて見た。私が「刺青」を書き、「捨てられるまで」を書き、「饒太郎」を書いた時分には、其れが可能の事であるやうに思はれて居た。又或る程度まで、私は私の病的な官能生活を、極めて秘密に実行して居た。やがて私は、自分の生活と芸術との間に見逃し難いギヤツプがあると感じた時、せめては生活を芸術の為めに有益に費消しようと企てた。私の生活の大部分は私の芸術を完全にするための努力であつて欲しいと思つた。私の結婚も、究極する所私の芸術をよりよく、より深くする為めの手段と云ふ風に解釈したかつた。斯くの如くにして、未だに私は生活よりも芸術を先に立てゝ居る。たゞ今日では、此の二つが軽重の差こそあれ、一時全く別々に分れてしまつて居る。私の心が芸術を想ふ時、私は悪魔の美に憧れる。私の眼が生活を振り向く時、私は人道の警鐘に脅かされる。臆病で横着な私は、動もすると此矛盾した二つの心の争闘を続けて行く事が出来ないで、今迄屡々側路へ外れた。(4)

この内心の独白を読んでわかるように、谷崎潤一郎は生活、や婚姻、家庭と芸術や創作の間の関係において、「第一が芸術、第二が生活」という順番を決め、「芸術至上」を追い求めた。さらに自身の「理想主義」がそれに加わり、理想の実現に対する渇望を人一倍強く感じるようになるのである。結婚や家庭生活で体得する満足、つまり、世間の人々が追求する幸福は、谷崎にとってまったく魅力を感じられないものなのである。温かく睦まじい家族の団欒は、谷崎が追求する芸術に対して積極的な役割を果たさないのである。家庭生活により体得した幸福感は、谷崎に窮屈感をあたえてしまう束縛と化したのである。実生活と芸術の理想との間に埋まらない深い溝が生じ、谷崎潤一郎のわがままかつデリケートな神経に絶え間なく刺激をあたえたのである。それによって憂鬱や、寂寞の感覚が起こり、ひいては恐怖さえ感じてしまうのである。困惑しながらも谷崎は出口を見つけたかったに違いない。しかし、性格にある軟弱の部分が出口を見つける行為を邪魔してしまい、谷崎は始終このはかり知れぬ矛盾の間で繰り返し徘徊するのである。

人は生きている限り、理想と実生活の間に心理的な断層がしばしば生ずるものである。この断層を埋めてはじめて心の安らぎを得て、真の幸福を体得する。しかし、如何に断層を埋めるかは複雑な問題で、多くの人がそれに直面している。妥協か、逃避か、闘争か、あるいはその中に陥って脱出できなくなるか。『鶴唳』において星岡靖之助は中国への脱出を選んだのである。実生活では、谷崎も中国への旅行で心の矛盾を回避しようとしていた。

谷崎潤一郎は幼少時から中国の古典文学に親しみ、中国の文化に強く憧れていた。本稿の冒頭で述べたように、一九一八年十月から十二月の間、谷崎ははじめて中国の大地を踏み、約二ヶ月中国大陸を歴遊した。この旅は中国文化への憧れの気持ちから発したものであろうが、家庭による悩みから逃れ、心の安らぎを求める旅でもあったようである。この点からみると、星岡靖之助の中国への脱出は、谷崎潤一郎の中国大陸の歴遊とも重なっている部分がある。ただし、星岡の中国滞在は七年間にもおよび、谷崎の二ヶ月よりはるかに長いのであるが。

谷崎潤一郎は中国の旅を終え、日本に戻った翌年の十二月、自宅を東京から神奈川県の小田原町へ移した。この引越しは鮎子の健康のための療養目的である。『鶴唳』の冒頭の部分、「私」が三月のある日の午後、自宅の近くを散歩する場面はおそらく小田原付近であろう。(5)

『鶴唳』は一九二一年（大正十）七月に発表されている。同年三月、谷崎潤一郎と佐藤春夫の間に「細君譲渡事件」が起こった。そして一九三〇年（昭和五）、谷崎は千代夫人と正式に離婚したのである。

四、『鶴唳』における隠逸思想

『鶴唳』には、「隠逸」思想という中国の古い哲学のテーマが終始一貫存在している。

結婚する前に、星岡靖之助は心の寂寞感を解消するために「梅崖荘」に引きこもり、祖父が残した漢籍を読みふけった。結婚後、「家庭の空気を厭ふやうにコソコソと梅崖荘へにげ込んだきり、昼も夜も出て来なかつたりする」。このような「隠れ」は星岡に一時的な安らぎと慰めをもたらしたに過ぎなかったが、後の中国への逃避こそが、星岡が永久に心の隠逸を追い求める行動である。

この永久なる隠逸は、星岡にとっては決して衝動的なものではない。星岡は「その決心を遂行する為めにいろいろ細かい点まで考へて置いた」、たとえば「自分が居なくなつてから妻の身の振り方や、暮らし向きの事や、財産の処分など」、実に用意周到である。しかし、星岡は「日本が恋ひしさに」戻ったのち、祖父が建てた「梅崖荘」を取り壊し、あらたに「鎖瀾閣」を建て、中国から連れ帰った中国婦人とそこへ閉じこもってしまい、「再び昔の、冷めたい人になつてしま」った。さらに、星岡は中国服を身にまとい、中国語を話し、「日本語を一と言もしやべらない」。つまり、星岡は日本に戻ったが、身も心も以前にもまして自身が構築した理想郷に隠れてしまったのである。

星岡靖之助の隠逸思想は、おそらく祖父から受け継いだものであろう。「梅崖荘」はつまり、星岡の祖父が建てた隠居用の場所である。小さい時から祖父の半隠居の生活ぶりを目の当たりした星岡は、祖父の趣味や価値観に少なからず影響を受けたのである。小説のナレーション役である「私」も人里離れて、隠居生活を楽しんでいる人物である。「冬の間はぢつと書斎に閉ぢ籠つて、めつたに外へなぞ出たことはなかった」。星岡の祖父や「私」の隠居は完全な現実からの脱出ではなく、一時的なものである。

隠逸思想は古代中国の美意識や価値観を代表する哲学の一つである。そこにはいくつかのパターンがみられる。専制政治に対抗、またはそれを逃避する目的で自ら身を隠し、世間と隔離する。あるいは、清い自然をこよなく愛し、濁世から離れ、純真かつ自適の隠居生活を追い求める。または俗生活により生ずる煩悩や雑念から逃れたく、孤独なる世界を追求し、現実逃れをしようとする。いずれにして、隠遁者は心の潔癖症を患い、世間と融合することを拒み、自ら魂の解放を求める修道者である。

星岡靖之助は最初は「梅崖荘」という小さな世界に閉じこもり、暫時的な心の安らぎを求めたが、やがてそれでは満足できず、より広大な理想郷を追求し、中国へ出奔したのである。

自我の超越はだれもが追い求める理想的な境域である。しかしながら、人間の心にはどうしても克服できない軟弱な部分が存在している。修道するとは、このような軟弱な部分を心から取り除き、自我の超克を実現することである。これはだれもができる容易なことではないのである。修道している間には、外部の世界、また心の内部からさまざまな矛盾が生じ、修道者を困惑させるのである。これらの矛盾がさらに人間性にある善悪の両面性を引き出すのである。

谷崎潤一郎自身もよくこのような矛盾に陥り、苦しめられるが、これこそが人間性における両面的な心の働きをあらわしている。前文引用した『父となりて』に述べられているように、彼は婚姻と家庭、また谷崎にとって最大の理想である芸術との関係を処理する際、しばしばこのような矛盾に苦しめられている。さらに、谷崎の人生、また多くの作品にも多かれ少なかれこういった矛盾と両面性があらわれているのではないかと思う。

『鶴唳』において、谷崎は自分の悩みや矛盾する気持ち、そして、人間性における両面的な特徴を星岡靖之助に移植したのである。「日本は詰まらない、日本の国に居たくない」と何度も口にした星岡の妻子を置き去りにして中国へ行ってしまう行為は、伝統的な道徳からみてれば紛れもなく無情かつ無責任の悪行である。しかし、星岡は日本を離れる前に、妻子の今後の生活を考慮し、「家屋敷を初め全部の不動産を彼女に与へて、後々の生活に困らないだけの計らひを」した。それだけではなく、自ら離縁の話も持ちかけた。この行動をみれば、妻子思いの善良な部分も認めざるを得ない。六、七年の歳月を経て、「日本が恋ひしさに」戻った星岡の帰宅は、意志の弱さゆえの行動であると同時に、自身との葛藤でもある。戻ってきた星岡は改心して、再び妻子と共に生活する日々を送るつもりだが、中国で五年間ともに生活をしてきた中国婦人を受け入れるようしづを説得した。自分の都合のいいようにしづの善良さを利用しようとする星岡の意図は、やはり道徳に反している。彼は現実の生活には戻ったが、星岡は「梅崖荘」を取り壊し、「鎖瀾閣」をあらたに建てた。そしてそこで妻子の気持ちを顧みず、中国婦人と暮らしはじめた。生活環境を中国一色にして、自ら小さな理想郷を構築した。これも現実との矛盾や心の葛藤をあらわしている。

前述のように、『鶴唳』は一九二一年、谷崎が三十六歳のときに発表された作品である。この年齢層は人間が青年期から徐々に中年期に入る時期である。新たな価値観の形成や、内面的かつ精神的なものの構築に程度に差こそあれ、さまざまな変化が生ずる年齢層でもある。これらの変化が人生に与える衝撃は、青年期の純粋さよりはるかに強いのである。自我の肯定や否定、自己制御や放任、また善悪や真偽の取捨など、意識が絶え間なくぶつかり合い、戦っている。この戦いは常に神経に刺激を与え、思考と模索をいざなうのである。人間はこういったさまざまな矛盾に対する認知と分析を通して、自らの内省が促され、自我の救助と超克を実現していくのである。

吉田精一は谷崎潤一郎の性格と文学の関係を分析する際、次のように指摘した。「(略)彼の作風が、自己の存在と趣味に対しては熱心な追跡者であっても、他者の生き方の根本的存在条件には深く立ち入る興味がなく、自我を他我化するほどの強烈な関心を欠くからであろう。従って彼のよってもって立つ人間性の地盤は幾分とも狭いのである」(6)。確かに、谷崎潤一郎が星岡靖之助という人物を通して自身を分析しているとすれば、吉田精一の解析は的中している。

他者の存在を無視し、自我を重んじ、他我化することがあまりできない点からみれば、谷崎は一種の「異端者」にちがいない。しかし、彼は既定の価値観により人間性を簡単に善悪で判別することができないのである。そして彼は両面、または多面的なの性格によって構築された人間性がより立体的なのである。このように谷崎潤一郎は、思想や精神における「異端」の風格を維持しているからこそ、芸術に対する追求において我が道を闊歩することができて、芸術における独自性と完全性を全うしたのではないかと思う。

結語

特立独行する者は、思想や精神において往々にして寂寞の人である。谷崎潤一郎は「我といふ人の心はただひとり　われより外に知る人はなし」という言葉を残している。その言葉があらわしているように、芸術への追求は孤独の旅であろう。人生は結局、何かを待ち望み、生命には寂寥感が充満するものである。

筆者はかつて数度、京都法然院にある谷崎潤一郎の墓地を訪ねている。簡素な墓地には墓碑や墓誌はなく、谷崎潤一郎が生前書いた「空」と「寂」の字が彫られた自然石があるだけである。(7) 谷崎は「寂」の石の下に永眠している。これはきっと谷崎が世に告げているのであろう。あまり多く語る必要はない。人生は「寂」の一言に尽きると。

注

(1) 橋本芳一郎『近代の文学八　谷崎潤一郎の文学』(桜楓社、一九六五年六月)二六〇頁。
(2) 旅行や遠出の人の無事を祈るための食事。
(3) 野村尚吾『伝記　谷崎潤一郎』(六興出版、一九七二年)一九九頁。
(4) 谷崎潤一郎『父となりて』(『中央公論』一九一六年四月)。
(5) 野村尚吾『伝記　谷崎潤一郎』二三二頁。
(6) 吉田精一『近代文学鑑賞講座九　谷崎潤一郎』(角川書店、一九五九年)一六頁。
(7) 拙稿「知我心者 唯己一人——祭扫谷崎润一郎之墓」(『日语知识』二〇〇一年十二月)。

谷崎潤一郎と田漢
――書物・映画・翻訳を媒介とした出会いと交流

秦　剛

しん・ごう――北京外国語大学・北京日本学研究センター教授。専門は日本近代文学。主な論文に、「芥川龍之介と谷崎潤一郎の中国表象」（『国語と国文学』二〇〇六年十一月）、「柳瀬正夢の漫画と一九三〇年代中国の左翼美術」（『JunCture 超域的日本文化研究』06、二〇一五年三月）、「佐藤春夫と魯迅の交流」（『佐藤春夫読本』勉誠出版、二〇一五年）などがある。

二十世紀前半の中日同時代作家の交流として特筆されるべきは、谷崎潤一郎と田漢の胸襟を開いた親しい交際である。二人が会ったのは一九二六年の谷崎の訪中と、翌年の田漢訪日の期間のみだが、同年代の日本の出版文化の隆盛と機械芸術としての映画の流行が二人の出会いと交際の契機を作ったと言える。

一、路地の中の書肆

一九二六年一月、上海を訪れた谷崎潤一郎が田漢をはじめとする数多くの中国文人と親しく交流できた理由の一つに、日本留学帰国組の知識人が上海文壇で頭角を現わし始めていたことがある。それと同時に、大量生産時代に突入した大正末期、日本の出版商品が押し寄せるように上海に流入してきたため、日本書の情報と知識を享受する場が上海の日本書肆を中心に形成されたことも大きい。改造社から『現代日本文学全集』が出版されて円本ブームが起きたのも、ちょうど谷崎訪中の年にあたる。このことと、谷崎の上海交友のドラマが内山書店を中心に繰り広げられたこととの間には、いかにも時代の鏡というような形で、密接な関係が存在していたと言える。

谷崎と中国文化人との交際にあたって、内山書店が架け橋の役割を果たしたことは、谷崎来遊を報道した一九二六年一月二十日『申報本埠増刊』の記事「日本文学家谷崎潤一郎来滬」（**図1**）からも覗える。

日本の文学者谷崎潤一郎氏は変態性欲の描写で著名となり、一書出ずるや国人読み競うという人気作家で、菊池寛氏と共に大正時代の文豪と称される。先日来滬し遊歴中。内山完造君の発起により、本月二十二日北四川路内山書店楼上にて歓迎会を開く。我が国の新文学の現状に関する謝六逸君の講演も予定している。谷崎氏に講演を望む者は内山君に相談されたい。謝君がすでに通訳を承諾したという。

この記事から、これまで知られていなかった事実がいくつか読み取れる。まず、内山書店の二階で「顔つなぎの会」（「上海交遊記」）が開かれたのは、一月二十二日のことだったということ。しかも当日は謝六逸による講演「我が国の新文学の現状」（谷崎のために特別に用意したと思われる）が予定されており、また、谷崎に講演を要請する場合は、内山完造が仲立ちをするという。谷崎が内山から「電話で通知を受けたのは、会の前日」、つまり二十一日の「朝」だった。とすれば、それ以前に大阪毎日新聞上海支局の村田孜郎の案内で内山書店を訪ねたのは、十八日か十九日あたりのことだったのであろう。谷崎は十四日に上海に到着してからわずか数日後に、「支那に於ける日本の書肆では一番大きな店」とされる内山書店に案内されたのである。

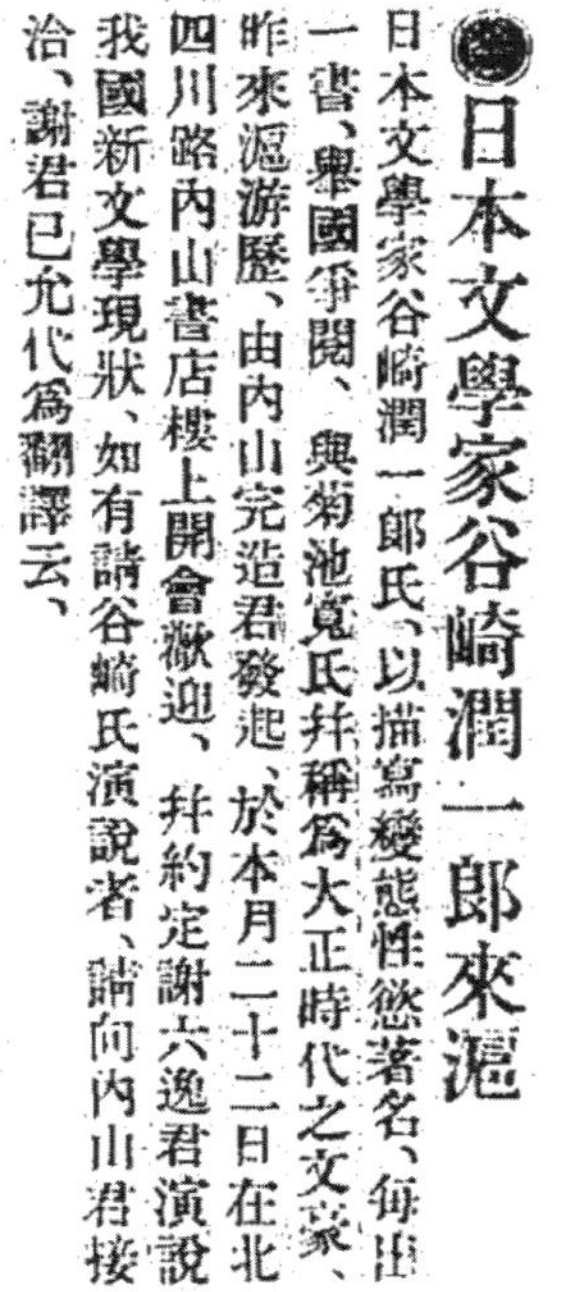

●日本文學家谷崎潤一郎來滬
日本文學家谷崎潤一郎氏、以描寫變態性慾著名、每出一書、舉國爭閱、與菊池寬氏幷稱爲大正時代之文豪、昨來滬游歷、由內山完造君發起、於本月二十二日在北四川路內山書店樓上開會歡迎、幷約定謝六逸君演說我國新文學現狀、如有請谷崎氏演說者、請向內山君接洽、謝君已允代爲翻譯云、

図1 「日本文学家谷崎潤一郎来滬」（『申報本埠増刊』1926年1月20日）

内山書店の旧跡（旧施高塔路十一号）は、現在の上海虹口区四川北路二〇五〇号中国工商銀行の営業所となっているが、そこは内山書店が一九二九年五月に移転した後の建物である。谷崎潤一郎が訪ねた頃の内山書店は、そこから南へ三五〇メートルほど離れた、四川北路（旧北四川路）西側の旧魏盛里一六九号に位置していた(1)。内山完造が美喜夫人の内職として一九一七年に魏盛里の自宅二階に開いた書店は、一九二四年、自宅向かいの石庫門の空家に移転し、初めて独立の店舗を構えた。同時期から内山完造は本職だった参天堂大学眼薬の代理業務を店内に移して書店経営に専念。支那劇研究会をはじめとする中日文芸愛好家が集う文化サロンを積極的に催すことになる。路地の中の書店は、たちまち中日読書人の間に広く知られるようになっていった。

図2　書斎の田漢(『銀星』第5号、1927年1月)

谷崎潤一郎の「上海交遊記」(『女性』一九二六年五、六、八月号)は、経営が波に乗った一九二六年当時の内山書店の活況を物語る第一級の資料であり、「年に八万円の売上げ」で「そのうちの四分の一は支那人が買つて行く」という書店の販売状況や、「店の奥のストーヴの周りに長椅子やテーブルが置いて」あるというような、客とコミュニケーションを取るための店内の配置まで正確に記録されている。同時に、「今の支那人の新知識は、殆ど大部分が日本語の書籍を通して供給される」ことや、「文学に於いては、日本留学生出身が最も社会から認められ」るという、内山書店の窓から見た中国の文化状況も要領よく伝えている。

上海滞在中に谷崎と「最も親密な関係を結んだ」(「きのふけふ」)田漢は内山書店の常連客の一人で、当時上海の新興文壇の先頭に立つ存在であった。一九二二年九月に留学先の東京から上海に帰った田漢は、中華書局の編訳所に就職し翻訳の仕事に携わっていたが、中華書局のような大手出版社に編訳所が設置されたこと自体、外国書物の翻訳が重視されていたことの証である。田漢が『沙楽美』(サロメ)、『哈孟雷特』(ハムレット)、『日本現代劇選』などを立て続けに翻訳し、中華書局で刊行したのも、そうした関係からである。

一九二三年春、日本から上海に来遊した村松梢風は、中華書局編訳局で田漢に面会したついでに、哈同路民厚北里四〇六号の田漢の家にも立ち寄った。二階の書斎へ案内された彼の眼に映ったのは、「英文の小説類や、日本の文学書類が一杯詰まってゐる」[2]書斎の本箱だった。また、一九二六年十月に引っ越した蒲石路六四号の田漢の家は、東亜同文書院を卒業した山口慎一が二七年春に訪ねたことがあり、その書斎に「並んでゐる本の大部分は日本の本であつた」と、「田漢の書斎」[3]で書いている。この時期書斎にいる田漢の写真(**図2**)が、映画雑誌『銀星』第五号(一九二七年一月)に掲載された田漢製作の映画『到民間去』(民衆の中へ)の広告に組み込まれているが、その蔵書の多くは内山書店で購入したものと推定される。

魏盛里の内山書店は、田漢にとってどのような場所だったのだろうか。それは、彼が書いた「日本印象記」(4)という文章によく表れている。後述するように、田漢は一九二七年六月に南京政府政治部文官の身分で日本を再訪したが、内山完造はその際、渡航船長崎丸の搭乗券を日本旅館とのコネで購入し、その訪日を谷崎と村松梢風に電報で伝えた。また、当日埠頭まで見送った内山美喜は乗船直前の田漢にメモを渡したが、そこには完造から電話で聞いた兵庫県岡本の谷崎の住所が書かれていた。内山夫妻の懇ろな世話に感動した田漢は、「自分の哀れで困窮した数年間、あなたがた夫婦二人がどれだけの寄与を恵んでくれたか」と感嘆し、「〝無国籍の人〟と自称する」内山夫妻に対して、「中国青年からの貧弱な感謝を受け取ってもらいたい」と「日本印象記」に書いている。この未完の紀行文の中で、田漢は完造のことを「もっぱら天下の英雄と交誼を結ぶ好漢」と呼び、内山書店を「上海プロ文人倶楽部」と称している。

谷崎潤一郎の来訪と年を同じくして円本出版がブームを呼び、完造の言葉で言えば「日本出版界未曽有の大洪水」(5)が上海にも波及する。書籍の運搬、読者の出入りなどで「魏盛里は全く内山弄堂の観を呈した」(6)のである。円本ブームを経た一九三六年頃、谷崎来訪からちょうど十年後の内山書店は、売り上げが倍増しただけではなく、中国人読者の比率が七割に達したという。(7)他方、谷崎潤一郎を嚆矢として日本から来滬した数々の文士は、ここを通じて中国文化人と接触を持ったため、内山書店には「上海税関」というあだ名が付けられたと後年の内山完造は回想している。(8)

二、田漢の「銀色の夢」

谷崎と対面した田漢は、開口一番、留学時代に『アマチュア倶楽部』を観たことや、由比ヶ浜海岸における同作の撮影風景を目撃したことなどを話し、大文豪との距離感を一気に縮めた。田漢の話は谷崎が脚本顧問を務めた大正活映の映画四本をすべて監督した栗原トーマスの名にも及び、谷崎は「大正活映創立時代の、遠い記憶を喚び起した」という。

この時期はちょうど、田漢が映画製作に血を沸かせ始めた頃であった。谷崎が大正活映に関わったのと同じように、田漢は新少年影片公司の脚本顧問に招聘され、映画脚本『翠艶親王』を仕上げたばかりだった。「顔つなぎの会」から一週間後の二十九日、谷崎を歓迎するため、田漢や欧陽予倩などが発起人となり上海文芸界の消寒会が盛大に開かれたが、その会場に充てられたのは田漢が関係する映画会社、斜橋徐家匯路十号の新少年影片公司だった。

谷崎帰国の一ヶ月後、田漢、唐槐秋などが発起人となって、新少年影片公司のスタジオを拠点に「南国電影劇社」が創設された。唐槐秋の証言によれば、映画製作を目的とする「南国電影劇社」について固まったのは、旧暦新年の一品香ホテルにおける田漢と唐槐秋の話し合いが決定的だったという。(9) 前日の大晦日、田漢と唐槐秋は谷崎潤一郎とともに欧陽予倩宅で年を越した後、さらに三人はダンスホールで翌朝の四時まで豪飲し、その足で谷崎の宿泊するホテルに行った。谷崎が取ってくれた部屋で、二人は寝ずに五、六時間も語り合い、南国社が結成される運びとなったのである。

さて、田漢の執筆による「南国電影劇社之発起」(『申報本埠増刊』四月十三日)の告知はこのように始まる。

酒、音楽、そして映画は、人類の三大傑作だ。その中で映画はもっとも年若く、また魅力も大きく、白昼の夢まで作り出せるのだ。

こうした映画の捉え方は、実のところ谷崎潤一郎のエッセイ「映画雑感」に依拠したものだった。酒、音楽と並列させて、映画を「人間の造ったものの中で最大の傑作」と称する点、ならびに「活動写真館へ行くのは白昼夢を見に行く」ことだとする映画=「白昼夢」説は、「映画雑感」からそのまま借用したものである。さらには、映画誌『銀星』の一九二七年一月号から評論「銀色的夢」を連載した田漢は、その初回の「Day Dream」と題する章においても、「映画雑感」の長い一段を抄訳し、それを映画に対して「独特の慧眼を持った」谷崎潤一郎の「卓越した見解」だと賞讃する。その上で、「活動写真の現在と未来」における谷崎の見解まで詳らかに紹介していた。

ところで、谷崎は「映画雑感」で映画=「白昼夢」説を展開する際、「白昼夢」の側面を楽しむには、「社会問題とか道徳問題とかを取り扱った落ち着いた物よりも、俗悪で騒々しい物の方が其の目的に沿う」とも指摘している。ところが、田漢がシナリオと監督を担当した第一作『到民間去』は、石川啄木の詩歌「はてしなき議論の後」からヒントを得た筋立であり、民衆の中に入ることの重要性を訴えるロシア・ナロードニキ運動のスローガンをそのまま題名に使ったものであった。つまり、田漢は谷崎の「白昼夢」説に共鳴しながらも、作品製作にあたっては「社会問題とか道徳問題」と無縁でいることができず、むしろそれに正面から取り組んでいたのである。

映画製作により上海文芸界のリーダー格となった田漢と厚

い信頼関係を結んだ谷崎は、上海を訪ねる知人を次々に田漢に紹介して、交流の輪をさらに広げていく。

『到民間去』の撮影開始を控えた四月末、金子光晴、森三千代夫妻と改造社編集員上村清敏が、田漢と唐槐秋の案内で「南国電影劇社」となった新少年影片公司のスタジオを見学した。その様子は金子光晴の「上海文人印象記 田漢先生の事共」[10]に記されている。上海初訪問の金子夫妻は、発つ前に谷崎潤一郎から田漢、内山完造をはじめ上海の知人宛てに七通の紹介状をもらってきていた。内山完造の計らいにより、四月二十四日に内山書店で、田漢、欧陽予倩、謝六逸、陳抱一、豊子愷、村田孜郎などを招いた「顔あはせ会」が開かれている。[11]スタジオ見学は、その数日後のことである。

一方、上村清敏は『改造』夏季増刊の「現代支那号」(七月六日発行)集稿のため、北京を経て上海に来ていた。谷崎はこの際、土屋計左右が立替で購入した『アラビアン・ナイト』の英訳本を受け取りに行くよう上村清敏に依頼していた。金子光晴が上村清敏に会った場所は、他ならぬ内山書店だった。ちなみに、上村が集めた稿の中には、田漢が自ら日本語に訳した創作戯曲「昼飯の前」も入っており、それが谷崎潤一郎の添削を経て、『改造』の「現代支那号」に掲載されたのである。

金子光晴が執筆した「上海文人印象記」によれば、スタジオを案内した時、田漢は事務室の机の引出しからフイルムの切れ端を取り出して一同に見せた。その中には「半身うつしになつてゐる谷崎氏」や「剣術の名人が剣を振廻してゐる周囲を谷崎氏以下の人達が囲繞してゐる写真」もあったという。ベランダの外で活動写真を撮ったとする「上海交遊記」の記述と合致するので、三ヶ月前の消寒会で撮影したフイルムだったに違いない。

金子光晴夫妻に続いて、一九二六年九月、春陽会の画家で、札幌出身の岡田七蔵と三岸好太郎がともに上海に来遊し、田漢と親しく交際している。彼らを内山完造と田漢に引き合わせたのも、やはり谷崎潤一郎だったに違いない。[12]岡田七蔵は、改造社刊『鮫人』(一九二六年三月)の挿絵を描いた画家であり、谷崎の生涯の親友で偕楽園を経営する笹沼源之助の親戚にあたる。そのような関係から、谷崎が上海での人脈を岡田、三岸に紹介したのは自然なことであった。谷崎は、上海滞在時に画家の陳抱一から広東犬を二匹もらった返礼として、「その後岡田七蔵氏が上海へ行つた時、氏に托して漆器の組重を陳氏に呈した」ことを「きのふけふ」に記している。

三ヶ月ほど滞在した岡田七蔵と三岸好太郎は、日本人倶楽部で十二月三日、四日の二日間、作品展を開催した。それを

図3 （左から）三岸好太郎、岡田七蔵、田漢（『申報本埠増刊』1926年12月5日）

報道した四日の『申報本埠増刊』の記事「岡田・三岸両氏絵画展覧会」は、田漢へのインタビューに基づいて書かれたものであった。しかも、翌五日の同紙紙面には、三岸、岡田、田漢の三人の写真（**図3**）も掲載されている。さらに、十一月二十九日『申報本埠増刊』の記事「南国社之西湖紀行」によれば、杭州での『到民間去』のロケーション撮影にも、三岸好太郎が同行していた。

『到民間去』主演の唐槐秋、唐琳を含め、音楽の傅彦長、美術担当唐越石など、スタッフの多くは消寒会の時に谷崎と面識を得た人々だが、撮影は一九二七年まで続いた。同年四月、「文芸戦線」の小牧近江、里村欣三が汎太平洋反帝会議に参加する目的で上海に来た時、内山完造の紹介で田漢と話し合いを持つことができた。その際、田漢は自分の新作の紹介を頼んだらしく、小牧近江は帰国してから「田漢君の新映画」[13]という文章を執筆している。一方、田漢は南京政府の総政治部宣伝処芸術科顧問電影股長に就任。その直後の六月に、映画技師を招聘する目的で五年ぶりに日本を再訪した。谷崎は田漢を神戸港まで出迎えて自宅に泊め、京阪地域の観光も案内した。

田漢の「銀色の夢」が結実した『到民間去』の初公開は同年七月末になる。ちょうど上海に来遊した佐藤春夫は、田漢に会うため列車で南京に出掛け、官庁の庭でそれを観た。「田の第一製作」は佐藤春夫の眼には、「共産主義の味を多分に帯び」たように映ったが、「民衆は絶えず拍手を送って興奮していた」という。[14]

三、訳本『神与人之間』の裏に

一九三〇年四月、田漢は「我們的自己批判」という長文を発表する。そこで彼は、八年来の南国社運動を振り返り、「熱情が卓識よりも多く、ロマンチシズムが理性よりも強かった」傾向と「プチブル階級の感傷と退廃」から抜け出せなかったことを深く反省した。それに続けて書かれた「従銀色之夢里醒転来」[15]（銀色の夢から醒めて）では、「映画は本当に夢なのか」と問い直し、「映画雑感」で谷崎が述べた、「俗悪な、荒唐無稽な筋のものでも、活動写真となると」「奇妙なファンタジーを感じさせる」という映画の特質について、それはまさしく「ブルジョア階級の掌中に握られた映画が見せるマジック」なのだと指摘した。この時期の田漢の方向転換は、同年三月二日に創設された中国左翼作家連盟で、田漢が魯迅とともに七人の常務委員に選ばれたことに動機が見出される。同年七月、田漢は中国共産党の指導下に左翼劇団連盟を組織したが、南国社が政府に封鎖されたのはその直後のことである。

翌三一年一月、左翼劇団連盟が中国左翼戯劇家連盟に改組され、田漢は責任者に推薦される。同時期に、左翼作家五人が国民党に銃殺される事件が起こり、田漢も指名手配された。谷崎が「きのふけふ」で、上海の田漢から「政府に睨まれて身辺が危くなつたから日本に亡命したい」、「暫く君の家に寄食さして貰ひたい」と手紙で頼まれたと書いているのは、この頃のことだと推測される。それに対し、一身上の都合で「御希望に応ずることが出来ません」と断った谷崎の書簡（六月十五日付「上海北四川路内山完造」宛）が、千葉俊二編『谷崎潤一郎　上海交遊記』（みすず書房、二〇〇四年）に収録されている。

上記の経緯から、田漢にとっての一九三一年初頭は、当局の眼から逃れるため一時的に潜伏を余儀なくされた時期に当たるのかもしれない。その二、三ヶ月の間、彼は谷崎潤一郎の小説「神と人との間」と「前科者」を翻訳することに専念した。この訳文を収録した『神与人之間』の「訳者叙」（一九三一年三月二十三日執筆）[16]によれば、それらの作品を翻訳したのは中華書局の依頼があったからだという。しかしそれは個人的にも愉快な作業であったらしく、この「二、三ケ月」の間、「毎日のように彼（谷崎）の作品に向き合って、その一行一句を私の言葉に置き変えることで、彼の心を改めて見つめ、彼の謦咳に親しく接し、彼と交際した日々のことを思い出した」という文字が、「訳者叙」には見えている。また、谷崎を「特異の天才作家」であるとし、「谷崎氏が日本近代文壇において築き上げた金字塔」は「特異の光彩を放つ」と述べ、谷崎を再び高く評価している点も注目される。

田漢訳『神与人之間』が中華書局の叢書「世界文学全集」の一冊として刊行されたのは、一九三四年十月である。これは民国期に出版された谷崎の訳書では六冊目に当たるものだが、[17]もっとも内容が豊富で、頁数の多い一冊である。「神と人との間」（一九三一年二月十六日訳了）、「前科者」（三月二十三日訳了)、「お国と五平」(五月二日訳了)の三作品の新訳に、旧訳「麒麟」、「人面疽」[18]を加え、さらに田漢執筆の「訳者叙」と「谷崎潤一郎評伝」(一九三二年五月十九日執筆)が巻頭に添えられ、谷崎の肖像と年譜も収められている。

上記の新訳三作品の訳了日は、各篇末の表記によるが、それが示すように、三作品の翻訳が完成した一九三一年五月と「谷崎潤一郎評伝」の執筆には一年ほどの時間差がある。しかもその間には、九・一八事変(満洲事変)と一・二八事変(第一次上海事変)という両国間の重大な事件が起きていた。そのため、「谷崎潤一郎評伝」の冒頭部では、この二つの事件に触れて、第一回中国旅行後に江南地方を「まるでお伽噺にでもあるような楽しい国土」に譬えた谷崎が、もし一九三二年に三度目の来遊を果たしたなら、どのような印象を持っただろうかとも問うている。

そして、田漢の伝記的事実として注目すべきは、一九三二年三月、秘密裏に中国共産党に入党したことである。それは「訳者叙」の執筆とほぼ同時期のことだった。共産党に入党したことと、その前後に谷崎作品を翻訳、論評したこととの間には、一体どのような関係があるのだろうか。興味の尽きない課題であろう。

さらに、訳本『神与人之間』をめぐる謎として、なぜ収録作品の翻訳が完成した一九三一年から三年も経った一九三四年十月になって上梓されたのかという疑問がある。九・一八事変の発生という時局が原因だったのか、それとも出版社側に何か刊行延期の原因があったのかは定かではない。ただし、入党後の田漢は上海中央局の文化工作委員会の地下活動に入ったという事実がある。それに関連して、訳本では李漱泉というペンネームを使ったことにも注意したい。つまり、この時期の田漢にとって、谷崎小説の翻訳者として知られることには、立場上何か不都合があったのではなかろうか。李漱泉というペンネームが使われたのは、訳本『神与人之間』と、佐藤春夫の作品を訳した『田園的憂鬱』(中華書局、一九三四年)のみに限られる。それを考えると、このペンネームには、入党することで決別せざるをえなかった、かつての耽美派文学傾倒者、田漢の面影が隠れているように思われてならない。

田漢訳『神与人之間』と『田園的憂鬱』の広告(**図4**)は、一九三五年六月二日『申報』(第二面)の紙面に見える。中華書局「世界文学全集」叢書の新聞広告の一部である。単なる偶然では説明がつかないことだが、同日の『申報本埠増刊』(十二面)には、前月の二十四日に公開された映画『風雲児女』(監督許幸之)の広告(**図5**)もあり、紙面の約半分を占めるほど目立っている。全民族の抗戦を訴えたこの映画の

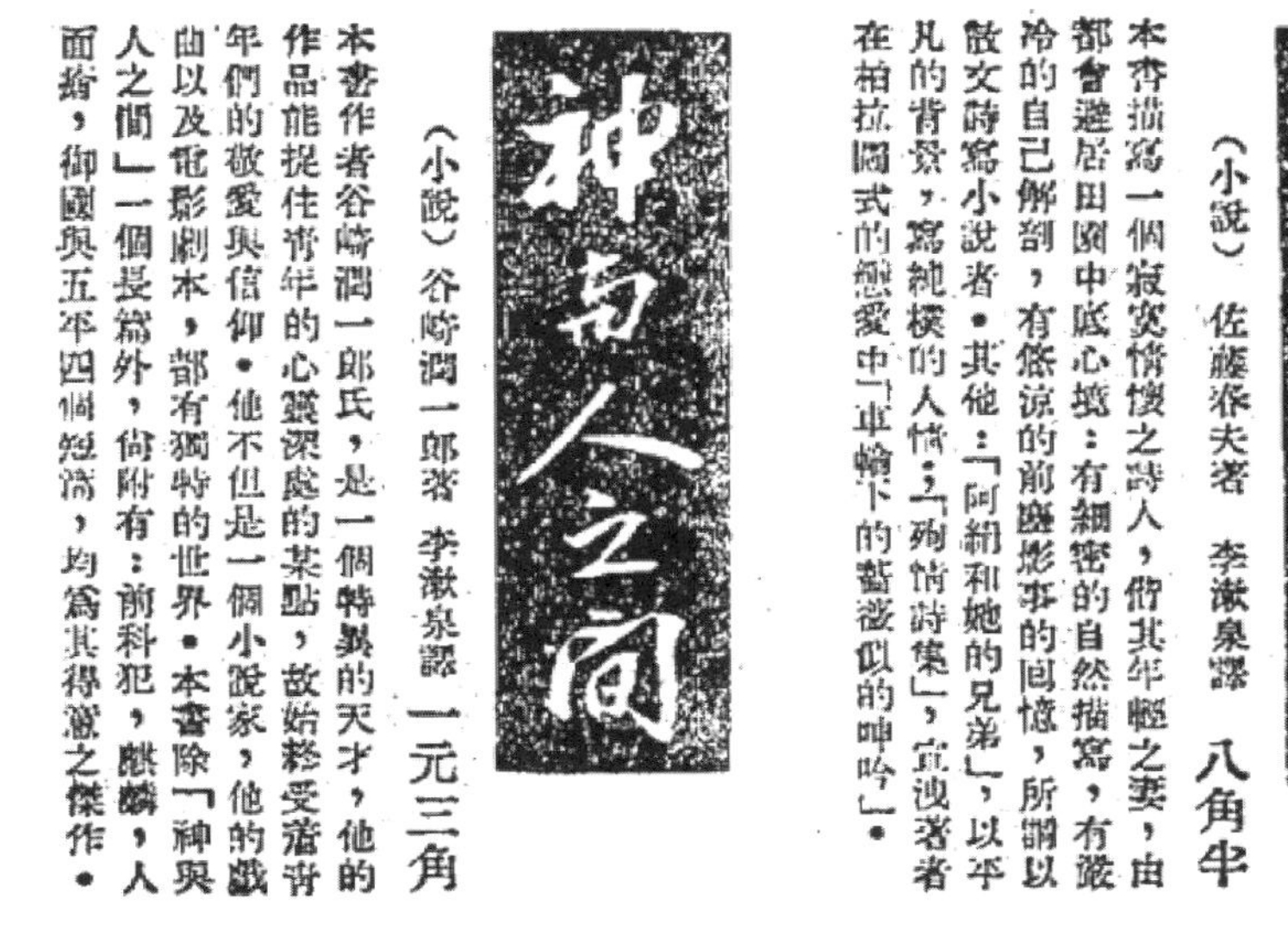

図4　田漢訳『神与人之間』、『田園的憂鬱』の新聞広告

シナリオの作者、並びに主題曲「義勇軍進行曲」（のちに中華人民共和国の国歌になる）の作詞者は、他ならぬ田漢である。もっとも『風雲児女』の新聞広告にも、公開された映画のクレジットタイトルにも、田漢の名前は見当たらない。同年二月、彼は国民党政府に逮捕され、この広告が掲載された一ケ月後の七月に、やっと保釈されて出獄するのである。

図5　『風雲児女』の上映広告

注

（1）谷崎潤一郎「上海交遊記」では、「北四川路の阿瑞里にある内山書店」とされているが、正確には魏盛里である。阿瑞里は、魏盛里の道路を隔てた向かい側の路地である。

（2）村松梢風「不思議な都「上海」」（『中央公論』一九二三年八月）。引用は小谷一郎、劉平編『田漢在日本』（人民文学出版社、一九九七年）による。

（3）『書香』第十一号、一九三〇年二月一日。『田漢在上海』所収。

（4）『良友』画報第十九号、一九二七年九月。『田漢全集』第十三巻（花山文芸出版社、二〇〇〇年）所収。

（5）内山完造『花甲録』（岩波書店、一九六〇年）一五八頁。

（6）内山完造『花甲録』（岩波書店、一九六〇年）三二五頁。

（7）秦剛「戦前日本出版メディアの上海ルート――内山書店と改造社の海を越えたネットワーク」（『日本近代文学』第八十九集、二〇一三年十一月）を参照されたい。

（8）「文芸漫談会の思出」、『老朋友』創刊号（一九五五年五月）。

（9）唐槐秋「我与南国」（『矛盾』第二巻第五号、一九三四年一月）。

（10）『読売新聞』一九二六年八月二、九日。

（11）日付は金子光晴「上海より」（『日本詩人』一九二六年六月号。『田漢在上海』所収）による。

（12）一九二六年十二月四日の『申報本埠増刊』の記事「岡田・三岸両氏絵画展覧会」では、岡田七蔵と三岸好太郎を谷崎潤一郎の友人として紹介している。

（13）『都新聞』一九二七年五月十七、十八、十九日。

（14）「曾遊南京」、『改造』上海戦勝記念臨時増刊号、一九三七年十一月。『定本佐藤春夫全集』第二十一巻（臨川書店、一九九九年）所収。

（15）『電影』第一号、一九三五年五月。『田漢全集』第十八巻収録。

（16）「訳者叙」の篇末には「一九三二年三月二十三日」という日付が記されているが、「一九三二年」は「一九三一」の誤記だと思われる。

（17）田漢訳に先立った谷崎作品の訳本として、楊騒訳『痴人之愛』（北新書局、一九二九年）、章克標訳『谷崎潤一郎集』（開明書店、一九二九年）、査士元訳『殺艶』（水沫書店、一九三〇年）、章克標訳『悪魔』（華通書局、一九三〇年）、白欧訳『富美子的脚』（暁星書店、一九三一年）の五種類がある。

（18）田漢訳「麒麟」は『南国週刊』十三号（一九三〇年一月）に、「人面疽」は『南国週刊』六―八号（一九二九年十月八日―二十二日）に掲載されていた。

付記　本稿が引用した田漢の文章、『申報』記事などの中国語資料の日本語訳は、筆者による。

『嘆きの門』から『痴人の愛』へ

——谷崎潤一郎・中国旅行前後の都市表象の変容

日高佳紀

ひだか・よしき——奈良教育大学教授。専門は日本近代文学。主な著書に『スポーツする文学　1920-30年代の文化詩学』(共編著、青弓社、二〇〇九年)、『谷崎潤一郎のディスクール　近代読者への接近』(双文社出版、二〇一五年)などがある。

初めての中国旅行前後に発表され中断した『嘆きの門』は、のちの『痴人の愛』に繋がるモチーフの作品だが、両作品に描かれた〈都市〉には著しい差異が認められる。混沌を混沌のままに描き出した初期作品以来の〈都市〉は、中国での〈西洋〉体験を経て、特定の時代・地域の刻印を帯びたモダニズムの表象へと変容したと考えられる。

谷崎潤一郎が初めての外遊として中国大陸に赴いたのは、一九一八年(大正七)十月～十二月のことだが、この旅と重なる時期に発表された小説が『嘆きの門』(『中央公論』一九一八年九～十一月)である。

この作品は、銀座のカフェに勤める美貌のウエイター菊村が、美しい女性客に導かれて、彼の世話をして学問などをさせたいと申し出る男と遭遇する物語である。高名な詩人でもあるというこの男は、菊村の美貌を見込んでその申し出をしたという。連載わずか三回で中断し未完に終わる小説であり、カフェでの女性客と菊村の対話(第一回)、男の邸を訪れた菊村が男の申し出を聞かされる内容(第二回)、男=岡田の家族や素性が語られ始める部分(第三回)といったあたりで中断されるため、物語に大きな展開はみられない。

プロットも不明瞭で中途半端なまま投げ出された作品だが、後に『痴人の愛』(一九二四年三月～一九二五年四月)で活かされるモチーフがさまざまに散りばめられている。とりわけ、カフェという擬似西洋空間で働く菊村に、色白——西洋人——「合の子」という印象が与えられ、その卓越した容姿を理由に〈教育〉の機会が与えられていく内容は、『痴人の愛』のナオミの造型性に繫がる設定とみることができる。また、両作品ともに第一次世界大戦期を物語の背景としている点からすると、描かれた〈都市〉の基盤となる世相風俗においても同じ地平に立っていると考えられる。むしろ、『痴人の愛』は、中断した『嘆きの門』を別のかたちで再構築した作品とみるべきであろう。

『嘆きの門』は、連載第一回末尾に「作者曰く」として「此れは可なりの長篇にする計画で、最初の第一回だけを本誌の九月号へ載せたのである。今後、一と月に一回乃至五六回ぐらゐづゝ二三箇月に亘つて連載しようと思つて居る」といった文言が付されていることでも分かるように、もともと長篇小説に仕立てようという構想があったようだ。

連載中止に至った理由について谷崎は、のちにこの作品が『恐怖時代』（天佑社、一九二〇年二月）に収録される際、その付記で「途中で二た月ほど支那旅行に出かけ、帰つて来ると父の喪に会ひ、何や彼やで最早や此の後を書き続ける感興を失つてしまつた」こと、さらには、この単行本が出版される時期に「新たに長篇小説「鮫人」を中央公論へ連載し始めることになつた」ことに言及しながら「永久に完結の望みがなくなつた」と述べている。すなわち、『嘆きの門』が未完に終わった要因として、中国旅行と帰国後の私生活上の問題および『鮫人』の連載開始を挙げているのだ。

たしかに、一九一八年の暮れに中国から帰国した谷崎は、『嘆きの門』を中断し、翌一九一九年には、それ以前に多く書かれた浅草を中心とした都市小説から離れて『蘇州紀行』『秦淮の夜』『天鵞絨の夢』といった中国旅行での体験をモチーフとした作品を立て続けに発表する。『嘆きの門』に傾けていた「感興」は、外遊で得たものを表現する方向に移行するのである。そして、再び『鮫人』（一九二〇年一～十月）で〈都市〉を扱う際は、第一次世界大戦の好景気に沸く浅草を舞台にしながら、中国帰りの男を配して男女の葛藤を描き、浅草オペラを中心とした都市文化と中国趣味との融合を目論むのである。

本稿で考えたいのは、中国体験を間に挟んだ谷崎作品における都市表象の変容である。結論から先に述べると、帰国後の谷崎は、〈都市〉をそれ以前の混沌とした迷宮としてではなく、ある分節化された空間として捉える方向に移行すると考えられるのだ。『鮫人』で確認し得るその萌芽は、やがて『痴人の愛』へと繫がってゆく。この問題を検討するために、ここでは『嘆きの門』に認められる迷宮性を外遊以前の都市表象の臨界点と捉え、初期作品から続くテクスト表象と帰国後のテクストとの比較のうちに、その特質を見出したい。

一、迷宮あるいはメルティング・ポット

あらためて述べるまでもないが、谷崎は早い時期から〈都市〉を媒介にモダン文化を織り込みながら物語を創作した作家である。なかでも『秘密』（一九一一年十一月）は舞台を浅草に設定しながら、女装して遊歩する語り手「私」の感覚の特異性とともに〈都市〉が語られた作品である。「全然旧套を擺脱した、物好きな、アーテイフイシヤルな、Mode of life」を実践するために浅草の路地裏の「隠れ家」に引き籠もった「私」は、室内でのさまざまな幻惑体験を経て、夜の街に出る。

いつも見馴れて居る公園の夜の騒擾も、「秘密」を持つて居る私の眼には、凡べてが新しかつた。何処へ行つても、何を見ても、始めて接する物のやうに、珍しく奇妙であつた。人間の瞳を欺き、電燈の光を欺いて、濃艶な脂粉とちりめんの衣裳の下に自分を潜ませながら、「秘密」の帷を一枚隔てゝ眺める為めに、恐らく平凡な現実が、夢のやうな不思議な色彩を施されるのであらう。

「在り来たりの都会の歓楽」から「Mode of life」実践の場へと組み換えられた〈都市〉は、「私」の身体感覚の変容とともに表される。しかし、それを実現させた「私」の〈秘密〉は活動写真館で遭遇した旧知の女性・T女に看破されて失われ、物語後半になると「私」はあべこべにT女の〈秘密〉を〈都市〉の断片から解明する位置に移行することになる。すなわち、『秘密』における〈都市〉は、自らの体系によって混沌を生み出すことと、与えられた迷宮に新たな体系を見出すこととの往還の裡に成り立っているのである。

『秘密』以後も浅草は谷崎作品の〈都市〉を象徴する場として設定され続けるが、その迷宮性を最も顕著に扱った例を『魔術師』（一九一七年一月）に求めることができる。

作品の舞台は、「文明の中心地たる欧羅巴からかけ離れた、地球の片隅に位して居る国の都で、最も殷富な市街の一角」とされるのみで特定の場所が明かされることはない。ただそれは「浅草の六区に似て居る、あれよりももつと不思議な、もつと乱雑な、さうしてもつと頽爛した公園」であり「偉大と混濁との点に於いて、六区よりも更に一層六区式な、怪異な殺伐な土地」なのである。すなわち浅草は、現実の土地以上に象徴的な場とされるのだ。その特性は次のように語られる。

若しもあなたが、浅草の公園に似て居ると云ふ説明を聞いて、其処に何等の美しさをも懐かしさをも感ぜず、寧

ろ不愉快な汚穢な土地を連想するやうなら、其れはあなたの「美」に対する考へ方が、私とまるきり違つて居る結果なのです。（…）私の云ふのは、あの公園全体の空気の事です。暗黒な洞窟を裏面に控へつゝ、表へ廻ると常に明るい歓ばしい顔つきをして、好奇な大胆な眼を輝かし、夜な夜な毒々しい化粧を誇つて居る公園全体の情調を云ふのです。

『秘密』と同様に、浅草は表と裏の二面性を持つ空間とされている。あるいは、そういった両義的な「情調」こそ、〈都市〉の特質であると考えるべきかもしれない。

また谷崎は、『魔術師』を発表した翌一九一八年に、後に単行本『自画像』（須原啓興社、一九一九年九月）に収録される際に文字通り『浅草公園』と題することになる短いエッセイを書いている。『中央公論』編集部の企画「新時代流行の象徴として観たる「自動車」と「活動写真」と「カフェー」の印象」と題した小特集に、他の十三名の作家・評論家・美術家らとともに、編集部の求めに応えて寄稿したものである。西洋への外遊経験をもつ者も少なくない他の執筆者のいずれもが、企画に示された三つの事象それぞれに関する「印象」を通して西洋文化を享受する「新時代」の是非を述べているのに対し、谷崎は、その大半を浅草の印象に充て、「新時代流行の象徴」たる娯楽を享受する場として愛でるために、旧来の娯楽を批判することに終始する。それらを「在り来たりの都会の歓楽」と一括りにした『秘密』に通じるところである。その上で、浅草の魅力は次のようにまとめられている。

僕が浅草を好む訳は、其処には全く旧習を脱した、若々しい、新しい娯楽機関が、雑然として、ウヨ〳〵と無茶苦茶に発生して居るからである。亜米利加合衆国が世界の諸種の文明のメルチング・ポツトであるといふやうな意味に於て、浅草はいろいろの新時代の芸術や娯楽機関のメルチング・ポツトであるやうな気がする。

メルティング・ポットすなわち「るつぼ」とは、明示されているように多文明・多人種の集まるアメリカ社会を言い表す用語である。時あたかも第一次世界大戦で疲弊したヨーロッパに替わってアメリカが政治的にも文化的にも世界の中心に躍り出ようとしていた頃のことである。さまざまな人種や文化が溶解して新しい生活様式が生み出されているさまを言い表すこの言葉が、「新時代の芸術や娯楽」の混ざり合った現象としての浅草という〈都市〉の特性を表すとするなら、そうした「雑然」とした「無茶苦茶な」状態をその混沌のまま分節することなく捉えようとする姿勢を表明していると考えてよいだろう。それはまた、『秘密』や『魔術師』で描き出された〈都市〉にほかならない。浅草を象徴としたモダン都市の新しく雑多な雰囲気は、混沌としたなかにも新しい時代に進もうとするアメリカ社会・文化の勢いに重ねられたのだ。

二、『嘆きの門』と『痴人の愛』

浅草をメルティング・ポットと捉えた谷崎は、このエッセイが発表されたのとまさに同じ『中央公論』一九一八年九月号誌上に『嘆きの門』を発表し、ここから連載を開始するのである。

本稿冒頭で述べたように、『嘆きの門』は連載三回で中断している。この作品において都市空間が作中人物の内面に影響を与える箇所として注目したいのは、第二回の冒頭、菊村が岡田の邸を訪ねる場面である。「越前堀の海岸通り」にあると設定されたその西洋館の外観に対する最初の印象は次のように語られている。

実際その家の外観は、少女の身の上が不思議なやうに、一つの不思議であつた。西洋館とは云ふものゝ極めて粗末な、殺風景な木造建てゞ、もとはペンキが塗つてあつたのであらう、――それが長い年月の間、散々汐風に吹き曝されて、かさぶたのやうに剥げ落ちて、家全体の肌が象の皮膚のやうにザラザラした、一種陰鬱な灰色に変色してしまつて居る。家と云ふよりはまるで石炭殻の堆積のやうに薄穢く、バサバサに乾涸らび切つて居る。而も其の様式がまた一層奇妙であつて、建築の事なぞに何等の智識のない菊村にも、余り類のない建て方であることは、一と目で頷かれるのであつた。東京市中にある西洋館と云へば、事務所にしろ、ホテルにしろ、劇場にしろ邸宅にしろ、大概表の作りを見れば分るものだのに、その建物は何の為めに作られたものか見当が付かない。

菊村が西洋館の前に立つこの場面、その語りは邸から受ける印象に長々と費やされている。その外観は「少女の身の上が不思議なやうに、一つの不思議であつた」とされるように、謎の少女のイメージと重ねられながら、引用箇所の前にあった「しーんと」「ガラン洞」に加えてここでも「ザラザラした」「バサバサに」といったオノマトペと「かさぶたのやうに」「象の皮膚のやうに」などの比喩を用いた身体感覚に訴える表現の組み合わせによって表象されている。そしてその邸の不思議さは、建築様式の「奇妙」さ、また、合目的性の欠如という点によって特徴づけられる。

建物の具体的な形状は「突飛な三角形の屋根」「四角な箱のやうな一と棟」などという幾何学的なイメージによって構

成されているが、菊村は、この西洋館に対して「西洋のエッチングなどにある化物屋敷だの、古城だのゝ光景」を連想する。そして、この「奇怪な邸」と対峙するうちに、邸に招かれた理由に対する不安感を抱くに至るのである。

「此の家には何か秘密があるに違ひない。此の家の主人が己を引き取らうと云ふのは、事に依ると単純な物好きではないかも知れない。何か善くない事が、――危険な事か、物凄い事か、不道徳な事かゞ、――此の家の中で己を待ち構へて居るのではないだらうか。」

自然と菊村はさう云ふ予覚を受けずには居なかつた。(…)淡い不安が胸の奥から少しづゝ這ひ上つて来るのを覚えた。

西洋館から受ける「秘密」の印象は、菊村の内面を期待から「不安」へと組み換えていくのだ。さらに菊村は「今迄に読んだことのあるさまざまな探偵小説の中から、此の場合に適用されさうな筋だの場面だのを、彼れか此れかと頭の中に描」き、それが加速度的に菊村の裡に「毛むくぢやらのでつぷりと太つた西洋人」「麻酔薬」「ピストル」といった欲望めいた犯罪の「空想」を生じさせる。物語における〈都市〉は、「奇怪な邸」と身体感覚を媒介に、菊村を迷宮の奥に潜む「秘密」の予感に誘うのである。

やがて邸内に招かれた菊村は、そこで「いろいろの色彩がごたごたと配置され」た様を目の当たりにする。その「古道具屋の陳列場に似通つ」た室内に対し次のような印象を抱く。

野蛮国――若しも此の室内の器物の配列が、何等か一定の趣味の下に統一されて居るのだとすれば、たしかに其れは野蛮趣味より外にはあるまい。何処を捜しても、いかなる部分にも、ひたすら野蛮な俗悪な趣味が発揮されて居るのみである。

戸外から室内へと移動した菊村の印象が、『秘密』の「私」の欲望を逆になぞるものであることに気づくだろう。そこにはいかなる合理主義や合目的性をも排除した自己完結的な意味空間が構成されている。『秘密』の「私」が「隠れ家」で享受したものがそうであったように、ここにあるのはあらゆる既存の価値体系において測ることのできない、あるいは、そうした価値観からすれば「野蛮」で「俗悪」でしかない、むしろ混沌としか捉えようのない「器物」の集合体なのだ。したがって、この邸の主である岡田が自らの「趣味」以外の理由で菊村を引き取ろうというはずはないのである。その意味で、岡田にとって菊村はその独自の「趣味」によって蒐集されるコレクションの一部でしかない。こうした岡田の「趣味」が、邸の奇怪な外観に通じるものであることは言うまでもないだろう。

以上見てきたように、『嘆きの門』の〈都市〉は、菊村が邂逅する空間と事物の印象のうちに描き出された迷宮にほかならないのである。一方、『痴人の愛』の場合はどうか。次に検討してみよう。

『痴人の愛』の語り手（手記の書き手）譲治は、物語の冒頭に街をゆく自身の意識を書きつけているが、ここで描き出された〈都市〉は、「往来を歩く時でも毎朝電車に乗る時でも、女に対しては絶えず注意を配つてゐ」たという、異性に対する譲治自身の欲望の表れにほかならない。ナオミとの出会いはそうした意識の延長上に位置づけられるのである。

譲治がナオミを引き取る決心をした後、物語における浅草の都市空間は、二人で出かけた活動写真館のあるモダンな街として、あるいは、「花屋敷の角」から「千束町の方へ」帰って行くナオミの様態のうちに物語に描き出される。〈都市〉は、ナオミという一人の女性を意味づける機能を果たしているのだ。

この点を確認した上で、『嘆きの門』と比較するために、譲治とナオミが二人で暮らす「お伽噺の家」の描写をみてみたい。

結局私たちが借りることになつたのは、大森の駅から十二三町行つたところの省線電車の線路に近い、とある一軒の甚だお粗末な洋館でした。所謂「文化住宅」と云ふ奴、――まだあの時分はそれがそんなに流行つてはゐませんでしたが、近頃の言葉で云へばさしづめさう云つたものだつたでせう。勾配の急な、全体の高さの半分以上もあるかと思はれる、赤いスレートで葺いた屋根。マツチの箱のやうに白い壁で包んだ外側。ところぐ〵に切つてある長方形のガラス窓。そして正面のポーチの前に、庭と云ふよりは寧ろちよつとした空地がある。（…）いやにだだツ広いアトリエと、ほんのさゝやかな玄関と、台所と、階下にはたつたそれだけしかなく、あとは二階に三畳と四畳半とがありましたけれど、それとて屋根裏の物置小屋のやうなもので、使へる部屋ではありませんでした。

「お伽噺の家」は、後に「文化住宅」と呼ばれることになる都市表象の裡に位置づけられている。こうした類型化は、一九二〇年代に至る時代の刻印を帯びた現象として捉えることができよう。そして、「いやにだだツ広いアトリエ」とされる内部もまた、二人が互いに「声を掛け合」う屋根裏部屋であるとか、ナオミ＝小鳥を住まわせる「大きな鳥籠」であるとかいったように、二人の関係性を表す意味空間として表象されるのである。

　このように『痴人の愛』に描き出された〈都市〉は、『嘆きの門』に見られたような混沌とした迷宮の〈都市〉とは明らかに異なり、特定の時代における文化現象や作中人物の関係性を如実に反映させたものなのである。こうした分節化された空間の上に配置されることで、ナオミも一つの都市現象として読み取るべき存在に位置づけられていると考えられるのだ。

三、変容する〈都市〉

　見てきたように、内容的な類似性を持つにも関わらず、都市表象の点で『嘆きの門』と『痴人の愛』には著しい差異が認められる。こうした変容は、両者の間の時期に発表された作品においてはどのように現れているのだろうか。

　既に述べたように、『鮫人』は、中断した『嘆きの門』から時を置いて発表された第一次世界大戦末期の浅草を舞台とした作品である。その時代を象徴する浅草オペラが扱われ、また、作中には浅草公園という都市空間の特性が詳述されているなど、この時期の谷崎の浅草あるいは〈都市〉に対する意識を捉える上で示唆的なテクストと言ってよい。

> 浅草公園が外の娯楽場と著しく違つて居る所は、単に其の容れ物が大きいばかりでなく、容れ物の中にある何十何百種の要素が絶えず激しく流動し発酵しつゝあると云ふ特徴に存する。若し浅草に何等か偉大なるものがあるとすれば此の特徴より外にない。云ふまでもなく社会全体はいつも流動する。いつもぐつぐつと煮え立つて居る。けれども浅草ほど其の流動の激しい一廓はない。それは緩慢な流れの中に一つの圏を描いて居る或る特別な渦巻である。（傍点原文）

　例えばこのような一節には、浅草を「メルチング・ポット」と表現したことと共通の眼差しを認めることができるのである。

　しかし同時に、この作品の中心人物のうち、画家である服部が第一次大戦期の活況に沸く東京を苦々しく思い、またその親友である南には上海帰りという特性が与えられている、といった点に留意しなくてはならない。すなわち、この作品で描かれた〈都市〉にはそうした特定の時代および上海というもう一つの西洋体験——言うまでもないが谷崎自身の体験と重ねられよう——という枠組みが与えられているのである。そして彼らが直接目にする浅草オペラを〈都市〉を象徴する現象として描き出すことが目論まれているのだ。

　さらにまた、『痴人の愛』に通じるモチーフを持つ作品である『肉塊』(一九二三年一〜四月)の冒頭には〈都市〉をめぐる次のような注目すべき記述が見られる。

すべて、或都会の特色を知るにはその都会での一番賑かな街を歩くのが捷径である。(…)しかし必ずしもそんな賑やかな街通りでなくとも、たとへば何処の都会にでもよくありさうな裏長屋の路次のやうな場所であつても、注意して見れば何かしらその地方でなければならない独得の空気があるものである。(…)芝と四谷と、何処が違つてゐるのだかは分らないが、それが何となく嗅ぎ分けられるのである。

ここで〈都市〉は、「何かしらその地方でなければならない独得の空気」の発露とされており、それぞれの個別的な特性において捉えるべきであると述べられているのだ。こうしたローカリティを取り込みながら〈都市〉を描くこと。ここには『秘密』『魔術師』『嘆きの門』などに共通していた、混沌のうちに〈都市〉を捉えようとするあり方とは明らかに異なった方向性が認められる。

原理的な意味でモダニズムがローカリティを捨象するところに成り立つとすれば、『秘密』以来の谷崎の取り組みは早い段階でモダニズムを捉えようとした一つの兆候と見ることができよう。一方、谷崎の中国旅行は、かりそめであれ、それ以前に抱いていた〈西洋〉にひとつの形象を与えた体験にほかならず、モダニズムを或る特定の時代・地域の刻印を帯びたものへと接続する契機となったにちがいない。

この意味で『痴人の愛』は、「ナオミ」という少女の身体表象と接続するかたちで、震災によって喪われたモダン都市を「浅草」というローカルな場として描き直す試みであったと考えることができるのだ。

都市空間の物語——横浜と『痴人の愛』

ルイーザ・ビエナーティ

Luisa Bienati——イタリア国立ヴェネツィア・カ・フォスカリ大学アジア北アフリカ研究学科准教授。専門は日本近代文学。永井荷風「濹東綺譚」「すみだ川」、谷崎潤一郎「少年」、「私」、「小さな王国」、「金色の死」、「アベマリア」、井伏鱒二「黒い雨」など、イタリア語訳書多数。主な著書に、*Una trama senza fine. Il dibattio degli anni Venti in Giappone*（小説の筋論争）, Venezia, Cafoscarina, 2003; *Letteratura giapponese. Dalla fine dell'Ottocento all'inizio del terzo millennio*, Torino, Einaudi, 2005; *The Grand Old Man and the Great Tradition. Essays on Tanizaki Jun'ichiro in Honor of Adriana Boscaro*, Ann Arbor, Michigan Univ. Press, 2009; *Tanizaki Jun'ichiro: Storie di Yokohama*, Venezia, Cafoscarina, 2011; *Letterario, troppo letterario. Antologia della critica giapponese moderna*, Venezia, Marsilio, 2016などがある。

『痴人の愛』を中心に、ほかの谷崎の初期作品も考慮に入れつつ、主人公・譲治とナオミの、地理的にも、文化的にも、西洋に近づくかのように西へ西へと向かう大森から鎌倉、横浜への移動の跡をたどり、それぞれの都市空間の中の西洋化と、その物語性を考察する。

一、「…ずっと此家に住んでゐる…」

『痴人の愛』の最終章では、主人公の譲治とその妻ナオミの変遷は安定した状況に達している。ここで達した平衡関係に至るまでの二人の関係の発展は、東京から鎌倉や横浜への移転の最後にも示されている。横浜では山手から本牧に移る彼らの行程は、譲治の象徴的な「…ずつと此の家に住んでゐる…」という表現によって要約されているように、止まったのである。

『痴人の愛』は、〈都市小説〉として読むこともでき、そこでは地誌と文学上の空間が交差し、切り離せないものとなっている。前田愛は、都市空間から文学上のテクストに伝えられたメッセージを解読するために三つの次元を区別している。すなわち、一つはイデオロギー、諸機関、特別な社会上のコンテクストに結びついた家あるいは公共の場によって代表される象徴的な次元、二つ目は、都市／田舎、内部／外部、中心部／郊外のように相反するものの共存という典型的な次元、三つ目は統合的な次元、つまり、輸送機関、道路網、住宅地帯とそれらとの接続である。(1)

『痴人の愛』には、この三つの次元がすべてであり、あらゆる解釈の主要点になっている。事実この小説は、多くの方法で読まれ、非常に多様な解釈がなされている。テクストに交差するテーマの豊かさも、都市のコンテクストおよび当時の文化論との密接な結びつきも際立っている。

谷崎は『痴人の愛』を、一九二三年の関東大震災の後、関西への移住後、一九二四年三月から一九二五年七月にかけて連載した。(2) その後彼の文学は、関西の伝統的な生活方式に影響を受けている。しかし、『痴人の愛』ではまだ伝統的な世界が反映されておらず、一九二三年以前の東京と横浜の特色——特に場所——が刻印されている。千葉俊二は「『痴人の愛』は谷崎の横浜時代の西洋主義を深く反映している作品である」と主張している。(3) すなわち、地震以前に横浜に住んでいた作家自身の生活体験および当時の彼の文学上の実験が展開されているのである。谷崎のいわゆる「横浜物語」の中で、彼はすでに『痴人の愛』に混ざり合っているモチーフの多くを表現している。『痴人の愛』の最後の数頁のみ横浜が舞台になっており、そこは二人の登場人物の〈西洋への行程〉の到達点である。従って、非常に注意深く詳細に描かれたほかの場所に比べて、あまり重要ではないように思われるかもしれない。しかし、谷崎にとって——当時の読者にとっても——横浜は歴史的、象徴的に正当な価値を持っており、正にこの到達点こそが我々の分析において、テクストと都市構造との間、登場人物の空間における動きと内面の展開の間、住居空間とナオミの肉体が〈モダン・ガール〉へと変身する間の、無限の交差を理解するための理想的な出発点となる。

二、横浜から「受け継いだもの」

谷崎潤一郎は一九二一年から一九二三年にかけて横浜に住み、一九二三年九月一日の大震災後この町を離れざるを得なくなった。その前には、東京の江戸時代の〈町人〉文化が残る、伝統的な区域に住んでいた。

谷崎が横浜の町に惹かれた理由は、決定的に〈反東京〉としてのこの町の性質がある。「谷崎にとっての横浜は反〈当時の日本〉としての町であり、具体的に言えば、反〈当時の日本〉とは〈反東京〉と同意語である。」(4)

明治維新（一八六七年）とともに始まった近代化と変化の過程の象徴である首都・東京は、谷崎の生誕地であり、青春を過ごしたところであり、しばしば彼の批評の対象になった。谷崎は近代化の過程を非難しているのではなく、彼の時代に東京で行われた「不自然」で「非西洋的な」方法、東京からそれ以前に存在していたすべてのものを取り去った表面的な近代化を非難している。

これに反して、横浜はこれと比較する過去を持っていない。当時の日本のどこの町とも同じように、首都とは異なる特色を持った、という意味における〈反東京〉である。

谷崎にとって横浜は、自伝的な経験談『港の人々』に描かれた現実の都市空間であり、『青い花』、『アヴェ・マリア』、『友田と松永の話』、『肉塊』、『本牧夜話』、『一房の髪』のようなフィクション、さらには一九二四年の最も有名な小説『痴人の愛』に至るまでの作品にインスピレーションを与えた〈あこがれ〉の場所であった。しかし、横浜の影響はこの短い期間内に限らず、「横浜物語」には谷崎がその後の作品でも再創造されるテーマや環境作りが探索されている。谷崎の文学上の成熟期の作品における想像上の〈西洋〉は、都市のコンテクスト、文化と芸術の交錯の原型、アイデンティティの対決と定義づけの土地として解釈された。このような〈場〉において、谷崎文学は形成されたと主張しても大げさではない。

三、『港の人々』――本牧から山手へ

『港の人々』では、彼が一九二一年九月から一九二三年の大地震まで住んでいた横浜の環境についての詳細な描写が自伝的になされている。『痴人の愛』のナオミ像の原型としては二人の女性、Yさんとせい子の存在が明らかにされるべきであろう。

Yさんは名前がなく、従って、読者にとってすぐには日本人か西洋人か分からない。これは、混血の女性あるいはそう見える女性に惹かれた谷崎の描写に繰り返し現れる重要な要素である。Yさんは、肉体的な外観、生活習慣、意欲的で決然とした性格のために作家の心を打つが、時に無口で謎めいている。

もうひとりの女性人物は谷崎の妻の妹、せい子であり、すべての批評家によってナオミの現実のモデルとされている。『港の人々』においては、Yさんの場合のような念入りな肉体上の描写はないが、せい子の生活習慣が明らかにされている。彼女は谷崎の妻とも彼自身とも異なり、極めて自然に横浜の西洋人たちとつき合い、ダンスのレッスンを受け、友人Yさんと映画館に行くのだ。

『港の人々』からは、谷崎がナオミの文学上の人物の経歴、気質、身体上の特徴を描く際に、ある特色はYさんに、ほかの特色はせい子に、インスピレーションを受けていたと読みとることができる。一方、短篇小説『青い花』（一九二二年）の女主人公・阿具里《あぐり》は、我々が『痴人の愛』で出会う女

性のほかの個性を具体化している。日本女性の身体がますます〈西洋的な〉身体に変貌していくことは、登場人物たちの〈西方〉への移動と平行している。豪華な店のショー・ウィンドーに姿が映る近代的な銀座から横浜の店の鏡に見えるイメージは、身体に掘られた刺青のように、第二の肌のように密着した洋服によって変貌した阿具里のイメージでもある。銀座から山下町へ、横浜への移動は、女主人公の身体上の変貌に平行する、物語の基本的なものとなる。横浜の阿具里は、東京のコンテクストにおいては同じ方法では描写され得ないであろう。

銀座から横浜へ移動するとき、空間の地理は身体のメタファーとなり、新しい都市空間の異国的なものは身体の異国趣味になる。こうして阿具里の身体的特質は〈異国的〉で〈西洋的〉であると定義される。

西洋的特質は阿具里を身体上ばかりでなく、その内面も変化させる。この女性は〈男みたい〉と定義され、新しい皮膚をまとい、身体および精神の条件において男性に優越する（同じ展開は、後に譲治とナオミの関係において見ることにする）。

ナオミの性格描写に先立つもうひとつの阿具里の特色は、肌の色の白さである。このテーマは作者のお気に入りであり、同時代のもうひとつの短篇小説、同じ横浜を舞台にした『アヴェ・マリア』の美的考察の中心でもある。魅力あるニーナの描写によって主人公は白人女性を前にした日本人男性の劣等感を表現し、さらに先の方で、自分の肌の黄色とロシア人女性の白とのコントラストをしつこく明らかにしている。

『痴人の愛』をそれ以前の作品の光に照らして読み直すと、多くの共通点を突き止めることができる。ここでは最も意味深いそのいくつかの例を挙げるに止めよう。浅草とのつながりとしては、遊園地と映画館通い。女優、特にメアリー・ピクフォードへの情熱。過去と現在のコントラスト、大正時代（一九一二〜二六年）の東京ともっと近代的で西洋風な横浜との対比と、そこから示唆を受けた「モダン・ガール」（阿具里、ナオミ）のタイプ。贅沢品、衣類、ファッション、振舞い、生活様式、家から始まって身体自体と皮膚の色の変化に至るまで徐々に獲得していった〈西洋的なもの〉。西洋の趣味と美的基準による教育の必要性とダンスあるいは水泳の新しい訓練方法。上記の、特に横浜の公共の場所。流行歌あるいはフォックストロット。〈近代女性〉である日本人女性と外国人男性との交際。ロシア人の存在（『港の人々』にすでに現れ、『アヴェ・マリア』ではさらに多くなる）。人種の相違と混血女性あるいは日本人／西洋人の魅力のモチーフ。女性の身体が描写されるメタファー。男性の支配に受動的であることに呼応する、男性によって考えられた理想的なタイプに向かう女性の変化、等々である。

この横浜から「受け継いだもの」には、『痴人の愛』の中でも出会い、ふたたび作り直されている。「横浜物語」の人物たちのファンタジーや欲望をかき立てた横浜は、西洋風の家に住み、町の外国人のための娯楽場の人混みに紛れ込んだ譲治―ナオミ夫婦によって実現された夢となる。しかし、正にこれらの場所の描写こそ、当時の日本人の〈西洋〉に対する熱狂をパロディ化したものなのである。谷崎の〈西洋〉は、横浜の外国人居留地の植民地文化、すなわち「決して現実にはなり得ない〈ニセの西洋〉である」(5)。

四、『痴人の愛』――都市のルート

西方への移動は、はじめは栃木県（東京の北東）から首都へ、それから同じ都内（鎌倉も含め）、そして最後に横浜である。これは譲治とナオミとの関係、および西洋人の身体とメンタリティに近づくナオミの変貌と平行している。

二人の人物の関係は様々な局面を迎える。それを四つに分けると、それぞれが特別な土地と結びついている。

東京――郊外から中心部へ

登場人物たちの最初の移動は、地方から首都へ、東京の郊外から中心部へ向かうものである。最初に語り手―主人公が述べる自分自身とナオミについての紹介は、都市のコンテクストと彼らの生活条件や心理条件との間に密接な関係を持たせている。譲治は地方出身であり、高校に通うために上京し、今は大井町にある電気会社で技師として働いている。彼が〈近代的〉であることは、彼の技術上の知識のためではなく、むしろ大正時代の程度の低い大衆文化の典型的な西洋趣味のために際立っており、「彼がすべての新しくて良いものの源泉とみなす外国世界についての完全な無知」(6)と一緒になっている。彼は芝口の下宿に住み、毎日郊外から仕事場のある中心街へ移動する〈模範的な勤め人〉、〈真面目な人〉と定義される一方で、〈家〉の絆から解放され〈完全に自由な状態で〉生活している。ナオミとの最初の出会いは浅草雷門の近くのカフェ・ダイアモンドである。十四歳の少女はこのカフェの女給をしており、ナオミという名前はすぐに西洋人女性への夢を呼び起こす(7)。小説では、最初は漢字で奈緒美、次になおみ、最後にカタカナでナオミと書かれているのは意味深い。彼女が日本人であるというアイデンティティは、すぐに――名前にせよ、顔にせよ――西洋人女性と結びつけられ、カタカナによって、外国人であるが日本に帰化した女性のように強調されている。この名前の書き方は、谷崎がすでに本文の始めで、輪郭を描こうとした女性人物の展開を暗示していると言えよう。本文の先に進むと、彼女の家族の出身地が千束町であると分かる。正確には、両親の希望は娘が〈芸者〉になることだったが、彼女はそれを受け入れず、カフェの女給になる方を選んだ。しかし、千束町という場所の現実をも暗示している。すなわち、この場所の最も特有な性質は吉原に近いことであり、そのために森鷗外は「最も俗な場所であり、住民たちは性を売る人々から金銭を受け取ることを恥じない区域である。」と定義している。『痴人の愛』の最後、譲治が自分の教育の挫折を見た時、彼は、彼女に対してこの出身地にふさわしい言葉、〈売女〉、〈淫売〉、〈畜生〉、〈犬〉を使っている。これは正に人間に対するものではない（社会階級の最も低い〈非人〉―非人間、カースト外という言葉を思わせる）。また、この土地を〈地獄〉と表現することは、認可されていない歓楽街の女性たちに対しても普通に使われており、従って、千束町のような最低の場所を呼び起こす。[8]

従って、譲治とナオミの関係において、最初の局面に結びついた象徴的な場所は、千束町、浅草、銀座である。『痴人の愛』を〈都市の物語〉として読むならば、その町の進歩と歴史は意味深く、東京の世俗的区域である浅草から銀座への移動が見られる。

郊外から中心部へ、低い所から高みへという進展は、明治時代の典型的な概念、つまり社会的進歩の用語〈立身出世〉の光を照らして見ることができる。

この二人が一緒に暮らすために大森への移転を決めた時、譲治は、二人にとって彼らの社会的地位を向上させる意味を持つ暮らしに向けて自身と若い少女を養うことができた。ここで最も意味深い要素は、大森という郊外と中流階級に合う住居のタイプ〈文化住宅〉の選択である。もうひとつの意味深いものは〈西洋〉への歩みである。

大森――〈文化住宅〉

譲治は「たしかにそれは呑氣な青年と少女とが、成るたけ世帯じみないやうに、遊びの心持で住まはうと云ふにはいゝ家でした。」と言っている。この理想は〈シンプル・ライフ〉を行うのに適当な家を探すことによって実現される。本文にカタカナで書かれたこの言葉は、プロテスタントの牧師チャールス・ワーグナー[9]の本のタイトルで、〈複雑な〉近代生活によって起こる苦しさの対策として本質に戻ることを切望した、当時非常に有名な言葉であった。

家探しは、蒲田、品川、大森、目黒など郊外の「緑豊かな道」を歩いて行われた。

大森の家の象徴的な価値は、すぐに明らかになるが、赤い屋根や白い壁に対する作者の〈お伽噺の家〉という皮肉の言葉にも表れている。作者が「先づそんな風な恰好で、中に住むよりは絵に画いた方が面白さうな見つきでした。」と説明しながら部屋から部屋へ描写を広げていくその家は、あまり機能的には作られていない。それでも、この住居の象徴的価値は、ナオミが「まあ、ハイカラだこと」と叫ぶほど庶民的な想像力の及ぶものであった。彼女は、この住居の「お伽噺の挿絵のやうな」独特なスタイルに魅せられたように思われる。前には画家とモデルが住んでいたので、その空間は、二人一緒の生活が、本物の家族の雰囲気を作ることを避け、家庭の〈真似事〉の場として形になるのである。

大森の文化住宅は、この小説のすべての出来事の中心であり、舞台である。二人の生活は、以前には外部から、常に主人公の声を通して描かれたが、ここからは主に家庭空間の中で描写される。家は特別な役割を帯び、登場人物たちの心理的な現実を反映する。しかし、小説の終わりごろ、裏切られ、失望し、捨てられ、そして、気の変わりやすいナオミの言いなりになる〈痴人〉の条件に甘んじて従う時、譲治は、大森の家を彼らの関係の否定的な展開に結びつける。生活条件を改良する――そうすべきであったが――代わりに「大森の「お伽噺の家」を畳んで、もつと真面目な、常識的な家庭を持つと云ふ一事です。」と望むほど悪化させる。〈文化住宅〉で〈シンプル・ライフ〉をしたいという欲求の中に彼らの生活の無秩序の原因を認めるに至るのである。

大森の家は内部が明らかにされるが、前に描写された郊外は、物語の中で忘れられたかのように不明瞭にされている。内部/外部の活力は、夫婦生活が家庭の壁の間に二人だけでいる時のみ安全であると暗示している。彼らが通った流行の場所、特にダンスホール・エルドラドは、ナオミが〈もうひとつの顔〉を見せる場所であり、鎌倉の海岸の場面で起こる急激な変化に先立つものである。場面が西へ移動するほど、ナオミの〈近代性〉は、二人の関係をますます脅かすものとなる。彼女は〈男みたい〉と定義され、あまりにも際立った体型によって描かれ、服装は「横浜あたりのチャブ屋か何かの女」を思わせるほど派手である。譲治は、自分が背の低い、日本人であり、身体上の外観に何の自信も持っていない。大森の家の外では、ナオミの厚かましい態度によって彼らの関係が危機に陥るばかりでなく、主人公はこの女性の性格が変わったことに気がつく。今や結婚するかもしれないと思ったこともない、堂々たる体の西洋人にも似てきている。そして自分の人格が、『アヴェ・マリア』の有効なイメージを使うなら、彼女を覆う〈ヒマワリ〉によって押し潰されるかのように感じはじめるのである。

東京―鎌倉往復

譲治とナオミの最初のヴァカンスの行き先は鎌倉である。伝統的な箱根の温泉と鎌倉の海岸での海水浴との選択を前にして、ナオミは躊躇わなかった。水泳、水着、色のついたキャップ(もちろん銀座で買った)は、西洋から輸入された新しい魅力である。谷崎は、普段は横浜の海岸に通っていたことを、『港の人々』の中でも長々と描写している。二人の最初のヴァカンスは多くの事柄の始まりを表している。あまり費用を気にせずにヴァカンスができる彼らの生活程度の向上、逗子あるいは鎌倉行きの電車で会うエレガントな女性たちを前にした時の困惑に示されるように、より近代的な生活への歩み、ナオミの身体の魅力と二人の間の親密さの描写などである。

数年後の鎌倉への第二のヴァカンスは、全く逆である。生活条件の向上の象徴であった〈近代的で西洋風のもの〉は、ナオミの裏切りというもっとはっきりした表現になる。鎌倉は、静かで安らぎの場と結びつき、世紀の初めには、すでに山の手の住民がヴァカンスを過ごし、新しい気晴らしを楽しみ始めた海岸であった。文学上でも、鎌倉の海岸は、夏目漱石の『こころ』の〈先生〉と主人公の青年との忘れがたい出会いの場の舞台であった。浅草から銀座へ、鎌倉へ、と楽しみの場は広がり、ますます西方に移動する。これは新しい、速い交通網によって可能になった。大井町から横浜、さらに鎌倉と結ぶ電車は、ナオミにとって、自分の計画を終わらせることのできる保証でもあった。事実、杉浦芳夫によれば、鎌倉へ行くことは、単に人気のある流行の場の選択を意味するのではない。彼は、走行距離の時間を分析して、東京との往復をすることが譲治にとって好都合なおかげで、微妙な裏切りを企てるために、いかにこの選択が東京への近さから示唆されているかを示している。[10] ナオミは、彼女のほかの男との関係をまだ知らない夫が鎌倉を選ぶよう「…鎌倉なら、毎日汽車で通へるぢやないの、ね、さうしない?」と言って説得する。本文の進行表(杉浦与志雄、二二五頁参照)を作るのを可能にするような厳格で正確な再構成を谷崎はどのように着想したのであろうか。それは読者に小説のエピソードをいかに明らかにするかをよく知っていた推理小説の技法で示される。鎌倉は、その推理の中心的なものとなる。なぜなら、正にここで譲治がナオミの裏切りの明確な証拠を手に入れ、彼女を〈淫売、娼婦、売女〉と侮辱するほどだからである。彼女のほかの愛人たちもまた〈言い表しがたいひどいあだ名〉で呼んでいる。鎌倉の海岸での場面は、本文の筋の展開のモーメントである。ここで読者は、それまでのナオミの態度についてのすべての当てこすりや暗示が正確に確認され、二人の関係がもはや同じではなく、むしろ浮気な妻と〈愚かな〉夫という互いの役割を〈大成〉していることに気づかされる。

ナオミが一時期、譲治から離れて大森に帰る時、〈文化住宅〉と〈シンプル・ライフ〉は、彼等の関係において、もはや肯定的な価値を表していない。だからこそ家を変えるほかはないのだ。彼らの関係が逆転し固定化するように、ナオミの反抗的な性格を受け入れる。(11) そして、横浜の家は彼らの最終的な住居になる。

横浜――ニセの西洋

横浜は、譲治が一人で絶望し、ナオミが大森の〈お伽噺の家〉を捨て、外国人居留地に住む、見知らぬ西洋人の家で夜を過ごすと分かった、本文の最後の部分でも登場する。そのため大森は譲治にとって危険な場所となる。あまりにも横浜に近く、妻が流行の場所に東京から日帰りで往復できる電車が使えるからである。「僕は京浜電車にしますよ、彼奴が横浜にゐるんだとすると、省線の方は危険のやうな気がするから。」とある。そして、横浜は、捨てられた若者が自分のかつての恋人が、今や近づけないほど自分に勝る近代的な女性になって、西洋から帰って来て船から降りる場面を想像する象徴的な場所である。譲治とナオミは横浜へ移転するために大森の〈お伽噺の〉家を去る。この決定と鎌倉滞在がどうであったかに関する二人の最後の対話は、この女性の前もって考えた計画であり、ナオミの帰宅も横浜への移住を目的とした経済的観点からの契約である。この女性の依存性の確認であり、その贅沢な生活はこの夫によってのみ可能となる。ナオミは真に千束町の現実に属することを明らかにし、自分の性を交換対象として使う〈ヤンキー・ガール〉となる。

最後の数ページは三、四年の距離をおいて物語をふたたび取り上げ、最後の事件はあとがきの形で総括的に語られている。今や家は山手の丘の上にある本物の西洋館であり、すぐに本牧の海辺にある、さらに豪華な家に変えられている。『痴人の愛』では、譲治が〈お伽噺の家〉の夢を実現し、憧れの西洋生活を身近なものにすればするほど、彼の人格はますますへり下ったものになる。今や、彼は妻の言いなりで、彼女の性に打ち負かされ、役割の逆転を自覚している。〈文化住宅〉の夢の中では「女中や小鳥」であったはずの若い女性を西洋風の顔かたちに磨くという譲治の計画の女性は、今や、彼が魅力を受けた西洋の女優たちのような、完全な〈ファム・ファタール（妖婦）〉となった。少なくとも二十畳の明るい部屋の天蓋つきベッドでの彼女の目覚めの描写はアメリカ映画の画面を思わせる。しかし、譲治は、離れた小さな部屋で眠る。彼の意志は、もはや裏切りの屈辱に反応しないほどまでに、新しいナオミを失う恐怖に卑下している。自分のアイデンティティの否定は、名前の綴り、西洋風に譲治がジョージになることによって完成される。現実的で真の西洋とニセの西洋との間の差――横浜は半植民地的な現実の象徴でもある――は、ナオミ／西洋人（譲治の見方）とナオミ／混血児（ほかの人々、〈世間〉の見方）との対照によって本文に与えられている。西洋風／混血児の女性とお伽話／外部世界の家との対照については、谷崎は、数年後の物語作品の筋[12]についての芥川龍之介との論争でも言及している。そこで谷崎は小説の美しさを次のように定義している。「〈お伽噺〉の家は、言わば、譲治がナオミに汚れのない永遠の愛を求めた夢の空間であったと同時に、作品構造的には、〈世間〉と拮抗して物語を成立させる重要な観念であった…」[13]西洋人の女性の夢をナオミとともに育んだ〈お伽噺の家〉と、ナオミをニセの混血児としか見ない世間との間のズレは、要するに譲治の生活の破壊の原因となろう。譲治の運命と大正時代の西洋神話が消耗するのは、神話と現実、西洋の空間と植民地の空間との間のこの距離においてである。

西洋への旅はここに至る可能性があり、谷崎は、西洋の征服は自己自身の喪失と同じである、と言いたいように思われる。〈お伽噺〉の終わりは〈シンプル・ライフ〉を夢見る可能性の終わりであり、譲治とナオミはもはや家を変えないであろう。

注

（1） Ai Maeda, *Text and the City*, a cura di J. Fujii, Durham, N.C., Duke Univ. Press, 2004.（前田愛『都市空間のなかの文学』筑摩書房、一九八二年）。

（2） 『痴人の愛』は、一九二四年三月から六月まで「大阪朝日新聞」に連載され、一九二四年十一月から一九二五年六月まで雑誌「女性」に連載された。谷崎自身一九二四年六月に「大阪朝日新聞」に読者に向けて中断を告げ、できるだけ早く作品発表を再開し、読者の満足に答える、と約束している。Cfr.「『痴人の愛』の作者より読者へ」

（3） 千葉俊二「『痴人の愛』の原稿」（神奈川近代文学館、十一、一九八六年）五頁。

（4） 河野多恵子『谷崎文学の愉しみ』（中央公論社、一九九八年）六八頁。

（5） 三上公子「『痴人の愛』――新東京人の夢」（『目白近代文学』十一、一九九四年）八二頁。

（6） Ken. K. Ito, *Visions of Desire: Tanizaki's Fictional Worlds,* Stanford, Stanford University Press, 1991, p.80.

（7） カタカナで書いたナオミの名はアメリカかイギリスの発音を暗示している。本文では本当の名前がナオミなのにすべての人がナオちゃんと呼んだとある。主人公がローマ字でNaochanと書かなかったのは意味深く、西洋風の名前を呼び起こさず、カタカナで書いたのでは外国人の名前と呼応しない。Cfr. 野崎歓「『痴人の愛』と外国語のレッスン」（千葉俊二、アンヌ・バヤール＝坂井編『谷崎潤一郎――境界を越えて』風間書院、二〇〇九年）二一五―二一六頁。

（8） 美智子スズキ、同前、三七八頁。

（9） 内田青蔵「〈文化住宅〉物語――ナオミの家ができるまで」（『東京人』都市出版、一九九九年五月号）八二頁。原題は*La vie simple*であり、英訳が非常に有名である。（McClure, Phillips & Co., New York, 1904）、一九〇四年に彼をホワイト・ハウスに招いたテオドル・ルーズベルトのおかげである。一九一三年に〈単純な生活〉というタイトルで邦訳された。

（10） 杉浦与志雄『文学の中の地理空間』（古今書院、一九九二年）二一六―二三二頁。

（11） 小森陽一は、フェミニスタの予想として、ナオミの譲治の教育に対する反抗が、いかに知的な無能さによるのではなく、物語に表現されない女性人物の反応であるかに注目させている。物語の観点は絶えず男性人物によって維持されている。『構造としての語り』（新曜社、一九八八年）七一―七四頁。

（12） Cfr. Luisa Bienati, *Una trama senza fine. Il dibattito critico degli anni Venti in Giappone*, Cafoscarina, Venezia, 2003.

（13） 中谷元宣「谷崎潤一郎『痴人の愛』論――〈お伽噺の家〉の意味をめぐって」（『国文学』関西大学、二〇〇七年三月）二六三頁。

「卍」の幾何学

スティーヴン・リジリー

谷崎潤一郎が芥川龍之介との論争で珍しく数学的なメタファーを使用したことをきっかけにして、「話の筋を幾何学的に組み立てる」ということを、歴史環境や谷崎文学に位置づけ、論争直後に谷崎が執筆した『卍』という幾何学的な小説の構造を近代数学の立場から考察する。

Steven Ridgely――アメリカ・ウイスコンシン大学准教授。専門は日本近代文学。主な著書に*Japanese Counterculture: The Antiestablishment Art of Terayama Shūji* (University of Minnesota Press, 2010)、「マッチ擦るつかのまに「カサブランカ」を読む寺山修司」(『短歌研究』二〇一三年十一月)、「芥川と談話療法」(『芥川龍之介研究』二〇一三年)などがある。

昭和二年三月号の「改造」に掲載された谷崎潤一郎の「饒舌録」第二回で、小説の筋の面白さは「物の組み立て方、構造の面白さ、建築的の美しさである」といって、それに芸術的価値がないとする芥川龍之介との間に「話の筋」論争が始まった。谷崎文学と建築との関係は藤原学などによって研究されているが、同じ「饒舌録」の中で谷崎が、珍しく数学的な表現をしていることに注目したい。つまり、「凡そ文学に於いて構造的美観を最も多量に持ち得るものは小説であると私は信じる。筋の面白さを除外するのは、小説と云ふ形式が持つ特権を捨てゝしまふのである。さうして日本の小説に最も欠けてゐるところは、此の構成する力、いろ〳〵入り組んだ話の筋を幾何学的に組み立てる才能、に在ると思ふ」といっている。「建築的」という用語も用いられるが、構造、構成、幾何学などのキーワードは数学的なもので、谷崎が一次元的な「筋」というものを利用しながら、三次元的な物語や小説の世界を作ろうとしていたと受け取ることができる。

大正時代にはアインシュタインの来日によって幾何学の意味が大きく変化した。時間と空間とが統一された四次元世界を提示する相対性理論、またニュートンの万有引力では説明しきれない質量によって周囲の空間が曲げられる、非ユークリッド的空間についての理論が世界的に話題になる。来日する大正十一年までほぼ二十年間、理論レベルで活躍していたアインシュタインが、大正八年（一九一九）五月二十九日の皆既日食によって、相対性原理によって予想された通り、星の光が太陽の近くを通ることで曲がることが実証され、この難解な理論は証明された。

相対論の普及には科学者の手で書かれた説明書が数多く出版されたこともかかわる。この近代物理学によって我々の世界観がどんな風に変化していくかというテーマについての文章もいろいろと書かれた。フランスのポアンカレはそのもっとも早い例である。『科学と方法』の中の「事実の選択」や「偶然」という章で、たとえば、二つの大きな事件を結びつけることで因果律を考えることが歴史家の仕事ならば、小さな原因から大きな結果が生じるのはなぜかと問いかける。これを我々は「偶然」と名付けるが、因果関係は歴史学においても物理学においても変わりなく同様のプロセスとして機能しているという。これらのポアンカレの文章は寺田寅彦によって邦訳され、漱石の『明暗』でも言及されたこともあって、科学の世界よりも広く大正時代に知られるに至った。

またアインシュタイン・ブームより十年も早く、明治四十五年に田辺元が「哲学雑誌」で「相対性の問題」という論文を執筆していたり、近代日本でも、その影響を受けた戸坂潤によって論じられてきた。アインシュタインの相対性理論も大正十年に桑木《くわき》彧雄《あやお》と池田《いけだ》芳郎《よしろう》によって邦訳されている。のちに空間論に関してもっとも面白い「幾何学と経験」というアインシュタインのベルリンでの講演も翌年、来日の十ヶ月前に石原純によって翻訳された。こういった環境の中で谷崎が小説の構成を幾何学的に考えたということは興味深い。

「饒舌録」の直後に書いた『卍』は、タイトルを見ただけでも幾何学的な構成だということが分かる。卍という字はアジアでは、無論仏教のマークで「功徳円満」という意味だが、つまり「万字」という「万」、「よろず」、数えきれない善行によって調和するという記号である。谷崎の小説では、この仏教のマークは園子がY子さんというモデルを楊柳観音の姿に描くつもりで、思わず徳光光子にそっくりな絵を書いてしまう冒頭の「その一」に見える光子と仏教の観音様との関係がタイトルに反映している。そして小説の最後では同じ園子が描いた光子の観音画像を枕元の壁に飾り、光子・園子・柿内がお線香を上げて、将来この画像が「光子観音」として知られるようになるのではないかと話をして、三人で心中を試みる。

数学の言葉を借りて言えば、卍の構造は「回転対称性」だといえる。左右相称や鏡映対称と違って、中心を回る点対称になっている。「二つ巴」という家紋が二回回転対称性で、神社などに見られる「三つ巴」が三回回転対称性で、お寺で見かける卍が四回回転対称性である。数学者のハーマン・ワイルが昭和十二年にウィーンでの講演でこういう数学の対称性について論じているが、ヒトラーやナチスのマークになる前の大昔から、魔術的な力を持つものとして使われたという。ワイルの仮説によれば、その魔術的な力がこのような不思議な幾何学によっているというのは、回転することで対称性を示すが、鏡映はしない、「衝撃的に不完全な対称」という原因から来るという。また、天文学者のカール・セーガンが『ハレー彗星』で、卍というマークが何千年前に空に実際に現れた回転する彗星の表象であったという仮説を唱え、証拠として中国の彗星に関するテキストなどを指摘した。こうした数学や天文学からの説も念頭において、「卍」における卍という四つ巴のものが回転している構造を考察していきたい。

「卍」という字の旋回的な字形は、死に至るまでの光子・園子・綿貫・柿内の四人の欲望が渦巻く状態を表すと思われる。英語圏研究におけるケン・イトーの谷崎論では卍のタイトルは「Whirlpool」（渦巻き）とされており、ハワード・ヒベット氏の英訳のタイトルは「Quicksand」（流砂）となっている。一旦そこに踏み込むと、ゆっくりと沈んで最後に溺れて死ぬというイメージである。たしかに光子に接する登場人物がすべて一緒に死のうとするのだが、結局園子も綿貫も生き残るということに注目したい。谷崎文学において珍しい心中という結末と、谷崎自身の友人で論争相手でもあった芥川龍之介の自殺との間に何らかの関連があったのかも知れない。芥川の「歯車」や「或る阿呆の一生」などを見ると、一点に向かっての集中する螺旋的な思考がなされ、何でもかんでもが死に至るといった趣がある。例えば、「歯車」では日本語・英語・フランス語・ラテン語の言葉遊びで「モオル・Mole, la mort」（もっと、モグラ、死亡）や「tantalizing, Tantalus, Inferno」（イライラする、タンタルス、地獄）という風に自由に連想を展開していくが、これは典型的な鬱病の症状である。こうした芥川作品に見られる下へ向かう螺旋の動きはあまり谷崎文学では見られず、あったとしても「秘密」にみられるようなデカダンスである。「卍」の場合、登場人物同士が、相手に裏切られながら他の人物と組んで仇を打つ計画をたて、そのうちにまたもとの相手に対しての欲望が前よりも高められてゆき、今度は計画した人物も一緒にその螺旋体に巻き込まれるといった構造になっている。だが、ポイントは「歯車」のような下降する憂鬱の螺旋体とは反対に、上昇するような恍惚に至る動きだということである。

「卍」には、腕が四本あるということも興味深い。「四」という数字はこの小説で奇妙な存在感をもち、例えば園子の電話番号は「西宮一二三四番」という、どう考えても実際にあるとは思えないようなものだ。この奇妙な電話番号が現れる「その九」は、それまで三角形の構成をしていた園子、柿内、光子の話に突然綿貫という四人目の存在が浮上してくるところにあたる。しかも、「その九」という章は、連載では三十六章まであった小説のちょうど四分の一にあたる。ここでこの小説は三角形の関係が、四角形の関係へと移るわけである。単行本として刊行される際に、三十三章に絞られるけれども、最後の結末の章を除けば、八章分のセットを四つに分けることができる。すると、第一部には夫婦関係のうまくゆかない柿内と園子夫婦、光子との関係が描かれ、第二部では綿貫の登場で園子や光子の三人の組み合わせとなり、第三部では綿貫と園子との同盟が結ばれ、光子との関係を記した契約書の話も出てくる。最後の第四部で柿内に話に戻ってきて、園子と光子と三人心中を試みる。つまり、四部に分けられた物語の各部は三角形の構造をもって構成され、小説全体をピラミッドのような正四面体の構造として受け取ることができるということである。三角形を四つ組み合わせて、光子を頂点にして、園子・柿内・綿貫を下に配置する。一面が語り出されると、その幾何学的な結晶体は四分の一だけ回転して、今まで見えていなかった面、見えなかった三角形のかたちが見えてくることで物語が進んで行く。ただ唯一見えないのは、光子のいない園子・柿内・綿貫だけの場面だといってよい。

「卍」とは四人の登場人物の話でありながらも、その四人が同じ場面に出ることは一度もない物語であって、基本的にそれぞれの三角形の関係から一時的に排除された人の嫉妬や恨みによって出来事が動くという力学によって描かれている。

だが、話の中で四人の組み合わせとなる場面が二回ある。一回目は「その十一」での笠屋町の茶屋で着物を盗まれた後のタクシーのなかで、「光子さんと私とが奥の方い並んで、お梅どんと綿貫とがスペアシートい腰かけて、四人がむうッと向ひ合うたなり一と言も口をきかんと、車はどん〳〵走つて行きました」という箇所。もう一つは、最後の方の「その三十」で柿内と光子が性的関係をもった直後に、園子の記憶がまだ半分しか戻っていない状態で、四人のメンバーの組み合わせが変化する。「私と、夫と、光子さんと、お梅どんと、四人が何処ぞい旅に出かけて、宿屋の一と間に蚊帳吊つて寝てゝ、それが六畳ぐらゐの狭い座敷で、同じ蚊帳の中に、私と光子さん中に挟んで両端に夫とお梅どん寝てる」というものである。つまり、綿貫と柿内の交換によって四人の組み合わせに変化が生じている。最後に園子は、柿内について「声音から眼つきまでとんと綿貫生き写しになつてる」といい、柿内自身も「光ちやん僕を第二の綿貫にするつもりやねん」といっている。四面体のメタファーに戻ると、小説が最後に光子・園子・柿内という三角形の関係で終わることは、柿内夫婦と光子の最初の三角形から出発した物語が、出発点に戻ってその三角形の構造の物語を完成させたということである。ピラミッドが一回転して最後に最初の三角形にもう一度戻ったという構造をもつと見なすことができる。

この四人組の二つの場面にはお梅という光子の女中がいることにも注意したい。お梅はリアルタイムで光子と綿貫の策動をほとんど承知したうえで動いているが、たいていは沈黙を守っている、ある種の客観的な観察者である。が、何度か大事な場面で登場する。たとえば、着物を盗まれた場面でお梅と園子がタクシーに乗っている途中で、光子と綿貫の付き合いが四月から始まっており、それは五月からの光子と園子との間に交わされる情熱的な手紙のやりとり以前からのことで、完全にその二つの恋愛関係が重なるという、大切な情報がお梅からもたらされる。またその四人組の二つ目のシーンにおいては、新聞に契約書と園子からの光子宛の「えらい猛烈な、動きの取れん文句並べた」手紙が二つとも載せられて、三人心中のための動機となるが、その手紙にアクセスできる人物は光子とお梅だけであり、園子は「取つたとしたらお梅どんより外にないさかい、さては綿貫とグルになつてるな」と考える。

お梅が物語の出来事をほとんど黙ったまま観察する者として語られ、たまに発言したり行動したりする存在であることを考慮すると、園子の話の聞き手である「作者」という存在にも似ている。お梅がリアルタイムでこの物語を体験しているとしたならば、「作者」はそれが完結してから、園子の過去の物語を思い出として間接的に体験する。こうした構造から明らかになるのは、「作者」と同じように、語り手の園子がどれほど相手から操作されていたか、どれくらい嘘の世界に迷い込んでいたかなどに、後に物語られる時点になってから気づかされるということである。こうした物語上の時制がほかの登場人物よりも「作者」とシンクロしていることが興味深い。

「作者」もお梅と同じようにほとんど黙って観察するが、「作者註」という奇妙な読者への直接な発言が何度かある。数えみると四つの章で「作者註」が用いられ、再び四という記号が意味をもつ。「その一」の「作者註」には園子のことを「柿内未亡人」と表記しており、最後にその主人が亡くなることを冒頭箇所から読者へ情報として知らせている。この直前には「どうせ新聞にも出ましたのんですから」と、「徳光光子」を物語に登場させているが、この小説の最後で、契約書と手紙が出る「新聞」という媒体（メディア）と「作者註」とが、すでにここで並置されていることに注意を向けておきたい。「作者註」が、その役割を果たしながらも、のちに園子の話の外側にある資料と結びつくといった註のパターンの先蹤をなしているのである。また「その二」にも「作者註」があるが、今度は園子が先生に見せた「揃ひの着物」の記念写真へのコメントである。そこで「作者」はその着物は「上方好みのケバケバしい色彩のものらしい」ということで、標準語を使うことによって「作者」が関西人ではないことを強調しているが、写真と「作者註」が結びつけられていることにも注意しておきたい。

「作者註」で結びつけられているメディアを並べると、新聞・写真・手紙・契約書の四つになり、物語の最後の三人心中の契機になったのが、新聞に出た写真の手紙と契約書である。このように新聞・写真・手紙・契約書の四つのメディアと「作者註」とは深い関係を持っている。また手紙と契約書とは、その本物が新聞に出たのではなく、それを写真に撮影したものである。手紙と契約書との本物を持たなくても、それらの写真さえあれば新聞社に情報を渡すことも可能で、綿貫が契約書の写真を持っていたことが、ここでは重要なことになる。

では、新聞に出た写真、手紙、契約書と、読者が読む谷崎の小説との違いはどこにあるのだろうか。ここで新聞に出たのはその手紙と契約書の本物ではなく、それらの写真だったことを考えると、小説の場合にも読者がそれにアクセスできるのは、作者の手書きの原稿ではなく、活字という媒体（メディア）になったものだということに似ている。たとえば、この後すぐに「蘆刈」の自筆本を刊行しているように、谷崎は手書きと活字の文章の違いについて極めて意識的だった。このように考えると、谷崎は結局、大阪言葉の「翻訳小説」を書いたということができるのではないか。当時、数多く翻訳小説を読んでいたといわれ、のちに源氏物語を現代語に翻訳する谷崎がここで自分の標準語を「方言の顧問として大阪府立女子専門学校出身の助手二名を雇ひ」書いた小説であることを、昭和六年に刊行された単行本の「緒言」でいっている。いうなれば、「緒言」はこの小説の最初の「作者註」であり、谷崎はなぜありのままに事実を語るべきところ、つまり出来事をドキュメントするはずのところに、わざとらしく「作者」という不思議な言葉を導入したのだろうか。それは小説という空間における真実の虚構性が「作られた」ことを強調するものとなっている。それがだます／だまされるという楽しみでもあり、欲望という精神的現象を支えるフィクションでもあるが、当時の手書きの原稿が活字の製本になるプロセスに生じる、近代文学のそもそもの翻訳性でもあるといえまいか。

ところで、『卍』と相対性理論と並べて見ることは有効性があるだろうか。強いて読み込んだら、徳光光子という不思議な名前と特殊相対性理論における光の特殊な存在とが密接に繋げられる。特殊相対性理論によれば、エーテルの不在によって位置の絶対性が排除され、それとともに時間も空間も相対化されて、「光」が唯一の絶対的な存在としての意味をもつ。それが実験によって、光の速度はいくら座標系が動いても変わらないことが確認された。コペルニクスは太陽が地球を回るのではなく、逆に地球が太陽を回るのだと指摘したが、今度はアインシュタインが絶対的な光速との関係によって空間と時間との相対性を提示した。そこまで谷崎が意識していなかったとしても、歴史的風景として考えれば今まで安定した位置づけを持つ「中心」だと思われたものが、次々に相対化された時代だったといえる。

『卍』では、谷崎が「標準語」を相対化している。間接的だが、「作者註」の標準語や、特に母音を延ばすことの表記、「つい御親切に甘える気イになつて」や「主人は絵エや文学やにはてんと趣味ない方やのんですが」というところに顕著である。言語レベルでこれが関西弁をそのまま記述したものではなく、関東人の耳で聞いた、読者たちの感覚を意識して書かれたことは明らかである。つまり、関西人の耳でその「気イ」と「絵エ」というのは、長く延ばされているというより、むしろ関東人のそれらの発音が短く略された言い方で、せっかちな性格を表しているということだろう。会話の文も地の文を関西弁にすると、関東の読者でも長編小説の最後にはある程度読み慣れて、その関東・関西の言語的関係を標準語と方言の構造というよりも、それらの相対性に気づかされることの可能性の方が大きい。『卍』には、こうした相対性によって構成されているものが数多く登場している。例えば異性愛と同性愛、光子と園子のバイセクシュアリティ、あるいはジェンダーと綿貫の「女男、男女」という中性の存在などである。

谷崎が標準語で園子の話し言葉を書いたとしてもそれは男性の谷崎が女性の言葉で変換しようとしたものにすぎない。

西野厚志が指摘する「女にてみる」という問題でもある。そんな風に変身しても「谷崎である」ということは、そのまま数学における不変量の概念にも通じるかも知れない。不変量理論とは、射影幾何学から来た概念で、近代幾何学において最も根本的な問題を提示している。たとえば、円を幻灯機でスクリーンに映して、そのスクリーンを傾けたとき、それまで映っていた円の画像は楕円に変換する。しかし、その円の中に×印を書いて四分割したとすれば、円が楕円になったとしても左右の角度、および上下の角度の対称性は不変である。このように図形が変換されたとしても変わらない性質をもつことが、不変量の理論として射影幾何学や位相幾何学の基礎をなしている。谷崎が書いた標準語の原稿を大阪言葉に他人によって翻訳してもらうこと、話し言葉を書き言葉に変換すること、また手書きの手紙の文章を活字にすること、新聞のなかで写真に映された契約書が印刷されたことなど、こうしたさまざまな変換の渦巻きのなかでも不変のかたちを保ちつづけるものがある。そして、それら変わる領域と変わらない領域との関係を明確にすることこそ、この「卍」という小説を読むにあたって大切なことではないのだろうか。そうした作品の構造が、「饒舌録」で語っていたところの「幾何学的な組み立て」にも通じるものなのだろう。

『アラビアン・ナイト』から〈歌〉へ

――「蓼喰ふ蟲」の成立前後

細川光洋

ほそかわ・みつひろ――静岡県立大学教授。専門は日本近代文学・近代短歌。主な編著に、『吉井勇全歌集』（中公文庫、二〇一六年）、『寺田寅彦セレクション』（講談社文芸文庫、二〇一六年）など。「短歌研究」に「吉井勇の旅鞄」を連載（二〇一〇年七月～二〇一四年十一月）している。

「蓼喰ふ蟲」は谷崎潤一郎の作風の転換点に位置する作品である。作中に引用した『アラビアン・ナイト』と同じく、挿話の複合体として構成されている。執筆と同じころ、谷崎は松子との出会いを通じて〈歌〉を再発見する。松子への思慕の情と結びついた〈歌〉は、象徴的なイメージを喚起しながら複数の挿話を結びつける方法として、以後の谷崎作品で重要な役割を果たしていく。

「蓼喰ふ蟲」について、谷崎は「私の作家としての生涯の一つの曲り角に立つてゐるので、自分に取つては忘れ難い作品である」（「「蓼喰ふ蟲」を書いたころのこと」昭和三年）と述懐している。完成からほどなくして、十年にわたって頭を悩ませ続けてきた千代夫人との離婚問題が佐藤春夫への「細君譲渡」という形で結着をみていることを考えても、「蓼喰ふ蟲」は、その後の谷崎自身の歩みに一つの道筋をつけるような、大きな転換点に位置する作品であったといえよう。

「蓼喰ふ蟲」は、途中何回かの休載を挟みながら『東京日日（大阪毎日）新聞』に新聞連載された（昭和三年十二月三日～四年六月十八日）。同じ時期、『改造』には「卍」が並行して発表されている。作家としての転換点に位置するこれら二つの作品について、筆者は二〇〇七年三月にパリのINALCO（国立東洋言語文化大学）で開催された谷崎潤一郎研究国際シンポジウムのポスター・セッションにおいて、「卍」「蓼喰ふ蟲」の執筆には大正十五年のBurton版『アラビアン・ナイト』の受容が影響を与えたのではないか、と述べた。「卍」

における、柿内園子という女性の〈語り手〉とその語りを書き記す知人の作家という「入れ籠型構造」の原型として、『アラビアン・ナイト』のShahrazadとKing Shahryarとの関係を指摘し、読者が〈聞き手〉と同化し、あたかも直接〈語り手〉から物語を聞いているかのような印象を受けるこの語りの構造にこそ、谷崎の小説的目論見はあったとしたのである。[1]

「卍」が〈語り手〉（あるいは〈聞き手〉）の発見に主眼を置くとするなら、Burton版『アラビアン・ナイト』の翻訳テクストを直接引用する「蓼喰ふ蟲」は、物語の〈筋《プロット》〉そのものをいかに破綻なく組み立て得るかという、芥川との論争以来の問題への挑戦であったということができよう。伊藤整が新書版全集の「解説」で指摘するように、「蓼喰ふ蟲」の作品世界は、「別離を予期する要と美佐子の日常生活」、「美佐子の父とお久と古典芸術の趣味的生活」、「ルイズを中心とする要のモダニズム的異国趣味」という三つの位相の異なる要素が、「ほとんど別個な三つの作品を結びつけたように」書かれている。そして、作品としての「蓼喰ふ蟲」の評価の多くも、この三つの要素がいかにして整合性を持ちうるのかを問うかたちで行われてきた。しかし、『アラビアン・ナイト』が本来複数の別個の物語の緩やかな集合体であることを考えるなら、「蓼喰ふ蟲」もまた同様の構成原理を意識して書かれた可能性は否定できないであろう。『アラビアン・ナイト』が千一夜にわたる王の判断留保（一夜妻殺害の遅延）の物語を縦糸として進行するのと同じく、思い切った離婚にふみ切れず「孰方《どっち》つかずなあいまいな返辞」をくり返す要を主人公とするこの小説は、その執筆当初から、結末に到る過程を——緊張感を保ちながらも——遅延させる意図を内包している。「卍」がその字のごとく、光子を中心として求心的に破滅的結末《カタストロフ》へ突き進むのに対して、「蓼喰ふ蟲」には結論を先送りしようとする遠心力が働いているのである。「蓼喰ふ蟲」は今後どうなってしまうかわからない夫婦の現状を「「或る偶然」にまかせたままの平衡状態」（千葉俊二「谷崎潤一郎——小説の筋論争をめぐって」[2]）に置き、その偶然性をも作品の展開に取り込める構成の余白を残している。「卍」執筆との生理的なバランスをとるためであったのかも知れないけれど、「蓼喰ふ蟲」ははじめから窮屈な因果律（辻褄合せ）を放棄することによって、複数の挿話を「関係的同一性」（同千葉）のもとに無理なく繋ぎ合わせることに成功しているのである。

谷崎が後年、執筆に際して「はつきりしたプランの持ち合はせがなかつた」（「私の貧乏物語」昭和十年）にも関わらず、「しまいには巧い工合にちゃんとまとまるという自信」（「蓼喰ふ蟲」を書いたころのこと」）があったと語るのも、おそらくこの方法ならば離婚問題にはっきりとした結着がつかなくても、おおよその結末のイメージさえ持っていればいつでも終わりにすることができるということに気がついていたからであろう。「蓼喰ふ蟲」「卍」執筆の後、谷崎は「乱菊物語」の新聞連載に取りかかるが、幻術師や海賊たちの跳梁跋扈するこの小説は、「挿話の複合体」（乱れ咲き）として書かれた文字通り谷崎版『アラビアン・ナイト』ともよぶべき作品であった。そして、この綺譚を未完のまま終わらせた一因には、因果律を放棄して複数の挿話を繋いでいくという、「蓼喰ふ蟲」を完成に導いたのと同じ理由もあったのだ。

『アラビアン・ナイト』には、黒人奴隷との不貞を知った**King Shahryar**が、妻たちを殺し、女性への不信感から夜ごと処女妻を迎えては殺害をくり返す挿話が序段として置かれている。いわば『アラビアン・ナイト』の世界は「妻殺し譚」であり「妻問い譚」であるという二重の枠組みを持つわけで、当時の谷崎が抱えていた問題との共通性もあった。また、「蓼喰ふ蟲」という題そのものも、「好男子の亭主より醜怪きわまる奴隷を好む」という『アラビアン・ナイト』で反復されるテーマと通底するものを持つといえよう。(3)

谷崎が**Burton**版『アラビアン・ナイト』を実際に入手したのは、大正十五年五月のことであった。「蓼喰ふ蟲」の中では、要の求めに応じて高夏が上海の書店ケリー・ウォルシュ（Kelly & Walsh, Ltd.）で『アラビアン・ナイト』を購い、土産に持ってくる場面が描かれている。これと同様に、大正十五年四月十五日付の上海在住の旧友・土屋計左右（当時三井銀行上海支店長）に宛てた書簡には『アラビアン・ナイト』立替購入への礼と「淫本」検閲への危惧が述べられており、翌五月二十三日付の同氏宛書簡に無事落手した旨を記している。大正十五年五月といえば、『女性』に「上海交遊記」を連載（大正十五年五、六、八月）し、『文藝春秋』に「上海見聞録」を発表した時期と重なる。谷崎は八年ぶりに渡った上海に「悪く西洋かぶれ」した都会の姿を見、失望感を覚える中で「西洋を知るには矢張り西洋へ行かなければ駄目、支那を知るには北京へ行かなければ駄目である」と「上海見聞録」の末尾に記していた。

この発言に従うなら、「日本を知るには〈いにしへの〉俤《おもかげ》を残す日本の町へ行かなければならない」ということになるわけだが、谷崎は翌年、昭和二年七月に大阪毎日新聞の新日本八景選定委員として、高松から海路で渡り、封建時代の俤を色濃く残す瀬戸の港町・鞆を訪れている。「蓼喰ふ蟲」執筆終了と期を一にして書かれた随筆「岡本にて」（昭和四年七月）には、この旅を最初の「キツカケ」として「二十何年来忘れてゐた」歌を作りはじめたことが述べられている。鞆の旅の歌が五首引かれているが、その巻頭歌は次の歌である。

夏の夜の鞆の泊りの浪まくら夜すがら人を夢にみし哉

『谷崎潤一郎家集』（湯川書房、昭和五十二年）では、この歌は「心におもふ人ありける頃鞆の津対山館に宿りて」という詞書を添えて、「いにしへの鞆のとまりの波まくら夜すから人を夢に見しかな」というかたちで収められている。松子の『倚松庵の夢』（中央公論社、昭和四十二年）には、上の句は「岡本にて」の歌のように書き換えられていたが、鞆の津からのたよりに書かれていた歌だとされている。谷崎と根津松子が初めて出会ったのは昭和二年三月であり、この詞書にある「心におもふ人」とは松子その人と見てよい。しかし、いかに谷崎といえども、当時家庭のあった松子にあからさまな形で思いを伝えることは避けねばならなかったにちがいない。定型の枠組みという一定の距離感を保つことによって、谷崎は現実的にのっぴきならない関係となることを巧みに回避したのであろう。いずれにしても、谷崎における〈歌〉の発見が、松子への思慕の情を一つの契機としていることは見逃してはなるまい。

『アラビアン・ナイト』と〈歌〉——一見すると、この二つは「蓼喰ふ蟲」における異国情緒に充ちたルイズの世界と伝統的なお久の世界のようにまったく異質な印象を受ける。しかし、王朝物語の多くが〈歌〉をモチーフ（あるいは媒介）とした複数の挿話の緩やかな集合体（歌物語）であることを考えるならば、それが『アラビアン・ナイト』と同様に、その後の谷崎に創作的な示唆を与えるものであったことは疑いない。実際、後に谷崎は「木影の露の記」（昭和十一年八月）を歌物語として書いている。

「蓼喰ふ蟲」執筆中にも〈歌〉に対して関心を持ち続けていたことは、連載中の昭和四年五月二日付で佐藤春夫に宛てた書簡からもうかがうことができる。谷崎はこの書簡に、「覆水返盆」と題して次の二首の歌を記している。

覆水返盆

この春は庭におりたち妻子らと茶摘みにくらす我にもある哉

をかもとの宿は住みよしあしや潟海を見つつも年をへにけり

春夫に与えた二首は、『相聞』昭和四年十一月号に「春、夏、秋」と題して発表された谷崎の十首の歌の中にも見える。また、二首目の「をかもとの」の歌は、「岡本にて」にも初句を「岡本の里は」と改稿して引かれている。

この「覆水返盆」というなんとも意味深長な題詞は、おそらく結婚を間近に控えていたと思われていた千代夫人と和田六郎（作中での「阿曾」、のちの大坪砂男）との関係が不首尾に終わり、また元のような夫婦の状態に戻ったことを、春夫に暗にほのめかしたものと考えられる。しかし表面的には元の通りに戻ったにせよ、「覆水返盆」はやはり「覆水不返盆」の含みを持っている。「をかもとの宿は住みよしあしや潟」と詠むように、一見穏やかな「茶摘み」の日常風景（住みよし）の背後には、そのことを決して心から喜んではいない谷崎の冷ややかな心情が、掛詞「蘆／悪《あ》し」を用いて表わされている。春夫ならば、まちがいなく反語の意味を読み取るだろうと分かった上で、谷崎は歌にしたにちがいない。

さらに畳みかけるように、同じ感慨は「蓼喰ふ蟲」その十二の末尾にも述べられている。五月一日のあと休載し、五月六〜九日に続けて掲載されていることを考えると、このくだりは春夫宛書簡とほぼ同じ時に書かれたと見てよい（五月八日掲載）。

> 彼にはへんに道徳的な、律儀なところがあるせゐであらうか、青年時代から持ち越しの、「たつた一人の女を守つて行きたい」と云ふ夢が、放蕩と云へば云へなくもない目下の生活をしてゐながら、いまだに覚め切れないのである。妻をうとみつゝ妻ならぬ者に慰めを求めて行ける人間はいゝ、もしも要にその真似が出来たら美佐子との間にも今のやうな破綻を起さず、どうにか弥縫《びほう》して行けたであらう。（略）国を異にし、種族を異にし、長い人生の行路の途中でたま〴〵行き遇つたに過ぎないルイズのやうな女にさへも肌を許すのに、その惑溺の半分をすら、感ずることの出来ない人を生涯の伴侶にしてゐると云ふのは、どう思つても堪へられない矛盾ではないか。
>
> （「蓼喰ふ蟲」その十二）

書簡の歌を読んだ春夫がこの一文を目にしたときの思いは想像に難くない。春夫宛書簡と合わせて見るとき、要の述懐として書かれたこの一節は、まさに谷崎の実生活と同時進行《シンクロ》するかたちで、離婚問題の一方の当事者であった春夫（作中での「高夏」）に宛てたメッセージとしても読むことができる。すなわち、元の生活に戻りはしたが、やはり自分には妻千代を心から愛することはできない――「さて、君はどうする？」という谷崎自身の切実な問いを含んだものとして。

「蓼喰ふ蟲」には、作中に四通の書簡が引用されている。①上海の高夏から要夫婦の息子弘に宛てた手紙（その四冒頭）、②淡路の要から上海の高夏に宛てた絵葉書（その九末尾）、③美佐子の父から要に宛てた候文の手紙（その十三冒頭）、④高夏から美佐子に宛てた手紙（その十三末尾）、である。そのうち②の高夏宛ての絵葉書は、昭和四年二月二十五日付で谷崎が春夫に宛てた「千代はいよいよ先方へ行くことにきまつた。三月中に離婚の手つづきをすませ、四月頃からポツポツ目立たぬやう往つたり来たりしてだんだん向ふの人になると云ふ方法を取る」という実際の手紙の後で、昭和四年三月十四日の新聞に掲載された。同年五月二日付春夫宛書簡は、「覆水返盆」という内容からみても、その九の最後に置かれた②の絵葉書の一節、「カタが附いたら知らせるが、今の所いつになるやら全く不明」に呼応するものだったといえる。つまり、結局「カタ」が附かなかったという報告である。

とするなら、五月二日付の手紙の直後に書かれた④の高夏から美佐子宛ての「オ手紙拝見シマシタ。／モウ好イ加減キマリガツイタ時分ダト思ツテキタノニ」にはじまる「五月二十七日」付の手紙は、美佐子の再婚を願う文面とは裏腹に、こうした実生活上で暗礁に乗り上げた離婚問題をどうまとめたらよいか、谷崎から春夫に反転して問いかけるものであったといえるかも知れない。

僕カウ見エテモ必ズシモ木石漢ニ非ズ、芳子ノコトナド思ヒ出シテ感慨無量ナルモノアリ、唯何処迄モサウ云フ感情ヲ後ニ残シテ斯波ノ家ヲ去ラナケレバナラナクナツタアナタノ不仕合ハセヲ歎クノミデス。何卒此ノ上ハ新シイ恋人ト幸福ナ家庭ヲ持ツテ過去ノ悲シミヲ忘レルヤウニ、ソシテ再ビ同ジ過チヲ繰リ返サヌヤウニシテ下サイ。サウスレバ斯波君ダツテ「気ガ楽ニナル」デハナイデスカ。

（「蓼喰ふ蟲」その十三）

カタカナで書かれた高夏の手紙は、簡単には読まれないように隠しながら読ませるよう仕向けられたもので、「鍵」における大学教授の夫の日記との共通点を感じさせる。要が涙で頬を濡らしたというこの手紙の場面の迫真性に較べると、その十四は小説としてあらかじめ用意していたエピローグにすぎないとさえ感じられるほどだ。

「をかもとの宿」の歌の掛詞やこれらの記述にみられる意味の重層性は、「蓼喰ふ蟲」その九で美佐子の父が語る「分らない人には分らないでいゝ、分る人だけが分つてくれる」という言葉にも表されている。この淡路行きの場で老人が唄う地唄「由縁《ゆかり》の月」の一節、「今は野沢の一つ水、澄まぬ心の主《ぬし》にもしばし、すむは由縁の月の影、忍びてうつす窓の内広い世界に住みながら」にしても、序詞に導かれながら「すむ」（澄む／棲む）という掛詞を要として詞章が展開する。しかし、ここではそれは「ぼんやりと」心持ちが分かればよいという余情や〈気分〉の領域にとどめられ、方法化されていたとまではいえない。

谷崎がこのような掛詞的な発想を自家薬籠中のものとし、自らの小説の構成原理として方法化してゆくのは、千葉俊二が「「よし」と「あし」――谷崎文学の掛詞的発想について」（早稲田大学『比較文学年誌』平成十八年三月）で述べるように、昭和六年の「吉野葛」以降の作品であろう。この論の中で、作品中の掛詞・序詞・本歌取り的発想を指摘しながら、千葉が「「吉野葛」以降のこうした作風の転換に、谷崎の作歌体験が大きな意味をもっているのではないか」と指摘しているのは重要である。『アラビアン・ナイト』から〈歌〉への転換――「蓼喰ふ蟲」執筆後の二つの作品「三人法師」「乱菊物語」には、その過渡的な様相が垣間見える。

「蓼喰ふ蟲」執筆後に取りかかった、はじめての古典現代語訳である「三人法師」（『中央公論』昭和四年十〜十一月）は、「古い和文の文脈と調子を伝へる」といういわば文体練習的な側面を持つ作品。和歌も原文のまま五首引かれているが、谷崎の題材としての関心は、むしろ「第一の法師から、第二、第三の法師になるほど話が複雑で面白く、組み立てもまとまつてゐる」（前書き）という説話的な構成にあったように見える。この第一の法師、第二、第三の法師と数奇な身上語りを重ねてゆく物語の形式が、例えば『アラビアン・ナイト』第一巻の「商人と魔神の話」（第一夜〜第二夜）における第一の老人の話、第二、第三の老人の話、あるいは「バグダッドの軽子と三人の女の話」（第九夜〜第十九夜）における第一の托鉢僧の話、第二、第三の托鉢僧の話と類似性を持つのは明らかだ。谷崎は古典の現代語訳を通じて『アラビアン・ナイト』的な構成と和文脈の語りとの融合が可能か否かを試みたのだろう。

「三人法師」につづく「乱菊物語」（『東京（大阪）朝日新聞』昭和五年三月十八日〜九月五日）は、先にもふれたように本格的な谷崎版『アラビアン・ナイト』ともいうべき作品だが、注目すべきは作中に多くの和歌が引用されているということである。なかでも「発端」その二の「かげらふ」の詠んだという次の歌、

　侘びつゝも今日を頼めしからあやのうすきえにしと何か
　おもはん

この歌は、上の句を「うすき」が序詞的に受け、「うすきえにしと何かおもはん」の下の句を導き出している。作品の舞台として、鞆の津、室の津、家島群島という瀬戸の地が選ばれていることを思い合わせると、谷崎自身の作と考えられるこの歌の「うすきえにしと何かおもはん」が暗示するものは明らかであろう。張恵卿の船が鞆の津を発したのもちょう

ど初夏の候であり、この歌は昭和二年七月の松子への相聞歌を作中で再現したものなのだ。「夢前川」その一の「雲井の松」の歌も含め、「乱菊物語」で歌はひそかな思い人である松子への思慕と結びついている。

「三人法師」「乱菊物語」の執筆と併行して、谷崎は自作の歌も発表していた。「三人法師」後段と時期を同じくして『相聞』昭和四年十一月号に「春、夏、秋」十首、「乱菊物語」連載中には『相聞』から改題した『スバル』昭和五年七月号に「秋、冬、春」十二首が掲載されている。『相聞』『スバル』はいずれも旧友吉井勇の主宰誌。吉井の初めての主宰誌となる『相聞』は昭和四年六月に創刊されており、当然谷崎にも何らかの執筆の依頼があったと考えられる。吉井の歌に言及した同年七月の随筆「岡本にて」も、おそらく「相聞」創刊を受けて書かれた文章であろう。しかし、「秋、冬、春」の詞書に「げに妻もあはれ、夫もあはれなり、かくおもひて詠める男のうた」とあるように、これらの歌の多くは思うにまかせぬ夫婦生活を詠んだ歌であった。

このような実生活と創作との乖離を埋めるためには、やはり千代夫人との離婚問題に終止符が打たれる必要があった。昭和五年八月の「細君譲渡事件」は、こうした小説家としての生理的な欲求に応えるものでもあったにちがいない。そして、それを谷崎にはっきりと自覚させたのは、「乱菊物語」で『アラビアン・ナイト』的構成の趣向として取り入れられていた〈歌〉であったといえよう。

実作を通じて掛詞・序詞・本歌取りといった和歌の修辞法を身につけた谷崎は、近代小説の因果律や『アラビアン・ナイト』の個個の挿話の複合語りとは異なる構成原理として、あるいはそうした個個の挿話を象徴的なイメージを喚起しながら重層的に結びつけるものとして、「掛詞的な発想」を方法化してゆく。松子との出会いによって発見された〈歌〉――千葉が検証したように、その修辞法を自在に駆使するかたちで、谷崎は「吉野葛」以降の「松子もの」の作品群を書いてゆくのである。

注

(1) 細川光洋「シェエラザード〈語り手〉の発見――谷崎潤一郎の『アラビアン・ナイト』の受容をめぐって」(口頭発表、フランス国立東洋言語文化大学INALCO、二〇〇七年三月)。

(2) 千葉俊二「谷崎潤一郎――小説の筋論争をめぐって」(宮坂覺編『芥川龍之介と切支丹物――多声・交差・越境』翰林書房、二〇一四年四月)。

(3) 「好男子の亭主より醜怪きわまる奴隷を好む」というテーマは、序段を含め、つづくTHE FISHERMAN AND THE JINI(「漁師と魔神の物語」)の挿話The Tale of The Ensorcelled Prince(「魔法にかかった王子の物語」)でもくり返されている。その

Burton's Note（52）には次のようにある（大場正史訳）。

（52）この諷刺には恐ろしい真理が含まれている。これを読むとわれわれは、ナヴァルの女王マルガレットの、好男子の亭主より醜怪きわまる馬丁を好んだ貴婦人の話を思い出す。（『七日物語』Heptameron第20話）われわれはいわば最下等のつまらぬ男のため、いつのまにかすべてを犠牲にした、あらゆる知名な女たちを知っている。世間の者は目を丸くし、非難し、さっぱりわけがわからない。

放浪するプリンスたちと毀損された物語

――〈話の筋〉論争から「谷崎源氏」、そして村上春樹「海辺のカフカ」へ

西野厚志

にしの・あつし――京都精華大学専任講師。専門は日本近代文学と検閲制度や映像メディアとの相関関係など。主な著書・論文に「灰を寄せ集める――山田孝雄と谷崎潤一郎訳「源氏物語」」（『講座源氏物語研究』第六巻、おうふう、二〇〇七年）、「明視と盲目、あるいは視覚の二種の混乱について――谷崎潤一郎のプラトン受容とその映画的表現」（『日本近代文学』二〇一三年五月）、「韻文と散文のあいだ――「細雪」下巻三十七章を読む」（『日本文学』二〇一六年五月）などがある。

谷崎潤一郎は、芥川龍之介と交わした〈話の筋〉の藝術的価値を巡る論争のなかで、〈筋の面白さ＝構造的美観〉をもっとも体現しているのが「源氏物語」だとした。その評価が「源氏物語」の現代語訳を手掛けたことでどのように変容したのか。村上春樹の「海辺のカフカ」を取り上げながら、現代における〈物語〉の行方を見届けたい。

一、オイディプスの息子たち

その日、「僕」は住み慣れた家を捨て旅に出る。「お前はいつかその手で父親を殺し、いつか母親と交わることになる」という呪いの言葉――「それはオイディプス王が受けた予言とまったく同じだ」――から逃れるために。「田村カフカ」と名付けられた主人公（の一人）が辿り着いた先は一地方のささやかな私立図書館。そこで出会った助言者（司書・大島さん）に導かれて、少年は世界の片隅にようやく自分の居場所を見つける。しかし、皮肉にもその避難先で生き別れの母と思しき女性（佐伯さん）と出会い、夜な夜な現れては消える、彼女の生き霊（？）に恋するのだった。多くの書物を繙き、物語の森を潜り抜けて、彼は数多ある成長譚の主人公のように首尾よく「世界でいちばんタフな15才の少年になる」ことが出来るのか…。ゼロ年代の貴種流離譚（実際、少年は「放浪するプリンス」と称されもするだろう）。村上春樹『海辺のカフカ』（二〇〇二年、新潮社）を一言で要約すれば、そんな感じだ。

物語の舞台は香川県高松市にある「甲村記念図書館」、管理するのは江戸時代から続く資産持ちの旧家である。文藝を嗜む主たちが藝術サークルのパトロンとして振る舞ったことで、豊かな地方文化がここに育まれた。特に「大正から昭和初期にかけて多くの高名な人々が甲村家を訪れ、（…）歌人は歌を残し、俳人は句を残し、文学者は書を残し、画家は絵を残していった」という。現在、その客室も兼ねた書庫を改築して、「何代かの当主によって集められた書籍、文献、書画」を含む蔵書を中心に、多くの文化遺産を公開している。

「興味があるのなら、その椅子に座ってもいいのよ」と佐伯さんが言う。「志賀直哉も谷崎潤一郎もそこに座った。もちろん当時とまったく同じ椅子というわけじゃないけれど」／僕は回転椅子に腰をおろしてみる。そして机の上に静かに両手を置く。

実は、この図書館自体は作者による想像の産物である。[1]だが、同じこの場所に二人の文豪が着席するというのは突飛な空想では決してない。志賀は一九一三年二月に尾道から海路を経て高松などを旅し、谷崎も一九二七年七月に大阪毎日・東京日日新聞が企画した新日本八景の選定委員としてこの地を踏んでいるからだ。また、二人の組み合わせには、文章の特性に見られる志賀の「即物」性と谷崎の「観念」性の比較[2]や「父権型の芸術と母権型の芸術との対立」の指摘[3]など、いくつか前例もある。「海辺のカフカ」を読むとき、「「谷崎潤一郎」という〈固有名〉を手掛かりにして補助線を引いてみると、じつはそこには〈母恋い〉の陰画が潜められていたのではあるまいか」[4]とも思われてくる。

その主題とは例えばこうだ。「源氏物語の桐壺帝と桐壺、その子の光源氏、そして病没した桐壺のあとを襲う藤壺、その亡き生母にそっくりの藤壺に光源氏が「母」を求めて秘かに通じ、そして生まれた「弟」実は「子」の冷泉帝、という複雑に絡んだ「夫と妻」「母と子」「父と子」の愛慾絵図は、そっくり『夢の浮橋』に移されている」[5]。ギリシャ悲劇から平安文学にまで通底する主題が谷崎文学にはある。だとすれば、同じ席に着くカフカ少年もまた、同様の運命を辿るほかないのか。果たして、彼はオイディプスの三角形という椅子取りの遊戯に興じる「放浪するプリンス」たちの末裔なのだろうか。

二、日本近代文学と物語の系譜

「僕が個人的に愛好するのは、夏目漱石と谷崎潤一郎だ」（「芥川龍之介——ある知的エリートの滅び」）[6]。そう語る村上春樹は出会いをこう振り返っている。

うちの奥さんが立派な漱石全集を持っていて、僕はお金がなくて新しく本が買えないものだから、しょうがなくそれを手にとって読んでみたら、なにしろおもしろかった。谷崎も同じようにして読みました。

（「村上春樹ロングインタビュー」）[7]

その谷崎は「僕は漱石先生を以て、当代にズバ抜けたる頭脳と技量とを持つた作家だと思つて居る」と自身初の評論の冒頭に記した（「「門」を評す」）。それが後には、「明暗」の登場人物達が演じる心理的な闘争を「知識階級の遊戯」だと切り捨てて、同作を「極めてダラシのない低級な作品」と批判するまでになる（「藝術一家言」）。谷崎に同調するように、春樹も「近代的自我を腑分けし、解析し、正面から細密に描写する」ような『明暗』のどこがいいのか」と疑問を呈す（「インタビュー」）。そして、「芥川になると、『明暗』で漱石がやったような描写をもう少しソフィスティケートして、違う角度からのアプローチを試みている」と日本近代文学史の別れ路を粗描してみせ（同）、「僕は芥川と違って、基本的には長編小説作家であり、またある時点から自前の、オリジナルな物語システムを積極的に立ち上げていく方向に進んでいった」と自身の足跡を振り返るのだ（「知的エリートの滅び」）。「漱石、芥川、谷崎という系譜はいずれにしても興味深い」（「インタビュー」）。この漱石にはじまる二つの行路が交差する地点がある。〈話の筋〉を巡る論争である。

発端は、芥川が「新潮合評会（八）」（『新潮』一九二七年二月）で、谷崎の「日本に於けるクリップン事件」を批評して「話の筋と云ふものが芸術的なものかどうかと云ふ問題」を提起したことによる。谷崎が「筋の面白さは、云ひ換へれば物の組み立て方、構造の面白さ、建築的の美しさである。此れに芸術的価値がないとは云へない」と反論、「日本の小説に最も欠けてゐるところは、此の構成する力」だと主張した（「饒舌録」『改造』同年三月）。これに芥川が「「話」らしい話のない小説」や「詩的精神」の重要性を唱え、「構成する力」については「我々日本人は「源氏物語」の昔からかう云ふ才能を持ち合せてゐる」と再反論を試みた（「文藝的な、余りに文藝的な――併せて谷崎潤一郎氏に答ふ」『改造』同年四月）。さらに谷崎が「源氏物語」は「首尾もあり照応もあり、成る程我が国の文学中では最も構造的美観を備へた空前絶後の作品」だと応え（「饒舌録」『改造』同年五月）、それに芥川がまた応じるも（「文藝的な、余りに文藝的な――再び谷崎潤一郎氏に答ふ」『改造』同六月）、同年七月の芥川の自死によって論争は打ち切られた。

ここで、谷崎の主張した「筋の面白さ」（構造的美観）の内実を確認しておこう。すでに「明暗」批判のなかにも「美は一箇の生物で――一箇の有機体でなければならず」、「一部分の絲を引けばそれが全体へさし響くやうな、脈絡あり照応あるものでなければならない」（「藝術一家言」）との文言がある。芥川との論争ではスタンダールの「パルムの僧院」を「話の筋は複雑纏綿、波瀾重畳を極めてゐて」、「偶然事が、層々畳々と積み重なり、クライマツクスの上にもクライマツクスが盛り上つて行く」と絶賛（「饒舌録」）、その後も永井荷風の「つゆのあとさき」にその筋は「経緯が複雑になり、話の絲がそれからそれへと分岐して思ひがけない発展を遂げ」、「波瀾重畳を極める」（「永井荷風氏の近業について――『つゆのあとさき』を読む」）と同様の賛辞を送った。つまり、物語内容の各要素が「全体」のなかで「有機」的に呼応してはじめて「波瀾重畳」する「筋の面白さ」が生み出されるのである。

一方、村上春樹は、戦後文学を私小説的・マルクス主義的リアリズムとポスト・モダニズムへと流れ込んでゆく前衛《アヴァンギャルド》主義の対立構図として捉え、双方ともに「物語というものをとくに重視しなかった」ことを問題にしている（「インタビュー」）。そのなかでも「物語の再生みたいな意識があの人の中にはあった」（「『海辺のカフカ』を語る」『文學界』二〇〇三年四月）という例外が中上健次であった。中上は谷崎を「物語の白痴」「物語のブタ」と自嘲を込めて罵りながらいう（「物語の系譜」）。「序、破、急。起、承、転、結。いかなる物語も、この法則や制度をまぬがれる事はあり得ない。（…）登場人物らは、物語の法や制度に従わねば命を絶たれ、物語の中にいる限り黙する事も抗う事も出来なくなる」。

〈物語〉の舞台となるのは、〈こちら／あちら〉、〈現実／非現実〉、〈私達／彼等〉など、境界線によって意味論的に分割された世界である（図を参照）。当初帰属していた空間と価値的に対立する空間とを往復する行為者が主人公となる。「主人公が内的空間から外的空間に移行し、そこで何かを獲得し、内的空間にもどって来る」という題材が存在するとすれ

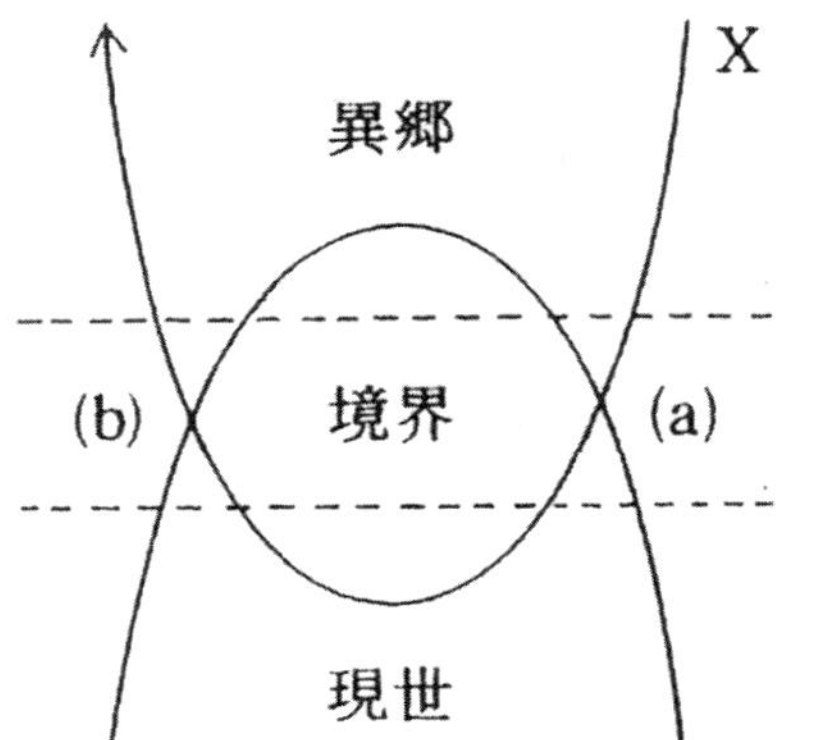

高橋亨「物語学にむけて――構造と意味の主題的な変換」（『物語の方法――語りの意味論』所収）より

ば（おとぎ話）、「主人公は外的空間からやってきて、損害を与え、もどって行く」（神が人間の姿で現われ、そこで死に、また「自分の」空間にもどって行く、という題材）という逆の題材も存在しなければならない」（ユーリー・ロトマン『文学と文化記号論』（一九七九年、岩波書店））。前者（曲線Y＝貴種流離譚）では主人公自身が変身（成長）し、後者（曲線X＝流され王伝説）では彼を受け入れる秩序の側が変容する。(8)

では、例えば「源氏物語」にも見られる「主人公が内的空間から外的空間に移行し、そこで何かを獲得し、内的空間にもどって来る」という物語（貴種流離譚）の法則をもとに、「海辺のカフカ」を読むとどうか。そもそも、「光源氏須磨流竄の原因は、犯すことがあつた」からであった（折口信夫「小説戯曲文学における物語要素――日本文学の発生その四」）。つまり、至高の罪過（藤壺との密通）を発端に、罰としての彷徨（都からの追放）を経て、最高の栄華（天皇に准ずる位）を得るというストーリー展開である。同様に「海辺のカフカ」も原罪（「いつかその手で父親を殺し、いつか母親と交わる」）と試練（「放浪するプリンス」）のあとにもたらされる成長（「世界でいちばんタフな一五才の少年になる」）の物語として読むことができるだろう。

しかし、「物語のダイナミズム」よりも「現実と非現実の境界」に関心を示す村上春樹は、カフカ少年の物語について「強制しないストラクチャーの中でものごとは進行していきます」といっている（「『海辺のカフカ』を語る」）。つまり、近代文学における物語の復権を言挙げしながら、「波瀾重畳」する「筋」（谷崎）でも「物語の法や制度の恐怖政治」（中上）でもない、物語の別様のあり方を示唆しているのである。では、その別の物語とはどのような形をしているのだろうか。そして、それを生きる主人公が辿る運命とは。

三、毀損された物語

「君はここで今、一生懸命なにを読んでいるの？」

「今は漱石全集を読んでいます」と僕は言う。「いくつか読んだことのないものが残っていたから、この機会に全部読んでしまおうと思って」

「全作品を読破しようと思うくらい漱石を気に入っているわけだ」と大島さんは言う。／僕はうなずく。

いま、カフカ少年が開いているのは「虞美人草」だ。そこに読まれる「同一の空間は二物によつて同時に占有せらるゝ事能はずと昔の哲学者が云つた」という一節に、漱石文学を支配する法則はおおむね語り尽くされているだろう。これと同内容の「二個の者が same space ヲ occupy スル訳には行かぬ。甲が乙を追ひ払ふか、乙が甲をはき除けるか二法あるのみぢや」（「明治38、9年　断片33」）という言葉を取り上げて、蓮實重彦は次のようにいっている。

> 『虞美人草』いらいの漱石的「作品」は、一貫して同一空間を占有しようとする二個の存在の葛藤そのものを主題としている。とりわけ『それから』以後、『心』を通過して『明暗』へと至る漱石的文章体験の歩みは、しばしば女性として顕在化される same space ヲ occupy スルことで排除と選別の体系をいったんくぐりぬけた者が、排除も選別も機能しえない場を夢想しながらおのれの行為を反芻し続けるという困難な行程を跡づけている。
> （『反＝日本語論』（一九七七年、筑摩書房））

同一平面上に共存不可能な二者を表層と深層に配分する心的機構（抑圧）をオイディプス神話というモデルで説明してみせたのがフロイトであった。つまり、物語に見られる親子間の対立を「独立の個体としての自我という一つの地位が、世代系列の一環としての自我というもう一つの地位と抗争するという基本的状況」という個人の心的な葛藤として解釈したのである（『精神分析入門』（一九七一年、人文書院））。こうして、主体は〈現実の私（＝息子）／理想の私（＝父）〉という二つの位相へと分割されるが、「このような分裂は、おそらく人間だけにみられる」とフロイトはいう。すなわち自己の内部に生じた乖離《ギャップ》を埋めるために不断の自己規律化《ディシプリン》へと駆り立てられるというのが、「《人間》とよばれる経験的＝先験的二重体」（ミシェル・フーコー『言葉と物』（一九七四年、新潮社））、近代的主体が生きざるをえない成長物語《ビルドゥングスロマン》なのだ。

一方、「父を殺したくなんかなかった。母とも姉とも交わりたくなんかない」といって物語の法則から逃走をはかるカフカ少年は、漱石の「坑夫」の主人公にも心惹かれている。

> 「彼が人間として成長したという手ごたえみたいなものもあまりありません。本を読み終わってなんだか不思議な気持ちがしました。この小説はいったいなにを言いたいんだろうって」。
> 「君が言いたいのは、『坑夫』という小説は『三四郎』みたいな、いわゆる近代教養小説とは成り立ちがずいぶんちがっているということかな？」
> 僕はうなずく。「（…）三四郎は物語の中で成長していく。壁にぶつかり、それについてまじめに考え、なんとか乗り越えようとする。そうですね？　でも『坑夫』の主人公はぜんぜんちがう。（…）少なくともみかけは、穴に入ったときとほとんど変わらない状態で外に出て来ます。（…）」

「そういう『何を言いたいのかわからない』という部分が不思議にも心に残るんだ」。この「まったく進展性がない」、「テーマと呼べるようなものがない」、「ポストモダン的な雰囲気」をまとった「坑夫」というテクスト（「インタビュー」）を読みながら、少年は葛藤も成長もないような場所を夢見る。だが、遠く離れることで物語という制度から逃れることは出来るのだろうか。「距離みたいなものにはあまり期待しないほうがいいような気がするね」と守護天使（カラスという少年）はいう。そして、助言者（大島さん）がいう。「平安時代の人々の心的世界にあっては、人はある場合には生きたまま霊になって空間を移動し、その思いを果たすことができた。『源氏物語』を読んだことはある？」

あらためて「源氏物語」の特異性に注目すれば、それは数々の物語と同型でありながらもそのパターンから逸脱してゆくところにある（三谷邦明『入門源氏物語』（一九九七年、筑摩書房））。例えばオイディプス神話と比較した場合、光源氏と藤壺に実際の血縁関係はない。そこで、テクストは比喩の力を用いて物語類型を反復する。つまり、実母・桐壺の更衣と義母・藤壺は母という同じ位置を占めることで「形代」（隠喩）として、藤壺と紫の上は血縁関係にあることから「縁」（換喩）として機能する。比喩によって編まれたテクストは、「二個の者がsame spaceヲoccupyスル訳には行かぬ」という物質の不可入性や「いかなる人間も同時にふたつのちがう場所には存在できない」（「海辺のカフカ」）という物理法則を無効化して対象に接近し、暗示的に欲望を成就させるのだ。『源氏物語』の中にある超自然性」、例えば〈生霊〉のような存在は（『村上春樹、河合隼雄に会いにいく』（一九九六年、岩波書店））、以上のようなテクストの運動、「一つの装置」として解釈できるだろう。

「海辺のカフカ」という上・下二分冊の小説は、カフカ少年とナカタさんという二人の主人公の物語が交互に配される という構成をとっている。その転換ごとに、一人称（カフカ少年の語り）や二人称（カラスという少年の語り）、そして三人称（中田さんについての語り）といった異なる人称詞の語りが配置される（あいだに様々な文書が挿入されたりもする）。物語内容においては異なる空間に存在するはずの作中人物達は、異なる物語言説が同じページ上に併置されて隣接するという端的な事実とそれを順にたどる読書行為を通して欲望を転移させてゆく。こうして、葛藤も苦闘もないままに、父の殺害と母との近親姦が象徴的に遂行される。しかし、「君は成長したみたいだ」という助言者に対して、少年は「僕は首を振る。僕にはなにも言えない」と明確に答えることが出来ずにいる。果たして、彼の物語の結末はどうなるのか。

　読者が上巻を閉じて下巻に手を伸ばそうとする、まさにそのときである。「源氏物語」を手に取るよう促されたカフカ少年が、その扉を開く。「この図書館にもいくつか現代語訳があるから読んでみるといい」。

　僕は閲覧室のソファに座り、谷崎訳の『源氏物語』のページを開く。10時になるとベッドに入り、枕もとの明かりを消し、目を閉じる。そして15歳の佐伯さんがこの部屋に戻って来るのを待つ。（下巻につづく）

　よく知られるように、谷崎潤一郎は『潤一郎訳源氏物語』（一九三九～四一年、中央公論社）、『潤一郎新訳源氏物語』（一九五一～五四年、同）、『新々訳源氏物語』（一九六四～六五年、同）と三度現代語訳に取り組んでいる。だが、その結果生みだされた「谷崎訳の『源氏物語』」のテクストは一様ではない。最初に訳す際、「原作の構想の中には、それをそのまゝ現代に移植するのは穏当でないと思はれる部分があるので、私はそのところだけはきれいに削除してしまつた」というのだ（「源氏物語序」）。実は、一度目の訳には、「皇室ノ尊厳ヲ冒涜シ、政体ヲ変壊シ又ハ国憲ヲ紊乱セムトスル文書図画」（出版法第二十六条、一九三四年一部改正）に指定されぬよう、削除・修正が施されているのである（戦後の二度目の訳から完全版になる）。谷崎は「筋の根幹を成すものではなく、その悉くを抹殺し去つても、全体の物語の発展には殆ど影響がない」と弁明したが（「源氏物語序」）、それは至高の罪過（「臣下たる者が皇后と密通してゐること」）や最高の栄華（「臣下たる者が太政《ママ》天皇に準ずる地位に登つてゐること」）といった箇所であり（「あの頃のこと（山田孝雄追悼）」）、まさにオイディプス神話と通ずるような物語の核心的部分であった。

　ここで、芥川との論争のなかで谷崎が「筋の面白さ」（構造的美観）を主張する際に「源氏物語」について述べていた言葉を思い起こしておこう。

　立派な長篇には幾つも〳〵事件を畳みかけて運んで来る美しさ、——蜿蜒と起伏する山脈のやうな大きさがある。（…）源氏物語は（…）首尾もあり照応もあり、成る程我が国の文学中では最も構造的美観を備へた空前絶後の作品であらう。

　この「源氏物語」に対する評価が最初の翻訳体験を通過してからは一変する。

　支那の長篇写実小説と云ふものは、日本の源氏物語などゝ同様、長いわりに事件のヤマや起伏や波瀾重畳と云ふことが少く、（…）見やうに依つては随分退屈な読物なのであるが、その退屈で、同じやうなことが繰り返さ

れるところに、いかにも実際世界の縮図らしい感じがある。（「きのふけふ」『文藝春秋』一九四二年六〜十一月）

「筋の面白さ」と「退屈」さ。かつて谷崎自身が「源氏物語は宮廷の才女が、「何か面白い話はないか」と云ふ上東門院の仰せを受けて書いたもの」（「饒舌録」）と注釈していたように、「源氏」は「構造的美観を備へた空前絶後の作品」であった。それが、谷崎による自主規制や検閲制度によって、有機的な物語の構造が産み出す「波瀾重畳」する「筋」は損なわれ、主人公の葛藤も成長もない「退屈な読物」、「何が言いたいのかわからない」（「海辺のカフカ」）ような平板な物語へと書き換えられる。だが、これは〈歴史＝物語〉の終焉などではない。そのとき、社会や歴史という別の物語との偶発的な衝突から、〈物語〉は毀損されてしまったのだ。

ここでひとつ疑問が浮かぶ。近代的主体が繰り広げる苦闘を描いた物語を読みつつ、葛藤も成長もない別の物語にも惹かれる少年が手にするのは、いったいどの「谷崎源氏」なのか。彼の運命を暗示するそれは、戦前の削除版か、戦後の完全版か。

四、記憶の図書館

ながらくノーベル賞受賞が囁かれている「国民的作家」としての自覚の芽生えなのか。もともと「日本の小説自体そんなに読んでいなかった」（「インタビュー」）という作家には似つかわしくないこの言葉を、あるとき唐突に村上春樹は口にする（「知的エリートの滅び」）。

もし明治維新以降の日本における、いわゆる近代文学作家の中から、「国民的作家」を十人選ぶための投票があったとしたら、芥川はまず間違いなくその一角を占めることだろう。私見ではあるが、そのリストには彼のほかには、夏目漱石、森鷗外、島崎藤村、志賀直哉、谷崎潤一郎、川端康成、といった名前が並ぶのではないか。確信はないけれど、太宰治、三島由紀夫がそのあとに続くかもしれない。

「その椅子に座ってもいいのよ（…）志賀直哉も谷崎潤一郎もそこに座った」とかつてカフカ少年が聴いた声を耳にしたのか。「これで九人、あとの一人はなかなか思いつけない」とわざわざ一つ設けられた空席は彼自身のためだろう。だとすれば、日本を代表する文学者の座に着こうとする身振りは「現代におけるオウム真理教団という存在は、戦前の「満洲国」の存在に似ている」（『約束された場所で』一九九八年、文藝春秋）といった過去と現在を通底させる認識と同様、過去を記述の対象としながら自分もその歴史を構成する一部分だとみなすような態度（コミットメント）の表明にも見える。つまり、村上春樹は自らの文学的営為を支える歴史的・地政学的条件の批判的な検討へと向かおうとしているのだ。

春樹が思い描く「国民的作家」の役割とその作品の機能とは次のようなものだ。

それらの作品は教師から生徒へと、親から子供たちへと、当然のものとして――あたかもDNAのように――受け継がれていく。暗記され、朗読され、読書感想文の対象になり、入学試験の問題になり、成人してからは引用の源泉となる。何度も映画化され、いくつものパロディーが作られ、必然的に野心的な若い作家たちの反逆や嘲笑の対象となる。そして最後には、それらの作品はひとつの自立した記号となり、シンボルとなり、メタファーとなり、国旗や国歌や原初的風景（たとえば富士山や桜）みたいなものと同じ機能を果たすようになる。あえて言うまでもないことだが、それは我々の文化にとって、良くも悪くも必要不可欠なことなのだ。

（「知的エリートの滅び」）

そのアーカイヴには、「僕もあの本は楽しく読みました」（「インタビュー」）という谷崎潤一郎の代表作ももちろん収められている。「谷崎の書いた美しい四人姉妹の物語『細雪』を実際に通読した人はそれほど多くないかもしれないが、その作品は時代時代の美しい女優たちを起用して幾度となく映画化され、多くの人々の記憶に鮮やかに留まることになった」（「知的エリートの滅び」）。大島さんがいう。

「（…）僕らの頭の中には、たぶん頭の中だと思うんだけど、そういうものを記憶としてとどめておくための小さな部屋がある。きっとこの図書館の書架みたいな部屋だろう。そして僕らは自分の心の正確なありかを知るために、その部屋のための検索カードをつくりつづけなくてはならない。（…）」

（「海辺のカフカ」）

しかし、名作群が輝かしい文化的遺産として収蔵される一方で、その書庫には戦争やテロリズムなど様々な暴力といった歴史の暗黒面も保存されている。なかには、言論弾圧という暴力に傷ついた「谷崎源氏」や「細雪」（軍部の介入により連載中止）の墨塗りの数頁も含まれているだろう。

あらためて問おう。カフカ少年が手にした「谷崎源氏」は完全版か、削除版か。和装本全二十六巻（戦時下版）、箱入りハードカバー全十二巻（新訳）、挿画入り全十一巻（新々訳）、あるいは最も手に取りやすい文庫版（新々訳がもとの全五巻）等々…。テクストには少年が手にしたヴァージョンについての具体的な記述はない。また、作中で谷崎ら文人達が図書館を訪れたとされるのは「大正から昭和初期」、遅くとも「第二次世界大戦以前の時代」、一方で「いくつか現代語訳」が盛んに出版されるようになるのは終戦後のことで、やはりどちらとも決めがたい。その決定不能性は、「いつかその手で父親を殺し、いつか母親と交わる」という出来事があくまで象徴的な水準でしか描かれなかったのと同様だ。

果たして、物語の最後で「僕にはまだ生きるということの意味がわからないんだ」とつぶやく現代のオイディプスがなぞるのは、葛藤と成長の物語なのか、それとも毀損された物語なのか。彼を待ち受ける未来は「谷崎訳の『源氏物語』のページ」に記されているだろう。記憶の図書館のかたすみで、再び開かれるのを「谷崎源氏」はいまも待っている。

注

（1）村上春樹『少年カフカ』（二〇〇三年、新潮社）

（2）小林秀雄「文芸時評」（『報知新聞』一九三四年五月三十〜三十一日）

（3）勝本清一郎「谷崎潤一郎と志賀直哉」（『中央公論』一九三六年九月）

（4）上田穂積「直哉とハルキ――「海辺のカフカ」における一考察」（『徳島文理大学比較文化研究所年報』二〇一〇年三月）

（5）秦恒平『谷崎潤一郎〈源氏物語〉体験』（一九七六年、筑摩書房）

（6）村上春樹「芥川龍之介――ある知的エリートの滅び」（ジェイ・ルービン編『芥川龍之介短篇集』（二〇〇七年、新潮社）所収。以下、「知的エリートの滅び」と略記する。

（7）「村上春樹ロングインタビュー」（『考える人』二〇一〇年八月）。以下、「インタビュー」と略記する。

（8）野口武彦は、「小説と云ふものは、（…）結構あり、布局ある物語であるべき」（谷崎「大衆小説の流行について」）だという言葉を引用しながら、谷崎の大衆小説（「武州公秘話」など）の特徴として、「主人公が当初の艱難の状態からさまざまな試煉を経て、ついには生来の目的を達成するという冒険譚的メイン・プロットの採用」（「（一）出自の正しさ、（二）当初の艱難、（三）中間の試煉、（四）最後の目的成就の一つ一つが物語プロットを構成」）を指摘、これに「いかなる起伏や波瀾を与えるかが、谷崎のいう「結構」であり、「布局」である」としている（『近代小説の言語空間』（一九八五年、福武書店））。

谷崎潤一郎における異界憧憬

明里千章

あかり・ちあき——千里金蘭大学特任教授。専門は日本近代文学。主な著書に、『谷崎潤一郎　自己劇化の文学』（和泉書院、二〇〇一年）、『村上春樹の映画記号学』（若草書房、二〇〇八年）などがある。

谷崎潤一郎が昭和初期に構想した単行本『吉野葛』には、小栗判官を題材にした小説「をぐり」が収載されるはずだったが、結局書かれることはなかった。母の死以降強まる谷崎の異郷憧憬を視座に、折口民俗学も視野にいれて、この幻の、小説「をぐり」と単行本『吉野葛』計画を検討し、谷崎における異郷意識を考察した。

一

谷崎潤一郎には中絶や未完のままで終わってしまった作品が十篇以上もある。辻原登は「生国は紀州…」（「神奈川近代文学館」第一二七号、平成二十七年一月）で、「谷崎には中断したままの小説が幾つかあるが、なかでも『乱菊物語』『残虐記』『鴨東綺譚』は私の酷愛の谷崎作品である」とし、続けて、「『吉野葛』と対をなす「熊野」を舞台とした谷崎作品を夢想したりする」といった。辻原は谷崎の「をぐり」執筆計画（後述）を念頭に置いて言っているのか否か判らないが、これは熊野を舞台とすれば「をぐり」以外は考えられない。熊野は千代と鮎子を託した佐藤春夫の生誕地でもあり、無縁の地ではない。谷崎には題名だけのものや頓挫した計画があり、その一つが「をぐり」である。

谷崎の「をぐり」計画は昭和六年八月十日付、嶋中雄作宛書簡（水上勉『谷崎先生の書簡　ある出版社社長への手紙を読む』中央公論社、平成三年。千葉俊二『増補改訂版　谷崎先生の書簡　ある出版社社長への手紙を読む』中央公論新社、平成二十年）で明らかになった。

尚此の外「をぐり」と云ふ百枚前後の物を計画中です、これは小栗判官の事を書くつもりで秋になつたら熊野地方へ行つて実地を調べてから取りかゝります、で、これが脱稿される迄待つて頂き、これを編入すれば立派な本になるとおもひます、

すでに書き上げている四篇（「吉野葛」「盲目物語」「覚海上人天狗になること」「紀伊国狐憑漆掻語」）に「をぐり」一篇を加えた単行本構想だったが、「さて単行本「吉野葛」は中央公論社長の意見にて「盲目物語」と題し吉野葛の方を従属的編入いたす事と相成」（昭和六年十一月十三日付、妹尾健太郎宛）と不満を残す結果となった。『盲目物語』（中央公論社、昭和七年）は刊行されたが、幻の単行本『吉野葛』で谷崎が作ろうとした世界観はどのようなものであったか、考えてみたい。

二

大正六年（一九一七）五月十四日の午後一時頃、谷崎潤一郎の母関（享年五十三）は丹毒から心臓麻痺を起こし、亡くなった。伊香保に居て死に目にあえず、夕刻帰宅して亡骸と対面した谷崎は、「あの醜い丹毒の跡は名残なく取れて、その昔、刷り物に出た娘番附の大関に数へられ、生前屡ゝ予が姉ではないかと人に訝しまれた美しい母親の顔は、白蝋の如く晴れ晴れとして浄らかであつた」（「異端者の悲しみはしがき」、「中央公論」大正六年七月）と書いたが、全く正反対の記述がある。これと同じ月に発表した「晩春日記」（「黒潮」大正六年七月）では亡くなる半月前の姿を記している。「むくつけく膿みたゞれたる顔を枕につけて、病床に喘ぎ悶ゆる母の姿は、想像するだに凄じく、身の毛の竦つやうに覚えて」、「毒に祟られし首全体は此の世のものとしも覚えず。（中略）君が姉上にはあらずやなどなど屡ゝ人に疑はれし若々しき容貌は、口鼻のありかもわからずふくれ上り、（中略）胸つぶるゝばかりなり。なさけなや我が母」と、「浅ましき形に変じ」た丹毒の様子を描写しているが、おそらく後者が現実の母ではないかと思われる。

この現実に目を閉じ、観念世界に美を再構築する方法は、「春琴抄」（「中央公論」昭和八年六月）と同じである。春琴が火傷を負ったとき、「負傷は軽微にして天稟の美貌を殆ど損ずることなかりき」（「鵙屋春琴伝」）に対して、語り手は「佐助が衷情を思ひやれば事の真相を発くのに忍びないけれども此の前後の伝の叙述は故意に曲筆して」おり、「事実は花顔玉容に無残な変化を来したのである」と断ずるのと相似形である。

「現実に眼を閉ぢ永劫不変の観念境」に生き、「彼の視野には過去の記憶世界だけがある」という佐助と、亡き母を思う谷崎とが重なる。ミューズの存在が不可欠の谷崎において、初代ミューズであった母関の死は、現実を離れ観念世界を再構築する谷崎文学の基本構造を形作ったのである。

「世の中が今のやうに激しく軋み合はない時分」（「刺青」、「新思潮」明治四十三年十一月）、「子供の時分経験したやうな不思議な別世界」、「現実をかけ離れた野蛮な荒唐な夢幻的な空気」（「秘密」、「中央公論」明治四十四年十一月）を志向する谷崎文学は当初から時間を遡り、現実を離れた場所を憧憬していた。これは「空想の世界の可能を信じ、それを現実の世界の上に置かうとする」「芸術家の直観は、現象の世界を躍り超えて其の向う側にある永遠の世界を見る。プラトン的観念に合致する」という「早春雑感」（「雄弁」大正八年四月）とも軌を一にする。

三

母の死の半年後に発表された「ハツサン・カンの妖術」（「中央公論」大正六年十一月）では現実の大正六年五月の「予が母の死」に触れて、亡き母が鳩となって現れる。魔法にかかった「谷崎」を名乗る「予」は、「我が亡き母の輪廻の姿」を見る。「母は一羽の美しい鳩となつて、その島の空を舞」い、人語を囀りながら「お前のやうな悪徳の子を生んだ為めに、その罰を受けて、未だに仏に成れない」「私を憐れだと思つたら、どうぞ此れから心を入れかへて、正しい人間になつておくれ」と言う「啼く鳩の声は、今年の五月まで此の世に生きて居た、我が母の声そつくりであつた」。「亡き母」は先ず「鳥」の姿で現れる。

母の死から、およそ一年半後に書かれた「母を恋ふる記」（「大阪毎日／東京日日新聞」大正八年一～二月）において、若い女を「あれは事に依ると人間ではない。きつと狐だ。狐が化けてゐるのだ」と狐になぞらえる母表象には、谷崎の幼少時の体験（信太妻・葛の葉伝承）が反映されているが、この小説のエピグラフの短歌には「鳥」が登場する。

「いにしへに恋ふる鳥かもゆづる葉の三井の上よりなき渡り行く——万葉集——」は「吉野宮に幸す時に、弓削皇子、額田王に贈り与ふる一首」（持統天皇の吉野行幸に同行した弓削皇子が、都の額田王に贈った歌）という詞書を持つ『万葉集』（巻二・一一一）の歌で、「吉野」で詠まれた。次の返歌「いにしへに恋ふらむ鳥はほととぎす（下略）」（一一二）でこの鳥は「ほととぎす」であることがわかる。この二首は弓削皇子の亡き父（天武）、額田王の亡き夫（天武）、持統天皇にとっても亡き夫（天武）といずれも〈亡き〉「いにしへ」を恋う歌なので、部立も「相聞」である。

この「いにしへに恋ふる」「ほととぎす」について、池田彌三郎は、「鳥は霊魂の運搬者であり、またある場合には、霊魂そのものである」（『萬葉百歌』中公新書、昭和三十八年）という。折口信夫も「日本でも、西洋でも、霊魂を持つて歩くものを鳥だと考へて」（「鳥の声」、「婦人の友」昭和二十三年十月）いたと述べた。谷崎にとって「ほととぎす」は「いにしへ」／亡き母のいる世界へ誘うもので、この小説のエピグラフとしてふさわしい選択であった。

また、亡き母を喚起する「ほととぎす」と「吉野」は、「吉野葛」（「中央公論」昭和六年一～二月）の津村青年の母恋い譚で語られる「くらがり峠」の「ほととぎす」と「吉野」探訪に受け継がれていく。かつて聞いたほととぎすの声を懐かしむ津村は、「昔の人があの鳥の啼く音を故人の魂になぞらへて、「蜀魂《しょっこん》」と云ひ「不如帰《ふじょき》」と云つたのが、いかにも尤もな連想である」と、自身の母恋いを募らせていく。さらに、「少将滋幹の母」（「毎日新聞」昭和二十四年十一月～二十五年二月）で滋幹は、「梟の啼く声」と「せゝらぎの音」に誘われて母と再会を果たす。「聞書抄」（「東京日日／大阪毎日新聞」昭和十年一～六月）では頭上の雁に心惹かれる行者は、この声に亡き主人の魂を感得する。谷崎作品では、鳥の啼く声を聞く人はいにしえ（異界）に誘われるのである。

そして谷崎にとって「吉野」は、忠信狐への羨望が語られるように、「母」に会える場所であり、津村青年が形代としての「お和佐」を介して「母」に出逢うように、「母」の居る異界なのである。

四

「母を恋ふる記」では、「私」は「海の轟き」を聞きながら海沿いの街道を歩いている。月光に照らし出された眼前の「渺茫たる海」は「地平線の果てまで展開してゐ」て、その「海の中心」から「渚に寄せて来る波」の音は、「かすかな、遠慮がちな、囁くやうな音」で、それは「女の忍び泣きのやうな（中略）綿々として尽きることを知らない、長い悲しい声に聞える。その声は「声」と云ふよりも（中略）情緒的な音楽」に聞こえたという。そして、「何処かで見た記憶がある」この月夜の景色を見て、「自分が此の世に生れる以前の（中略）前世の記憶が、今の私に蘇生つて来」たと思う。この景色は「夢」か「実際の世界」か判然としないが、母の「声」や「彼の世からのおとづれの如く遠く遙けく響」く「三味線の音」を伴奏にして、「月の光と波の音とに浸された」「私」に「前世の記憶」が甦ってくるのである。過去・現在・未来の境界は曖昧になり、あるいは一体化し、すべてのものが亡き母に収斂していく。

母と万物の生命の原初である海との係わりは「不幸な母の話」(「中央公論」大正十年三月)でより密接になる。「母の存在その物が、悲しい音楽のやうに悲しかつた」という、海に投げ出された母を捜している兄は、「海と云ふものが不思議に恐ろしくも懐しく思へた」、「海と云ふ茫漠とした真暗な処が、自分の幼い折りに住んで居た故郷であつて、自分は今そこに居る母に会ひに行くのだ」と思ったという。

これを読んだとき、私は折口信夫の「異郷意識の進展」(「アララギ」大正五年十一月)の「熊野に旅して、真昼の海に突き出た大王个崎の尽端に立つた時、私はその波路の果に、わが魂のふるさとがあるのではなからうか、といふ心地が募つて来て堪へられなかつた」という箇所を思い出した(後に「妣が国へ・常世へ」(「國學院雑誌」大正九年五月)で「熊野に旅して、光り充つ真昼の海に突き出た大王个崎の尽端に立つた時、遙かな波路の果に、わが魂のふるさとのある様な気がしてならなかつた」と改められた)。折口はこれを「のすたるぢい(懐郷)」と呼んだ。折口はさらに詩「おほやまもり」(「白鳥」大正十一年一～二月、五月、七月)で、「おれは行つて見る。／汐のあぶくを立てる海の尽きる処まで、(中略)／なんだか、遠い国に居さうな気のするおつかさん。／おれは行きます」と、海(母)への「懐郷」はいっそう強くなっていく。

折口信夫は大正五年に「波路の果に、わが魂のふるさと」を思い、「おほやまもり」(「アララギ」大正六年十二月、七年十月)を構想し、大正七年二月には母こうを亡くしている。その二年後、改めて「波路の果」の「わが魂のふるさと」を確信した折口の「懐郷」は「おほやまもり」を完成させ、「信太妻の話」(「三田評論」大正十三年四月、六～七月)へと発展していく。

谷崎は大正六年五月に母を亡くし、「ハツサン・カンの妖術」で母を描き、海辺で亡くなった若い母と再会して、そこに「前世の記憶が、今の私に蘇生つて来る」と感じる。さらに、「懐しくも思へた」「海と云ふ茫漠とした真暗な処が、自分の幼い折りに住んで居た故郷であつて、自分は今そこに居る母に会ひに行くのだ」と、異郷(異界)の母への憧憬は確信に変わっていった。

亡き母への思慕から、海に故郷を見る異郷(異界)への憧憬、信太妻・葛の葉伝承にシンクロする異界の妻憧憬が折口と谷崎において、ほぼ同時期に並行して表出したのは偶然か、必然なのか。谷崎が折口の著作を読んでいたか否かは不明である。谷崎は亡き母を語るとき、斎藤茂吉の短歌「のど赤き玄鳥」を引用していた（「おふくろ、お関、春の雪」、「週刊朝日別冊」昭和三十五年一月）。この歌を収録した歌集『赤光』は大正二年の刊行であるが、これを谷崎が初出誌「アララギ」で読んでいるような「アララギ」の読者であれば、折口の「異郷意識の進展」を知る機会はあった。

五

谷崎は昭和六年五月に高野山に入山し、丁未子夫人とのハネムーンの傍ら、約半年滞在した。その間、津村がお和佐を形代としたように、丁未子を形代として松子を写した「盲目物語」（「中央公論」）、入山後に魔界や異界について勉強した成果である「覚海上人天狗になること」（「改造」）と「紀伊ノ国ノ狐憑ク二漆掻キ一ニ語」（「古東多万」）の三篇を九月に発表した。これらと入山前に発表したばかりの「吉野葛」、それに「「をぐり」と云ふ百枚前後の」「小栗判官の事」を含めた五篇を収めて、タイトルは『吉野葛』で単行本を考えていた。書かれなかった「をぐり」は「百枚前後」なら「吉野葛」ほどのボリュームであるが、「熊野地方へ行つて実地で調べ」たか否かは不明である。

吉野山に籠もって書いた「吉野葛」に批評家の評判は芳しくなかったが、水上瀧太郎は「『吉野葛』を読みて感あり」（「三田文学」昭和六年六月）で正しい分析のもと、大いに評価した。「この作品が単純な紀行文でない事は、全篇の構想が吉野行の写景でない事を見れば明白で」、「作者はこの小説の舞台として歴史と伝説の宝庫のような吉野の奥をえら」び、「折から秋の闌なる山ふところに入って行く道筋を、伝説と作者自身の見聞と感想と批評とを加えながら辿って行く方法をとった」。「作者一流の格調の正しい、大河の流れるように静かに、しかも力強く押して来る文体で、次第に場面を展開して行くため、絵巻物か映画のような動的効果を充分に現わし」ている。「すべてが注意の行届いた設計の上に築かれ」、「少しの破綻もない」としたが、「吉野葛」評価はこれに尽きている。

水上は、これは「現代的興味と面倒と煩わしさをよそにした」読み物であるから、「人間の力が山々の力に及ばず、人智が口碑に圧されている地理的関係が、凡そ近代都会風景に縁遠いこの物語の世界を定める上に、決定的なものであった。吉野という恰好の場所がなかったら、作者はこの物語を書かなかったであろう」と述べて、「歴史と伝説」「山々の力」というまさに地霊の生きている、現実から遠く離れた異郷である「吉野」の必然を説いている。

谷崎を畏敬する中上健次は『紀州――木の国・根の国の物語』（朝日新聞社、昭和五十三年）で、「紀州、熊野をめぐる旅とは霊異の世界に入り込む事」であるという。「霊異」とは「生と、性と聖」と「その裏にある死と死穢と賤なるもの」で、「湯ノ峯に来て、湯に入り蘇生する小栗判官とは、その霊異の典型」であるという。「聖なるものの裏には賤なるものがある。賤なるものの裏には聖なるものがある、とは小栗判官でもあり、日本の文化のパターン」であり、「紀州、紀伊半島をめぐる旅とは、その小栗判官の物語の構造へ踏み込む事である」といいきった。また中上は「隠国・熊野」には「人を破壊する」、「熊野という観念の力」があると、異界としての土地の力を説いた。

中上は、「〈吉野〉は、『吉野葛』におけるのと同じように、私にとっても観念の土地である。〈吉野〉な単に吉野ではない。物語のこもり国《こく》」であるとも述べている。

辻原登は谷崎が吉野に籠もった理由を、「日本語の想像力の源泉を汲もうとし」、「恋する力を身につけることでもあった」といい、「古代の人たちが若水の霊力を身につけるために吉野に入ったように谷崎も吉野に籠もった。物語の力、恋の力を身につけるために」（『東大で文学を学ぶ』朝日新聞出版、平成二十六年）と述べている。また辻原は、「日本の中心・都に近い場所で、しかも美しい場所」、「明るい世界」「うつし国、顕界」である吉野（ヨシヌ）に対して、熊野（クマヌ）は「隠国《こもりく》」「幽界」であるとし、熊野が必要とされるのは、死後、「体から魂が遊離して、まだ地上に近いところで彷徨っている」「冥界、冥府」（『東京大学で世界文学を学ぶ』集英社、平成二十二年）だからだという。熊野は人智を離れた異界に通じる場所であり、異口同音に、紀州という異界の霊力が語られている。

大正十一年の春に家族連れで、高野山に両親のお骨を納めがてら、吉野、京都、奈良を訪れていた谷崎はその後も、吉野を訪れている。入山前から構想していた「盲目物語」がお市の方の肖像がある高野山、両親の亡骸のある場所で書かれたのは偶然ではない。

昭和五年十月、吉野山櫻花壇に一ヶ月籠もったのも、昭和六年五月から高野山に入山したのも、谷崎の離婚・再婚、借金の取り立て等の世俗の煩雑から逃れるためだけでなく、紀伊半島の大辺路・中辺路・小辺路でむすばれる吉野・熊野・高野山の「霊異」を得るためであったと思われる。そこで「蘇生」する小栗判官の物語を借りて谷崎が書こうとした「をぐり」に、単行本『吉野葛』の世界観が収斂されるのかもしれない。

六

谷崎は母の死から「異郷」「異界」に惹かれるようになった。亡き母と葛の葉説話とが不可分の谷崎は「信太妻の話」も読み、折口の民俗学に関心を持っていたのではないかと推測している（芥川龍之介における柳田国男のように）。折口の「餓鬼阿弥蘇生譚」（「民族」大正十五年一月）、「小栗外伝（餓鬼阿弥蘇生譚の二）」（「民族」大正十五年十一月）、「小栗判官論の計画「餓鬼阿弥蘇生譚」終篇」（「民族」昭和四年四月）も、谷崎を「をぐり」に引き寄せた一因ではなかったか。

谷崎より一つ歳下の折口は「刺青」「飈風」以来の谷崎読者であることは認めているが、谷崎が折口に関心を寄せたのはいつからかは判らない（谷崎は折口、川端康成と鼎談「『細雪』をめぐって」（「文学界」昭和二十四年三月）を行っており、接点はある）。谷崎の書斎に『折口信夫全集』が置かれていたことや、谷崎が折口の『死者の書』（青磁社、昭和十八年八月）を話題にしたこと（昭和三十五年のエピソード）を、伊吹和子（『われよりほかに　谷崎潤一郎最後の十二年』講談社、平成六年）は記録している。谷崎には死後の世界から書き始める「死者の書」の構想があったとも、伊吹は書いている。折口の「死者の書」は古墳から大津皇子の魂が復活するところから始まるが、小栗判官も冥界から蘇生する話で、共に女性の力が蘇生の源にある点で共通している。「瘋癲老人日記」の後を継ぐものとして考えられていた「天児閼伽子《あまがつあかこ》の小説」が、死後の世界、蘇生を書く谷崎の「死者の書」であった可能性は高く、「天児閼伽子の小説」は書かれなかった「をぐり」だったのかもしれない。

千葉俊二は、「これまでの過去をいったん葬り去って、新たな生命として蘇生したいという願望」が谷崎を「小栗判官」に向かわせ、「その意味では「佐藤春夫に与へて過去半生を語る書」にも通ずるモチーフをもつ」（前掲書『増補改訂版　谷崎先生の書簡』）と、谷崎の「をぐり」計画に谷崎自身の蘇生願望を見ようとしている。

「をぐり」は辻原がいう「「吉野葛」と対をなす「熊野」を舞台とした」作品であろう。形代により本懐を遂げる「吉野葛」と「盲目物語」。死後に天狗となって魔界に再生した「覚海上人天狗になること」、狐に憑かれたが九死に一生を得る「紀伊ノ国ノ狐憑ク二漆掻キニ一語」。「をぐり」は、餓鬼となった男が女人の力で蘇生する話を基にした作品であった筈である。これを加えて作ろうとした単行本『吉野葛』は、「蘇生」と可能にする異界への谷崎の憧憬に発した、紀州を舞台にした蘇生・本懐を遂げるものたちの世界だったと思われるのである。

谷崎文学における「盲目」と美学の変貌
——『春琴抄』を中心に

鄒　波

すう・は——復旦大学外文学院准教授。専門は日本文学。主な著書に『安部公房小説研究』（復旦大学出版社、二〇一五年）、共著に『日本近現代文学研究』（北京・外語教育研究出版社、二〇一三年）、翻訳に中上健次『鳳仙花』（上海文芸出版社、二〇一五年）などがある。

昭和初期に谷崎潤一郎は一連の「盲目物」を創作した。『盲目物語』、『聞書抄』に登場する盲者の語り手と違い、『春琴抄』の主人公は目の見えない美人に設定された。『春琴抄』における美の存在は視覚の問題と相俟って複雑な様態を示している。

はじめに

『春琴抄』の書き出しに春琴の写真が登場している。写真は近代科学に基づく視覚技術である。春琴の写真は朦朧たる物であり、個性的なきらめきは見られない。谷崎潤一郎は写真のメタファーを通じて近代的な視覚中心意識を否定し、写真から見てとれる性格から失明した春琴のイメージを強調する。佐助が見ている春琴は近代的視覚による「真実」の映像と異なり、想像で構築された「美」である。彼は春琴の美貌喪失後自ら失明し、視覚を放棄し、内的心象を守り続けた。

『春琴抄』が発表された年に、谷崎潤一郎は随筆『陰翳礼賛』を創作した。彼は日本伝統的な陰翳の美学を以って西洋の明るさを求める美学理想と対抗する姿勢を取り、人間の視覚が抑圧された際、触覚、聴覚などを機に「美」は初めて発見されることを強調した。それは近代科学、理性に基づいた視覚中心の美学と明らかに対立している。

谷崎潤一郎は戦争中『源氏物語』の現代語訳を完成した。『源氏物語』においては、夜になると主人公は女性たちと出会い、触覚、聴覚などで感じあい、夜明けになってから視覚的認知を得る設定が多い。『源氏物語』の視覚などに関する描写は『春琴抄』に代表される谷崎後期作品の美学における源流になる可能性も考えられる。

一、『春琴抄』における視覚の課題

昭和初期、谷崎潤一郎は一連の「盲目物」を創作した。それは『盲目物語』(昭和六年)、『春琴抄』(昭和八年)と『聞書抄』(昭和十年)であり、いずれも関東大震災を経て、谷崎が関西に移住した後で書かれた作品である。『盲目物語』と『聞書抄』には盲者が語り手として登場し、戦国時代の出来事を個人的な立場でリアルに述べる。視覚を介せず語る方法は古典にしばしば見られる琵琶法師の語り方に片寄り、近代リアリズムに代表される小説の語り方と離反していると考えられる。『春琴抄』を考察してみると、「盲目」は語り方の復権ではなく、谷崎の初期作から築かれてきた美学に対する新たな冒険なのである。谷崎潤一郎の作品の中で、主人公が盲目で美しい女性に設定されたのは『春琴抄』のみである。したがって、『春琴抄』における美の存在は視覚の問題と相俟って複雑な美学課題となってくる。

『春琴抄』は昭和八年『中央公論』六月号に掲載され、同年十二月に創元社により出版された。先行研究では、『春琴抄』はしばしば谷崎の初期作の延長線に置かれている。佐藤春夫は次のように解説している。

それにしても明治四十二年彼が『刺青』によって女体の美をその作品の主題として取り上げつづいて『麒麟』によって女色の魅力に配するに徳性を対立されることをした。その出発点から持越しの主題が後に『少年』、『人魚の嘆き』、『悪魔』、『饒太郎』、『痴人の愛』その他長短名愚の諸作によって反復的に繰り返されて最近の『蘆刈』『春琴抄』とてもこの主題から離れたものではない。(1)

佐藤春夫は『春琴抄』を谷崎潤一郎の初期作の主題の反復として把握し、女色と徳性との対立を強調している。水谷昭夫は『春琴抄』の主人公を「谷崎文芸に於ける女性像の一典型の集成であり、理想化された女性美の典型である。(2)」と評した。初期作のテーマの反復であれ、女性像の集大成であれ、盲目という設定は無視されていることは明らかな盲点である。一方、太田三郎は比較文学の視点から分析し、谷崎潤一郎が翻訳したトマス・ハーディの「グリーブ家のバァバラの話」を手がかりにし、「『春琴抄』と『グリーブ家のバァバラの話』との関係を考えてみるに、その中心は、失明と美貌の喪失とにある。(3)」と結論付けた。しかし失明と美貌との関連性は論及されず、美学の礎である視覚問題は明らかにされていない。
『春琴抄』において、春琴が失明し、その美貌は見られるだけの対象となっている。さらに、彼女の美貌が喪失した後、佐助は見ることを放棄した。それを機に視覚の世界は遠のけられ、触覚や聴覚を中心に構築された「観念境」が発見される。『刺青』、『麒麟』などの作品に見られる「美」は強い支配力を持っている。しかし『春琴抄』に登場する「美」は受動的であり、美貌喪失に従い、見る側の視覚の働きも効かなくなる。『春琴抄』の創作は意欲的な「事件」であり、谷崎潤一郎は近代における視覚の特権性に疑問を掛け、同じ時期に書かれた『陰翳礼賛』で『春琴抄』と共通する美的観念を提起している。本稿では、春琴の写真を糸口に、作品における視覚の問題と谷崎美学の変貌を解明することを主眼とする。

二、春琴の写真と近代の視覚制度

『春琴抄』の冒頭近くに春琴の「写真」が登場している。主人公である春琴と佐助は江戸末期に生まれ、明治時代に生きていた。それは写真技術が日本に伝来し普及した時期と重なっている。

今日伝はつてゐる春琴女が三十七歳の時の写真といふものを見るのに、輪郭の整つた瓜実顔に、一つ〳〵可愛い指で摘まみ上げたやうな小柄な今にも消えてなくなりさうな柔かな目鼻がついてゐる。何分にも明治初年か慶応頃の撮影であるからところ〴〵に星が出たりして遠い昔の記憶の如くうすれてゐるのでそのためにさう見えるのでもあらうが、その朦朧とした写真では大阪の富裕な町家の婦人らしい気品を認められる以外に、うつくしいけれども此れといふ個性の閃めきがなく印象の稀薄な感じがする。年恰好も三十七歳といへばさうも見え又二十七八歳のやうにも見えなくはない。此の時の春琴女は既に両眼の明を失つてから二十有余年の後であるけれども盲目といふよりは眼をつぶつてゐるといふ風に見える。

（『春琴抄』[4]）

春琴は「文政十二年五月二十四日を以て生る」と記されている。三十七歳（数え歳）の時の写真なので、撮影されたのは一八六五年になる。「明治初年か慶応頃」という記述により、作者が読者に、江戸時代より明治維新を意識させようとした可能性があり、「この写真が「文明開化」を象徴する指標としての意味合いを含意しているのは明らかである。[5]」と野田康文は指摘した。写真に関する描写の次に、詳しい説明が付け加えられた。

聞くところに依ると春琴女の写真は後にも先にも此れ一

枚しかないのであるといふ彼女が幼少の頃はまだ写真術が輸入されてをらず又此の写真を撮つた同じ年に偶然或る災難が起りそれより後は決して写真などを写さなかつた筈であるから、われ〳〵は此の朦朧たる一枚の映像をたよりに彼女の風貌を想見するより仕方がない。読者は上述の説明を読んでどういふ風な面立ちを浮かべられたか恐らく物足りないぼんやりしたものを心に描かれたであらうが、仮りに実際の写真を見られても格別これ以上にはつきり分るといふことはなからう或は写真の方が読者の空想されるものよりもつとぼやけてゐるでもあらう。考へてみると彼女が此の写真をうつした年即ち春琴女が三十七歳の折に検校も亦盲人になつたのであつて、検校が此の世で最後に見た彼女の姿は此の映像に近いものであつたかと思はれる。すると晩年の検校が記憶の中に存してゐた彼女の姿も此の程度にぼやけたものではなかつたであらうか。それとも次第にうすれ去る記憶を空想で補つて行くうちに此れとは全然異なつた一人の別な貴い女人を作り上げてゐたであらうか。

日本の近代写真史には春琴の生涯と重なった部分がある。一八五四年にペリーが再来航した際、写真家のエリファレット・ブラウンが同行し、日本最初の映像を残した。一八六二年、上野彦馬が上野撮影局を開業し、下岡蓮杖も写真館を開業した。この頃から写真撮影は商業化され、一般人も自分の肖像を残せるようになった。三年後、春琴は写真を「撮ってもらった」[6]。一八六五年ごろの写真技術と言えば、まだ湿板写真の時代で、露出時間は五〜十五秒もかかったので、現像技術を含めて考えると、写真が鮮明さに欠けるのも不思議なことではない。

近代は「視覚が異様に肥大化し、特別な価値を持った時代である」[7]と指摘されている。特に、写真術は近代光学や化学の進歩によって実ったもので、電気、汽車などに比肩する象徴的な近代技術である。写真術が誕生した際、外部世界の像が人間の主観の介在を排除し、純粋且つ客観的に呈示された技術とみなされ、視覚の革命として受け入れられた。遠近法を介し、人間は世界を「客観的」に見る眼差しを獲得した。Photographyは「真」を「写す」という意味で日本語に訳され、「真実」への追求と信頼という近代的意識を反映している。明治二十年、坪内逍遥は『小説神髄』を発表し、文学の世界で対象を「客観的」に観察する道を示した。写実主義は写真術と同じく近代の視覚制度に基づき、視覚による「真実」の権威を守っている。

写真とは三次元的世界を模写するものである。写真は被写体が光の反射で平面へ投影するものであり、時間と空間を遮断するスチールの虚像である。とくに肖像写真は「美化」の目的と効用を持ち、リアリティの真意に背く。谷崎潤一郎は春琴の肖像写真の朦朧さを強調し、「写真の方が読者の空想されるものよりもっとぼやけているでもあろう」と語った。写真に映っているイメージの写実性を否定し、写真技術に代表されたリアリティの信仰を破るという策略を想起させられる。谷崎は「春琴抄後話」（昭和九年六月）で小説のリアリティについて次のように言っている。

私は春琴抄を書く時、いかなる形式を取つたらばほんたうらしい感じを与へることが出来るかの一事が、何よりも頭の中にあつた。そして結果は、作者として最も横着な、やさしい方法を取ることに帰着した。春琴や佐助の心理が書けてゐないと云ふ批評に対しては、何故に心理を描く必要があるのか、あれで分つてゐるではないかと云ふ反問を呈したい。

提起された「ほんたうらしい感じ」は近代写実主義によって伝達しようとする「真実」に置き換えてもおかしくない。谷崎潤一郎の反問は写実主義の表現法に対する挑発だと言える。「朦朧とした写真」はピントの甘さや現像技術の低劣さを指すというより、写真に代表されるリアリティを否定する志向にあると考えられる。谷崎潤一郎は近代視覚技術の特権に疑問を掛け、春琴の美貌喪失と佐助の能動失明を描き、視覚と無縁の世界に存在する「美」のあり方を探ったのであろう。

三、美の存在と「見る」特権

「肖像写真を見ていると、人間は人間の顔に特別なまなざしを注いできたことがわかる。[8]」肖像写真は一方的に見られる性質を持っており、作品において「見る」ことの出来ない春琴のメタファーになっている。春琴が「幼少の頃はまだ写真術が輸入されてをらず」、九歳の時失明した春琴は、自分の目で自分の写真を見ることは不可能であった。自分の写真であるにもかかわらず、他人に見せ、恣意的に見られるものなのである。

肖像写真は見られない限り、写真としての価値は出てこない。美貌も同じものである。人に見られ、認められてこそ、それなりの価値が成立する。春琴が失明していたゆえ、「美」は見られる対象となり、佐助は春琴の美貌を確認し、反映する「鏡」のような存在となってきた。作品では佐助は失明する前の春琴を一度も見ていなかった。

春琴より四つ歳上で十三の時に始めて奉公に上つたので

あるから春琴が九つの歳即ち失明した歳に当るが彼が来た時は既に春琴の美しい瞳が永久に鎖された後であつた。佐助は此のことを、春琴の瞳の光を一度も見なかつたことを後年に至るまで悔いてゐない却つて幸福であるとした。

春琴の美貌が喪失する前に写真を撮った「偶然性」と同じように、佐助が最初に春琴に会ったのは彼女が失明したばかりの頃であった。谷崎はこの「偶然」の出来事で特別な視覚関係を作った。

此の時春琴の姉が十二歳直ぐ下の妹が六歳で、ぽつと出の佐助には孰れも鄙には稀な少女に見えた分けても盲目の春琴の不思議な気韻に打たれたといふ。春琴の閉ぢた眼瞼が姉妹たちの開いた瞳より明るくも美しくも思はれて此の顔は此れでなければいけないのだかうあるのが本来だといふ感じがした。

閉じたまぶたを「明るく美しく」思うことは常識では考えられない。春琴は美貌の女性であるから、見られる「価値」がある。そのうえ、失明を機に恣意的に見られる対象となった代わりに、佐助は恣意的に見る特権を与えられた。仮に春琴が目の健常な美人であれば、視覚において佐助と平等になり、自分が美を確かめる目を持ちながら、美の特権で佐助に君臨し、『刺青』などの初期作に見られる美の支配力と変わらなくなってしまう為、視覚をめぐる葛藤は消滅してしまう。

視覚、あるいは見る行為によって自我と世界、自我と他者との関係が位置付けられる。デカルトの言葉をもじれば、「我見る、ゆえに我あり」と言っても過言ではなかろう。一方、『春琴抄』に書かれた失明と美貌の設定によって提起された美的観念は「見る」行為の遮断に関わり、「我見られる、ゆえに我あり」に近いのである。

春琴は生まれつきではなく、少女期に失明したという設定である。先天的に見えない人の場合は「目の前にある物を視覚でとらえないだけでなく、私たちの文化を構成する視覚イメージをもとらえることがありません」[9]と指摘されている。中途失明となると、頭の中のイメージはかなり視覚的であり、記憶、認知、感覚や情報処理の仕方も先天的に見えない人とだいぶ異なる。「思ふに記憶力の強い彼女は九歳の時の己れの顔立ちを長く覚えてゐたであらう」と作品の語り手の〈私〉が解説している。加えて春琴の自分の美貌に対する自信は、幼い頃の記憶や世間の評判だけでなく、佐助という「鏡」の存在に頼っている。

九歳の時に失明してから、美貌喪失後、佐助の能動失明までの間、春琴は他人の目で自分を見ているのである。顔が潰れた後、「春琴が見られることを怖れた如く佐助も見ることを怖れたのであつた」。そして、佐助が自ら目をつぶした後、春琴はこう言った。「今の姿を外の人には見られてもお前にだけは見られたうないそれをようこそ察してくれました。」ひねくれた春琴にとって、数少ない本心からの言葉である。

　佐助は春琴の美貌を見る目という役割を果たしており、さらに、春琴の身体を見たり、触ったりする特権を持っている。小説には佐助が春琴の体を見る様子が間接的に書かれている。

> 肉体の関係といふことにもいろ〳〵ある佐助の如きは春琴の肉体の巨細を知り悉して剰す所なきに至り月並の夫婦関係や恋愛関係の夢想だもしない密接な縁を結んだのである（略）晩年鰥暮らしをするやうになつてから常に春琴の皮膚が世にも滑かで四肢が柔軟であつたことを左右の人に誇つて已まずそればかりが唯一の老いの繰り言であつたしば〳〵掌を伸べてお師匠様の足はちやうど此の手の上へ載るほどであつたと云ひ、又我が頬を撫でながら踵の肉でさへ己の此処よりはすべ〳〵して柔かであつたと云つた。彼女が小柄だつたことは前に書いたが体は着痩せのする方で裸体の時は肉づきが思ひの外豊かに色が抜ける程白く幾つになつても肌に若々しいつやがあつた（略）

公的な場合であるなら度を過ぎない顔への「視線」は許される。だが、異性の身体を見ることは禁じられている。春琴が視覚と触覚の特権を佐助に与えたのは意味深いことである。春琴と佐助の間に子供まで生まれたにもかかわらず、二人は結婚することを拒否した。仮に二人が結婚したら、身体を見ることや触ることはタブーではなくなり、特権性も自然に消滅してしまう。

　前述したとおり、近代の視覚体験は写実主義と結びついている。柄谷行人は「風景の発見」の中で国木田独歩の作品『忘れえぬ人々』を問題として取り上げ、「平凡な人間」が近代文学に登場した原因を論述した。「風景とは一つの認識的な布置であり、いったんそれができあがるやいなや、その起源も隠蔽されてしまう。明治二十年代の「写実主義」には風景の萌芽があるが、そこにはまだ決定的な転倒がない。(10)」西洋の遠近法や平等な眼差しで観察するのは近代に入ってからのことである。春琴と佐助の間では観察の特権が強調されており、近代的な視覚制度と離反している。

四、視覚情報の遮断と美学の可能性

　物事の美醜は一種の価値判断であり、「醜」なるものは存在しながらも常に無視される。春琴の美貌喪失は小説において決定的な展開である。美貌の喪失は近代的な視覚制度への挑戦でもある。見られる価値のなくなった春琴をどう見るかは、切実な問題になってくる。佐助は針で自分の目を突き、自ら失明する道を選んだ。「佐助は今こそ外界の眼を失つた代りに内界の眼が開けたのを知り嗚呼此れが本当にお師匠様の住んでいらつしやる世界なのだ此れで漸うお師匠様と同じ世界に住むことが出来たと思つた」この描写は自虐的女性崇拝として解釈しても成り立つが、美貌の喪失により、「鏡」＝見る目の存在価値がなくなると解釈するほうが妥当であろう。

佐助が失明した後、峩山和尚は「転瞬の間に内外を断じ醜を美に回した禅機」を指摘した。ここで言う「醜を美に回した」ことは目を閉じる単純な行為ではなく、視覚情報が遮蔽され、二次元的な平面イメージは消滅してしまうが、記憶、想像、触覚、聴覚などで築かれる異次元の美的感覚、奥行きのある認知様式が成立しはじめることである。

> 畢竟めしひの佐助は現実に眼を閉ぢ永劫不変の観念境へ飛躍したのである彼の視野には過去の記憶の世界だけがある（略）佐助は現実の春琴を以て観念の春琴を喚び起す媒介としたのであるから対等の関係になることを避けて主従の礼儀を守つた（略）

佐助が失明した後、「観念境へ飛躍した」のである。「観念」とは、「人間があるものについて心中にもつ表象を指示する用語。一般的には、感覚的あるいは空想的表象から理性的、知的表象にまで及ぶ広い範囲の表象一般、あるいはそのいずれかをさすものとして使われる。哲学の術語としては、感覚的あるいは感性的表象に対立するものとして、知的表象ないしは概念、さらにはその複合体を意味するのが本来の用法である。」（『日本大百科全書』小学館、一九九四年）。そもそも、美学は芸術や感性的な認識について哲学的に探求する学問であり、「観念境」の提起は佐助の飛躍ではなく、谷崎の美学認識の転向である。佐助にとって、「観念境」は内界の目で把握した表象である。「観念の春琴」はただ過去の記憶に築かれたイメージではなく、視覚情報の遮断で初めて目覚めた感覚で構築された新たな表象である。これは佐助が三味線の稽古のとき、押入れに入り目をつぶって味わった感覚と異なっている。見える人が目をつぶると、視覚情報の量は見えない人と一緒になるが、「世界」の感じ方、捉え方は同じ次元ではない。

> 眼が潰れると眼あきの時に見えなかつたいろ〳〵のものが見えてくるお師匠様のお顔なぞもその美しさが沁々と見えてきたのは目しひになつてからであるその外手足の

柔かさ肌のつや〳〵しさお声の綺麗さもほんたうによく分るやうになり眼あきの時分にこんなに迄と感じなかつたのがどうしてだらうかと不思議に思はれた取り分け自分はお師匠様の三味線の妙音を、失明の後に始めて味到した（略）

佐助は盲目になってから、視覚に遮蔽された手の感触や耳の感覚が敏感になった。新たな美的経験は触覚や聴覚などにより築かれてきた。「佐助は春鶯囀を弾きつゝ何処へ魂を馳せたであらう触覚の世界を媒介として観念の春琴を視詰めることに慣らされた彼は聴覚に依つてその欠陥を充たしたのであろう乎。」と語り手の〈私〉は述べた。

「観念の世界」は視覚の享受を諦めた上で、異なる次元の美の発見である。同じ時期に書かれた『陰翳礼賛』と比較すれば、谷崎美学の転換は明らかになると思う。『陰翳礼賛』は『経済往来』昭和八年（一九三三）十二月号と翌年の一月号に掲載された随筆である。谷崎は薄暗くほの明るい環境から陰翳の美を発見した。それは視覚が遮蔽されてこそ、触覚、聴覚などが活発になり、初めて確立された美の世界である。

谷崎潤一郎は『春琴抄』の中で盲人の世界をこう解説した。「大概な盲人は光の方向感だけは持つてゐる故に盲人の視野はほの明るいもので暗黒世界ではないのである」これは谷崎が『春琴抄』の単行本に加筆した部分である。意図的な改稿によって、盲人が住む暗黒世界のイメージは否定され、『陰翳礼賛』で語られる陰翳によって生まれた美学と一致してきた。

美と云ふものは常に生活の実際から発達するもので、暗い部屋に住むことを余儀なくされたわれ〳〵の先祖は、いつしか陰翳のうちに美を発見し、やがては美の目的に添ふやうに陰翳を利用するに至つた。（『陰翳礼賛』）

『陰翳礼賛』に吸い物椀に関する描写がある。谷崎潤一郎は触覚と聴覚で「掌が受ける汁の重みの感覚と、生あたたかい温味」と「椀が微かに耳の奥へ沁むやうにジイと鳴っている、あの遠い虫の音のような音」を描き、「三昧境に惹き入れられる」体験を披露した。「三昧境」は視覚の干渉を拒み、ほかの感覚で味わった「観念境」と重なっている。

『陰翳礼賛』に描かれる「陰翳」や「濃い闇」は暗黒の世界ではない。谷崎は「見えない」陰翳によってもたらされた重々しさ、落ち着きを讃美した。陰翳の美学は「均質化された近代の照明空間への嫌悪、闇と影への耽溺」[11]であり、西洋近代理性によって発展してきた視覚制度への反動である。

案ずるにわれ〳〵東洋人は己れの置かれた境遇の中に満足を求め、現状に甘んじようとする風があるので、暗いと云ふことに不平を感ぜず、それは仕方のないものとあきらめてしまひ、光線が乏しいなら乏しいなりに、却つてその闇に沈潜し、その中に自らなる美を発見する。然るに進取的な西洋人は、常により良き状態を願つて已まない。蝋燭からラムプに、ラムプから瓦斯燈に、瓦斯燈から電燈にと、絶えず明るさを求めて行き、僅かな蔭をも払ひ除けようと苦心をする。

（『陰翳礼賛』）

西洋人は「明るさ」を追求し、視覚の技術的な限界に挑戦し続ける。それに対し、谷崎潤一郎は陰翳の世界を提起し、視覚が遮蔽された場合、触覚、聴覚などによる構築された新たな身体論と美的体験の可能性を示唆した。

文体の面において、『春琴抄』と『源氏物語』との関連性(12)はほぼ定説になっている。谷崎潤一郎は戦争中『源氏物語』の現代語訳を完成し、小説創作も転換期を迎えた。『春琴抄』の文体は「物語」の伝統を受け継いだと考えられる。『源氏物語』の中で、夜になると、源氏は女性のもとを訪ねている。暗がりの中の出会いは常に歌の贈答、楽器の演奏から始まり、暗闇の中で触覚、聴覚を働かせて相手の存在を感知する。夜が明けて初めて相手の容貌を見る描写が多い。この類の描写からヒントを与えられたゆえ、『春琴抄』に代表される谷崎後期作品の美学につながる可能性も考えられる。紙面の限りでこの問題を含めて今後の課題にしたい。

注

(1) 佐藤春夫「最近の谷崎潤一郎を論ず『春琴抄』を中心として」（『現代日本文学大系 30 谷崎潤一郎集（一）』筑摩書房、一九七九年）三九六頁。
(2) 水谷昭夫「谷崎潤一郎『春琴抄』の意義」（『日本文学研究資料叢書 谷崎潤一郎』有精堂、一九八〇年）一四一頁。
(3) 太田三郎「トマス・ハーディと谷崎潤一――『春琴抄』をめぐる問題」（『日本文学研究資料叢書　谷崎潤一郎』有精堂、一九八〇年）一五四頁。
(4) 本稿における文中の傍点はすべて論者によるものである。
(5) 野田康文「谷崎潤一郎と盲者の〈視覚性〉――視覚論としての『春琴抄』」（『国語と国文学』八八―一二、二〇一一年）六四頁。
(6) 春琴の「写真」は谷崎のフィクションである。厳密に言えばそれ「書かれた写真」である。
(7) ジョン・バージャー『見るということ』（飯沢耕太郎監修、笹原美智子訳、筑摩書房、二〇〇五年）二六九頁。
(8) 多木浩二『肖像写真――時代のまなざし』（岩波新書、二〇〇七年）i頁。
(9) 伊藤亜紗『目の見えない人は世界をどう見ているのか』（光文社、二〇一五年）六七頁。
(10) 柄谷行人『日本近代文学の起源』（講談社文芸文庫、一九九八年）二四頁。
(11) 坪井秀人『感覚の近代』（名古屋大学出版会、二〇〇六年）一六五頁。

（12）太田三郎は『春琴抄』の文体について、「日本古典の形式から学んだもの」や「『源氏物語』の現代語訳の準備だけでなく、関西生活から感得した関西弁の表現能力（略）」を指摘した。太田三郎「トマス・ハーディと谷崎潤一郎――『春琴抄』をめぐる問題」（『日本文学研究資料叢書　谷崎潤一郎』有精堂、一九八〇年）一五二―一五三頁。

参考文献

平野芳信「「春琴抄」論――谷崎文芸における〈盲目〉の意味」（『日本文藝研究』三二―四、一九八〇年）四三―五二頁

小林敦「盲者を仮想する――谷崎潤一郎「春琴抄」」（『都大論究』四〇、二〇〇三年）七一―八一頁

表象空間としてのふるさと

——谷崎が見た昭和初期の東京・『芸談』を視座として

ガラ・マリア・フォッラコ

Gala Maria FOLLACO。ナポリ東洋大学研究員。専門は日本近現代文学。主な論文に、"Close yet Far. Fractured Identities in Nagai Kafū's American Writings" (*AION*, 75, 2016)、"The Quest for a Place to be: Fictional Portrayals of Tokyo in Contemporary Japanese Literature" (*Intérférences littéraires*, 13, 2014)、翻訳書に、*Higuchi Ichiyō. L'ultimo dell'anno e altri racconti* (Roma: Aracne, 2016)(樋口一葉「大つごもり」他、伊訳並びに注釈・解説)、*Sulla maestria* (Milano: Adelphi, 2014)(谷崎潤一郎『芸談』、伊訳並びに注釈)などがある。

本稿では、『芸談』にある「故郷」や「温かみ」、「つや」というキーワードを手がかりにして、昭和初期の谷崎潤一郎が見た東京について考察する。当時発表した随筆に焦点を絞って、関東大震災による都市空間の変容、新しい都市計画や文学界の変貌を反映していた東京と谷崎の文学観との関わりを探ることにする。

谷崎潤一郎の『芸について』(後に『芸談』)は昭和八年三月から四月にかけて『改造』に掲載され、当時の文学者に影響を及ぼした随筆である。周知の如く、二十世紀の文芸批評史のなかで大きな役割を果たした小林秀雄の『故郷を失った文学』(『文芸春秋』一九三三年五月)も谷崎の作品からの引用で始まるだけでなく、それに応えるものとして書かれたのである。『芸談』で谷崎が提示した「温かみ」をもった「一生の伴侶」をなし「一種の安心と信仰とを与へてくれる(略)心の故郷を見出だす文学」という理想に対し、小林は「私の心なぞは年少の頃から、限りない雑多のうちに、早すぎる変化のうちにいじめられて来たので、確固たる事物に即して後年の強い思ひ出の内容をはぐくむ暇がなかつたと言へる。思ひ出はあるが現実的な内容がない」と書き残している。谷崎が『芸談』で表した考えに同感を覚えながらも、近代化・西洋化を成し遂げた日本の文学に故郷がないと言う小林の作品はいわゆる〈故郷喪失〉の著しい例である。この点に関して大久保典夫は「明治十九年生まれの谷崎の幼少時代には、日本橋蠣殻町の町並に江戸がそのまま生きており、確固とした存在感を持って安定したたたずまいを見せていたのだ。それに較べて、明治三十五年生まれの小林の場合、その幼少年期において近代化・都市化による東京の急激な変貌はよほど目まぐるしかった」（『現代文学と故郷喪失』高文堂出版社、一九九二年）と指摘している。つまり、二人の〈故郷〉の感覚とそれぞれの違いに結びつく重要な要素としては当然ながら明治期の東京における都市化が挙げられるだろうが、それは同時に、近代的な〈故郷〉の概念の誕生自体に一端を担っていると言ってよかろう。成田龍一が述べているように、「近代日本における〈故郷〉の概念の成立を論ずるときには、一八八〇年代がひとつの節目となる」（『「故郷」という物語――都市空間の歴史学』吉川弘文館、一九九八年）のであり、その時期に同郷会などが数多く現れ、都市の体験を通して〈故郷〉が「創出され、語られ、演じられる」ようになったのである。このような〈故郷〉が近代的な概念だとすれば、その記憶が引き起こす郷愁もまた典型的なモダンの特徴なる「過去を定義と再定義する志向」（Mari Hvattum and Christian Hermansen, *Tracing Modernity: Manifestations of the Modern in Architecture and the City*, Routledge, 2004）に関連していることに疑いの余地はない。「一世代というのは、ヨーロッパでは三十年のことで、（略）我国に這入ると、世代という考えはほぼ十年をひと区切りにするようにな」ると、中村光夫（『現代日本文学史』筑摩書房、一九五九年）が述べているが、日本の近代化はまさに速すぎる変化をもたらし、その変化を最も生々しく反映したのは都市（特に東京の）空間であると言っても過言ではあるまい。

　ところで、晩年に『京都を想ふ』（『毎日新聞』一九六二年十二月）という随想を書いた谷崎は、「私は東京日本橋の生れであるが、もはや今の東京を自分の故郷とは思つてゐない。東京人に故郷なしと云ふ言葉があるが、まことにその言の如くである」と述べているが、その点について千葉俊二が以下のように説明している。「谷崎にとっての『ふるさと』とは、あくまで幼少の折に父母に手を引かれて九代目団十郎や五代目菊五郎の芝居を観にいったころの、いまだ多分に『昔の江戸のおもかげ』を残していた明治の東京であった」（谷崎潤一郎『陰翳礼讃・東京をおもう』中央公論社、二〇〇二年）。ちなみに同じ『京都を想ふ』のなかで谷崎はかつて日本の伝統と過去の面影を守っていた京都も近代化の道を歩んでいる現在について、「人間が余計な小細工をさへ加へなければ、平安朝以来の美しさを容易に失ふことのない都会である」ものの、「何かと云ふとすぐにドライブウエイ、ロープウエイ、そして頂上には展望台、ちやちなホテル、これがお定まりのコースである」ことを慨嘆している。京都も東京と同様に近代化の波に巻き込まれて大きく変貌させられ、〈故郷〉性を失おうとしていたことに対する谷崎の感嘆が窺えると思われる。

アンリ・ルフェーブルが打ち立てた空間論、つまり社会関係が空間化されることによって生産され、その「空間の生産」はまた空間で生活する人間の経験と相互に結ばれているという理論を手がかりにして考えると、昭和初期の谷崎のなかで都市空間と都会性というのはどのようなものであったかを測り知ることができよう。ルフェーブルが提示した「3重の概念」、すなわち「空間的実践」と「空間の表象」と「表象の空間」というのはそれぞれ「知覚される空間」、「思考される空間」、「生きられる経験としての空間」に当たるが、文学者のはまさに三つ目の、「生きられる経験としての空間」、芸術家と哲学者との空間であるいわゆる「表象の空間」、いわばそこに生きる人々がそれぞれの生きる経験によって象徴的な意味を付与する空間と一致している（『空間の生産』青木書店、二〇〇〇年）。藤原学が追憶記『生れた家』（『改造』一九二一年九月）について指摘しているように、「谷崎の東京嫌い、江戸志向は（略）明治二十一年（一八八八）の東京市区改正条例による都市計画を遠因と」しており、「さらに興味深いのは、随筆の表題が示すように、『生れた家』が、谷崎のふるさとを象徴していることである」（「幻視の江戸――蠣殻町異聞」『別冊太陽・谷崎潤一郎』二〇一六年二月）。なおかつ、谷崎が呱々の声を上げた町に「蠣殻町」という地名を正式に付けられたのは明治五年であるから、江戸時代にはまだ存在しなかったということになると藤原が主張している。蠣殻町は江戸にはなかったが、大久保が述べるように、江戸が蠣殻町に「生きて」いたのである。谷崎のなかの〈故郷〉はつまり、現実空間というよりも表象空間といったほうが適切ではないかと思えてならない。ある種の幻の場所であり、現実の都会においてまさに「創出され、語られ、演じられる」空間である。そのため、このような空間と文学との関連性を探るのは重要であるし、昭和初期に谷崎が発表した随筆や時評などがその理解への糸口になるだろう。

『芸談』は伝統的な〈芸〉に纏わる随筆であり、〈芸〉とは〈繰り返〉す営為によって〈型〉を形成するものだと言うことであるが（佐藤淳一「谷崎潤一郎〈芸〉の思想――『蓼喰ふ虫』と『「芸」について』」、『国語と国文学』第八五巻二号、二〇〇八年）、要するに、過去との連続性を大きく評価した作品である。谷崎は知識階級の若い人だけを対象にしていた文壇を批判し、当時の文学より古典文学のほうが「心の故郷を見出す」本質を備えていると断言しているのだが、「何年もかかつて丹念に磨き込んだ珠の光りのやうなもの、磨けば磨く程幽玄なつやが出て来るもの」と彼が定義する〈芸〉の本質というのは、伝統芸能人や昔の歌人などが持っているもので、当時の文学者、特に純文学者が失っていたものである。

谷崎の人生のなかでこの時期は長い間「古典回帰の時代」と呼ばれてきたのだが、関東大震災のため関西へ移住してから、その暮らしぶりから影響を受け、それ以降の作品にもその影響を窺わせていることは確実である。京都と大阪を東京に比べると、前者が例えば彼の時評などで懐かしいふるさととして現れている一方、後者が「知識階級」、「インテリ階級」のイメージに重ねられ批判されるが、それはいわゆる〈文学場〉（P・ブルデュー『芸術の規則』藤原書店、一九九五年）、つまり文学キャノンを形成する権威あるシステムとして捉えられているからだと言えるだろう。中村が指摘しているように、谷崎は「東京の『知識階級』に失われたすべての美徳を大阪の『町人』にみとめた」（『谷崎潤一郎論』新潮社、一九五六年）が、『芸談』のみならず昭和初期の様々な作品のなかで彼は「知識階級」と「大衆」とを対峙させるような傾向をみせている。例えば、昭和二年に『改造』に連載された『饒舌録』では「小説と云ふものはもと〳〵民衆に面白い話をして聞かせる」ものだと主張し、当時の文壇ではそのような話は「通俗的エコール低級」にされていると述べている。同五年に『文藝春秋』で発表した『大衆文学の流行について』でも理想的な小説は江戸時代の「軟文学」みたいに「大衆を相手にする」ものだと書いており、現代の純文学とは異なると主張している。「軟文学」の時代と違って当時の文学界は文壇のリーダーやジャーナリストが押し付ける「～イズム」の世界であり、それに従わない文学は低く評価されていたというわけだが、周知の通り谷崎は大衆文学を決して軽視してはいなかった。なおかつ、その文学観には都市空間的な要素も含まれていると言えるだろう。例えば、昭和九年に発表した『東京をおもふ』（『中央公論』一九三四年一～四月）で谷崎は次のように書いている。「（前略）諸君のうちにはまだ東京を見たことのない青年男女が定めし少くないことであらう。しかし諸君は、小説家やジャーナリストの筆先に迷つて徒らに帝都の華美に憧れてはならない。われ〳〵の国の固有の伝統と文明とは、東京よりも却つて諸君の郷土に於いて発見される」。つまり、日本「固有の伝統と文明」をなくした首都へ文学希望の若者を誘惑するのは「小説家やジャーナリスト」であると言う。ちなみに、都市と文学との関わりについて、特に〈都市の中の文学〉について述べると、大正後期と昭和初期に影響力のあった出来事のひとつはいうまでもなく関東大震災であり、被害を受けて倒産寸前の出版社が立てた「円本」という企画にも言及せざるを得ない。それはすぐにブームになり、数多くの作品を大衆に届け、ある意味では大衆文学のキャノンまで形成していったと言えるだろう。

谷崎からみると東京というのはまさに文学場だとすれば、そのメタファーのひとつである文壇はたくさんの読書を購入して「読書革命」（植田康夫「〈円本全集〉による『読書革命』の実態——諸家の読書遍歴にみる」、『出版研究』一四号、一九八三年）の中心となる大衆を無視するし、民衆の人生の支えとなる「心の故郷を見出す文学」を書く作家よりも批評家が決定したあらゆる「〜イズム」や「〜主義」に即する作家ばかりを育てている（「直木君の歴史小説について」、『文藝春秋』一九三三年十一月〜一九三四年一月）ということになる。その文壇に属する作家は『芸談』で定義される「スマート」な（「温かみ」の芸を維持し続ける東洋の芸人に対峙する西洋の芸術家の特徴）芸術家に類似性を示していると言えよう。前述の如く、昭和初期の時評のなかで東京と京都・大阪が頻繁に比較されているが、そのテクストに出る言葉をみれば、関西は谷崎のなかで、ある種の心地よさをより守り続けた場所だったことが明らかになる。例えば、東京と大阪の女性の声について言及するときに、前者は「キレイ」であるが、「余情」も「含蓄」もないのに対し、後者は「潤い」と「あたゝか味」と「つや」が備わっていると言う（「私の見た大阪及び大阪人」、『中央公論』一九三二年二〜四月）。それらの作品で興味深いのは、ひらがな・漢字とカタカナの使い分けだと思われる。そもそも英語である「スマート」はもちろん、近代（特に望ましくない、ネガティブな近代）を連想させる単語がよくカタカナ言葉や外来語として現れている。東京の女の声に使う「キレイ」もそうだし、また後年の『京都を想う』で列挙する「ドライベウェイ」、「ロープウェイ」、「ホテル」、そして「コース」という英語もそうである。都市化・西洋化が直に故郷喪失に導くということを強調しているかのように、谷崎がある意味では距離を感じさせる表現を使いこなしているように思われる。『蓼食う蟲』（『大阪毎日新聞』『東京日日新聞』一九二八年十二月〜一九二九年六月）をはじめ、当時の小説に隠喩で西洋化を物語の流れに取り入れているように、ノンフィクションの作品のなかでまた言語のレベルにまで象徴化された形でそれを問題化していると言えよう。「西洋人に見せるための玄関」（『東京をおもふ』）である都市空間に響く女の声は〈キレイ〉だが、〈含蓄〉がない。その〈含蓄〉はまさに昔との連続性を指すもので、風土とつながる〈故郷〉の本質的要素だと言えるのではないだろうか。〈含蓄〉を持った〈故郷〉はより密接に住民に結びついていると言えよう。

『蘆刈』（『改造』一九三二年十一～十二月）には「見も知らぬ人がかういふ風に馴れ〳〵しく話しかけるのは東京ではめつたにないことだけれどもちかごろ関西人のこゝろやすだてをあやしまぬばかりかおのれもいつか土地の風俗に化せられてしまつてゐる」と書いてあるが、ここに見る「風俗」とはまさに昭和初期の谷崎の都会性に結びつく有力なキーワードだと思われる。東京市区改正条例以降の機能主義的な都市計画の影響で江戸の名残を犠牲にした近代都市、「努力して生産都市、消費都市、権力都市になっ」ていた（原田泰『都市の魅力学』文藝春秋、二〇〇一年）東京の景観に親しみは覚えられず、唯一親近感をもつのは人間の自発的な行為、昔ながらの性格や態度、振る舞いである。それはまさにマインドスケープとしての都市空間を形成する社会的関係の土台である。近代日本における変化が速やかだったので、過去は意識から消えて「忘却」され、「それは時あって突如として『思い出』として噴出することになる」（『日本の思想』岩波書店、一九六一年）と丸山真男が述べているが、そのような「思い出」も、ある程度、谷崎が主張した「固有の伝統と文明」と〈含蓄〉と〈風俗〉とは無縁ではあるまい。思い出として存在する過去は都市空間の場合、住民の風俗にも見られ、谷崎が重要視した過去との連続性もそこにこそ現れると言えよう。

『蘆刈』の連載が始まるちょうど一年前に、谷崎は永井荷風の『つゆのあとさき』（『中央公論』一九三一年十月）を批評した際、「（前略）こゝには夜の銀座を中心とする昭和時代の風俗史がある。震災後に於ける東京人の慌しく浅ましい生活の種々相がある」とし、「昔ながらの東洋風な客観的の物語」性を感じ、以下のような見解を示している。

私はこれを読んで心づいたことだが、現在日本の小説家の九割までは東京に住み、現代に材を取る場合には殆ど東京を舞台としながら、未だ曾て東京の地方色を意識的に描いたものを見たことがない。（略）文学史上に我が昭和時代の東京を記念すべき世相史、風俗史とでも云ふべき作品が一つぐらゐはあつてもよからうし、むづかしく云へば東京に住む文人の義務でもあらう。

（「永井荷風氏の近業について」、『改造』一九三一年十一月）

つまり、いくら物語の舞台とされていても、東京の「地方色」はほとんど描かれておらず、その例外は「夜の銀座を中心とする昭和時代の風俗史」である永井荷風の復活作『つゆのあとさき』だと言うことである。ちなみに、本稿では触れないが、この時代の銀座の風俗が〈大阪化〉したという萩原朔太郎の考えも興味深い（鈴木貞美『モダン都市の表現――自己・幻想・女性』白地社、一九九二年）。谷崎が高く評価した荷風の作品の長所のひとつは、東京人である自分みたいに、「嘗て東京に住んでゐた頃のさう云ふ夜の記憶を幾つも想ひ浮かべる」ような「東京のローカルカラー」を描いたものだという点であり、また荷風自身については「今日も尚かう云ふ丹念な労作をコツコツと続けられる（略）今更文壇的功名心や野心に駆られ」ない作家であることを強調している。これはあくまで『芸談』で提示した〈芸〉の本質と文学の理想に強い類似性を示しているのではなかろうか。

以上見てきた随筆における〈故郷〉とはつまり、住民の思い出に託された表象空間というものであり、社会的関係に基づいた都市空間のなかで伝統的で文明的な〈含蓄〉をもった風俗という形で現れ、その風俗こそ記念することは、文学場の東京に住む文人たる人の「義務」である。それもまた当時の文壇に対する批判であり、人の「心の故郷を見出す文学」への志向であると言えるだろう。

愛を分かち合う──『夢の浮橋』における非オイディプス

ジョルジョ・アミトラーノ

Giorgio Amitrano──ナポリ東洋大学教授、イタリア文化会館東京館長および京都イタリア国立東方学研究所長を兼任。専門は日本近現代文学。主な著書に、*THE NEW JAPANESE NOVEL*、『『山の音』こわれゆく家族』（みすず書房、二〇〇七年）、訳書に川端康成『雪国』、よしもとばなな『キッチン』、『N・P』、村上春樹『ノルウェイの森』、『ダンス・ダンス・ダンス』、『1Q84』などがある。

『夢の浮橋』における母への憧れというテーマは、彼の他作と比較してみると興味深いバリエーションが見られる。「茅渟」という女に競争を刺激されることはなく、父と息子は妻・母への愛を共に仲良く共有し生きていく。谷崎は、普通にオイディプス・コンプレックスから連想されるテーマではなく、非オイディプスの例を挙げようとしたものと思われる。

本論に入る前に、まず明確にしておきたいことがある。タイトルの「非オイディプス」という言葉は、有名なジル・ドゥルーズとフェリクス・ガタリの『アンチ・オイディプス──資本主義と分裂症』（宇野邦一訳、河出書房新社、二〇〇六年）の中心である非オイディプスという概念とは全く違う意味で使われている。七〇年代に影響力があったこの作品は、フロイトのオイディプス・コンプレックスの学説に対する批判だったが、私の発表では、フロイトに反論する目的はなく、『夢の浮橋』において、谷崎のオイディプス・コンプレックスの独特の見方を扱うに留める。

母への憧れは、谷崎作品に頻繁に見られるテーマであり、『母を恋ふる記』『少将滋幹の母』などでは、母の存在が小説の中心になることは、よく知られているが、『夢の浮橋』におけるその扱いかたは、興味深いバリエーションが見て取れる。

さて、この作品のあらすじを簡単に振り返っておきたい。糺という主人公は、父と母と、乳母と、三人の女中と一緒に

「五位庵」という邸に暮らしている。父と息子にとって、妻と母である「茅渟」という女は、二人の愛の対象であり、三人とも、世界の汚れと雑音からは、かけ離れた小宇宙に住んでいる。この小さな地上の楽園、自然と調和した環境に思われるが、実はそこは人工的な世界であることは明らかである。父は現実を変える能力があるようで、演出家、あるいは魔術師のように、その三人だけの世界を作り、支配する。しかし、母の急な死はその調和を破壊し、二人とも絶望に陥る。彼らの人生から光源が失われたかのようだったが、二年後のある日、父は亡くなった母親にそっくりの女性に会ったと紘に告げる。その数ヶ月のち、父はその女性と再婚し、彼女は紘の継母となる。以来、父は意図的な計画を進めるかのように、息子に対し、生母と継母のアイデンティティーを混乱させ、改めて一家だけのよそ者が入いれない秘密の花園を創造しようとする。ほどなく、紘には二人の「母」のイメージが重なり合ってしまい、実母を病的なほど愛した紘は、継母を歓迎し彼女をも愛するようになる。紘がまだ子供とはいえ、乳ばなれの年齢はもうとっくに過ぎたにもかかわらず、母、つまり継母は、彼に乳房を提供する。紘には、実母を裏切る意識は皆無である。彼にとって最たることは、「生暖かい懐ろの中の甘いほの白い夢の世界」が復活することである。又、紘が二十歳になった時、継母は男の子を生むが、里子にやってしまう。紘は弟を探すが、行方不明になったようである。両親は意図的にその武という息子の行方を紘に知らせない。紘は、弟を追い出した父と母に自分の失望を隠そうとしないが、二人は彼の気持ちを無視し、彼らの決意は全く揺らがない。出産のため乳の張った母は、紘に乳房を吸えと勧める。母の行動に当惑させられる紘だが、ついには言われた通り、母の乳房を吸い、乳までも飲んでしまう。父は病気になり、死の床で、紘に沢子という娘と結婚するように勧めるが、実は彼が望んでいるのは、紘が彼の代理人となり、母の面倒を見たり、喜ばせたりすることであった。相変わらず曖昧かつ受け身な性格を見せる紘は言われた通りにするが、母と沢子との三人の生活は、昔の父と母と暮らしていた時と比べると、失楽園のようになっていく。ある日、母はムカデに胸を刺され、他界する。その後、紘は沢子と離婚し、遠くに預けていた武を引き取り、七歳の弟との生活が始まる。「私に取って何よりも嬉しいのは、武の顔が母にそっくりなことである。…私は二度と妻を娶る意志はなく、母の形見の武と共にこの先長く暮らして行きたいと考えている」という紘の決心で、物語が終わる。

　小説のタイトルを始め、この作品の中には、『源氏物語』

からの参照が多く見られるし、古典文学と伝統文化という文脈にはめ込むことが可能である。そして、そういった参照をたどるだけで、ある意味効果的に『夢の浮橋』を検討することもできるであろうが、私が焦点を合わせたいのは、谷崎のエロティックな想像力と物語構成の織りなす相互作用である。

坪井秀人が言及するように、谷崎潤一郎の作品史の中では晩年にあたる『夢の浮橋』（一九五九年）は、『吉野葛』『蘆刈』『少将滋幹の母』と続く〈母恋い〉の主題系に連なり、それを結論づける位置にあるが、ちょうど『鍵』『瘋癲老人日記』という小説に挟まれて書かれた作品である。（坪井秀人「子を産まぬ母――『夢の浮橋』論」、『国文學』一九九八年五月）〈母恋い〉のシリーズとの共通点は、テーマのほかに、その文体と物語構造である。古典文学の引用や、史的典拠と架空の典拠の混ぜ方、また本題から離れる長い文章などが物語の流れを頻繁に中断させたりする。それはもちろん欠点ではなく、文学上の手法として巧みに用いられている手段である。とりわけ『少将滋幹の母』の場合、谷崎はこの手段を優れた才能で使っている。物語の中で、いちばん迫力に満ちたシーンは、流れに沿って直接に提供されず、博識に裏付けされた長い脱線を入れ、注意深く準備されていく。谷崎はまるでサスペンスを殺そうとしているようで、読者の期待とテンションが冷めた頃になって、いきなりナレーションのテンポを速め、ページを鋭利な刃物で切り裂くようにもっとも盛り上がったシーンを挿入する。例えば、幼い滋幹が、月の光のもと、若い女の死体の前で瞑想する父を隠れて見張るシーンは、ナレーションの遅いテンポで細心の注意を払って書かれたからこそ、より強い印象を与える。この谷崎特有の手法は、『夢の浮橋』でも使われているが、今回は『鍵』と『瘋癲老人日記』のエロティックな要素が、優雅な文体に移植されているのだ。

小説の初めに、幼い糺の母への愛着が描かれている。寝る前に母とのスキンシップを求める糺は、マルセル・プルーストの『失われた時を求めて』の、母のお休みのキスを焦がれるマルセルを思い出させるが、一つの重要な違いがある。マルセルの父はその習慣を嫌い、息子の気まぐれを厳しく批判し、苛立ってしまうが、糺の父は、息子の母への恋を許すと言うより、静かに鼓舞するかのようである。ストーリーが進んでいくと、父の態度はそれまでとはやや異なる、怪しいニュアンスをとる。すでに亡くなってしまった生母は継母によってすり代えられていた。母、つまり継母は、何回も糺に乳が出ない乳房を提供する。糺がやがて十三、四歳になり、夜は一人で寝るようになるが、そうなっても時々母の懐ろが欲しくなり、乳房を吸わせてもらう。
イタリア精神分析学者のマッシモ・レカルカティは、有名な精神科医のドナルド・ウィニコットの研究を引き継いだ形の「母の手」という論文で、乳幼児と母の乳房との関係について興味深い分析をしている。乳房を求める赤ちゃんは、養分の必然性から刺激されているが、その必然性を満足させられた時、つまり乳を飲み終わった後もまだ乳首をしゃぶり続ける。これは、その時点で、本能の必然性から心理的欲望への移動が行われたことを意味する。母の乳房は、母の象徴、いや、記号になる（Massimo Recalcati, *Le mani della madre. Desiderio, fantasmi ed eredità del materno*, Feltrinelli, 2015）。その変転は乳幼児の成長過程に見られる自然な現象といえるが、『夢の浮橋』の場合、母と息子のスキンシップは幼年期を超えたモダリティとなる。情緒的近親姦と思われざるをえない。母が思春期の糺に乳房を提供することに反対しない父の態度も、父性愛の境界を明らかに超えている。ここに見られる父の賛同は『鍵』の大学教授である主人公が、妻と若い知人の男を接近させることをほうふつさせる。『鍵』と『瘋癲老人日記』に剥き出しにされているセクシュアリティーは、『夢の浮橋』の調和的で楽園のような世界に微妙に忍び入り、優雅な雰囲気を官能的な色に染めていく。

『夢の浮橋』は、妻・母を病的なほどに愛する父と息子のストーリーであるため、オイディプス・コンプレックスの典型的な例に、なりえる。ただ、オイディプス・コンプレックスでは、父と息子二人の競争心が刺激され、つまり男子が、同性の親である父を憎み、母に対して性的な思慕を抱くのだが、この小説の中では、息子と夫の憧れの対象である「茅渟」という女は、父と息子の彼女をめぐる競争を刺激することはなく、むしろ彼らの結束の理由になる。父と息子は妻・母への愛を二人で仲良く共有して生きていく。どうして谷崎は、普通にオイディプス・コンプレックスから連想されるテーマではなく、非オイディプスの例をあげようとしたのであろう。

オイディプス王の神話はギリシャ悲劇から現代の文学や映画や漫画など、無限のストーリーにインスピレーションを与えたが、通常、物語の中心はインセスト・タブーである。ジャン・コクトーの『恐るべき親たち』も、パゾリーニの『アポロンの地獄』も村上春樹の『海辺のカフカ』も、萩尾望都の『スフィンクス』という漫画もそうである。しかし、谷崎は、『夢の浮橋』において父が息子と妻への愛を分かち合うことで、近親相姦はタブーであるという公衆道徳の砲弾からその信管を除去する。欲望が抑制可能なほど、人間はより大人なのであり、社会は文明状態であるというフロイトの学説は、谷崎にとってはあまり意味をなさないのだ。社会人として一人前の大人であっても、個人的な環境下で欲望を無限に求め続け、タブーを犯し、欲望に自分の人生を捧げることも可能なのだ。谷崎は、自然の法則も公衆道徳も遵守せず、『夢の浮橋』の父のように、人工的な現実を作り、支配する。おそらく、谷崎にとっては、愛も欲望もフィクションだったが、彼には、細工のかかった作品によって、現実を際立たせる能力があった。非現実を狙って、読者により強く現実を感じさせるのは文学の崇高なパラドックスかも知れない。

もちろん谷崎はジル・ドゥルーズとフェリクス・ガタリの思想から遠く離れている位置にいる。しかし、全く異なった手段を通して、つまり文学の道を辿り、物語の力という武器だけで、オイディプス・コンプレックスを、再発明し、批判することを可能にした。あるいは、無視することの贅沢を味わっていたとも言えるのだ。

谷崎潤一郎『人魚の嘆き』の刊行について

田鎖数馬

たぐさり・かずま——高知大学人文社会科学部准教授。専門は谷崎潤一郎、芥川龍之介、菊池寛の研究。主な著書に、『谷崎潤一郎と芥川龍之介——「表現」の時代』（翰林書房、二〇一六年）、『谷崎潤一郎全集』第4巻「解題」（共著、中央公論社、二〇一五年）、『芥川龍之介ハンドブック』「少年」（共著、鼎書房、二〇一五年）などがある。

谷崎の『人魚の嘆き』にある二枚の挿画を当局が問題視したこと、出版社側は内閲によってそのことを刊行前に知ったので、その二枚を削除して、発売禁止処分を回避することができたことをまずは確認し、その上で、内閲の実態の一端を明らかにするために、二枚の挿画が問題視された理由、二枚の挿画が本書の中で果たしていた役割などを考察した。

谷崎潤一郎『人魚《にんぎょ》の嘆《なげ》き』は、大正六年四月に春陽堂から刊行された単行本で、「人魚の嘆き」、「魔術師《まじゅつし》」、「病蓐《びょうじょく》の幻想《げんそう》」、「鶯姫《うぐいすひめ》」、「捨《す》てられる迄《まで》」、「饒太郎《じょうたろう》」という谷崎の作品が、この順に収録されている。この『人魚の嘆き』の初版本には、資料一の①〜④のような、名越国三郎《なごしくにさぶろう》によって描かれた四枚の挿画が存在する。①は「人魚の嘆き」、②は「魔術師」、③は「病蓐の幻想」、④は「鶯姫」の挿画で、①〜④の挿画は、各々の作品のタイトルの前のページに載せられている。ところで、この『人魚の嘆き』には、初版本とほぼ同じ体裁を有している三種類の異装本が存在する。しかし、その異装本では、②と④の挿画が削除されていた。そのことを踏まえて、論者は、嘗て『谷崎潤一郎全集』第四巻（中央公論社、平成二十七年）「解題」において、正式な検閲を受ける前に、当局者のチェックを受ける内閲という法外措置が、この時期に実施されていたこと、この『人魚の嘆き』に関しても、その内閲によって、②と④の二枚の挿画が問題であるという当局者の考えを事前に知ったので、その二枚の挿画を削除して刊行することができたことを指摘した。以下では、この「解題」の指摘を受け継ぎ、『人魚の嘆き』の刊行や内閲に関する問題をさらに掘り下げて考えていく。

まず、内閲が開始された時期について述べておくと、牧義之《まきよしゆき》『伏字《ふせじ》の文化史《ぶんかし》――検閲《けんえつ》・文学《ぶんがく》・伏字《ふせじ》』（森話社、平成二十六年）の第二章において、内閲の「開始は、おおよそ大正六年から大正七年にかけてではないか」と指摘されている。実際、谷崎の「発売禁止《はつばいきんし》に就《つい》て」（『中央公論』大正五年五月）では、「禁止の恐れありと感ぜられる物は前以て当局者の内見を乞ひ、双方の互譲相談に依つて削除す可き部分を定める」ことを、谷崎は要望している。大正五年五月の時期に、このような要望を出しているのであるから、内閲は大正六年頃より前には殆ど行われていなかったと考えてよい。では、大正六年頃の時期に、内閲が開始された要因は何であるのか。その一因として、永田秀次郎《ながたひでじろう》が、この時期に、検閲を指揮する内務省警保局長に就任したことを挙げることができる。永田が警保局長を務めたのは、大正五年十月十一日から大正七年十月三日までである。永田が内閲を推し進めていたことは、谷崎の「異端者《いたんしゃ》の悲《かな》しみ」（『中央公論』大正六年七月）の「はしがき」によって確かめられる。この「はしがき」では、谷崎の「異端者の悲しみ」に対して、発売禁止処分が下される可能性が高かったので、永田に内々に検分してもらい、その意見を踏まえて書き直すことで発売禁止処分を回避することができたということが記されている。永田は、官僚でありながら、永田青嵐《ながたせいらん》という号を持つ、名前の知れた俳人でもあった。そのために、内閲を推し進めたものと考えられる。牧前掲書の第四章によれば、「内閲は大正十四年頃には既に一般的な運用はなされず、昭和二年六月に正式に廃止が決定された」。ただ、このように僅か十年ほどで廃止されたとはいえ、内閲は、発売禁止処分を回避するための次善の策として、芸術家や出版社に、一定の恩恵を与える役割を果たしていた。菊池寛《きくちかん》は「『文芸春秋《ぶんげいしゅんじゅう》』感想文集《かんそうぶんしゅう》（雑記《ざっき》二）」「検閲制度改善《けんえつせいどかいぜん》運動《うんどう》」（『文芸春秋』昭和二年十一月）の中で「内閲制度は、現在の欠陥多き検閲制度に対する唯一の安全弁であつた」と記しつつ、昭和二年に内閲が廃止されたことを批判している。こうした「安全弁」ともいうべき内閲を軌道に乗せる役割を果たした人物こそ、永田であったといえるのである。

しかし、いくら内閲を推し進めていたからといって、検閲を行う立場にある永田の考え方が、自由な創作活動を完全に容認するものであったはずはない。『人魚の嘆き』に関していえば、②と④の挿画を問題視したことは、そのことを端的に示している。そこで、当局の取り締まりの方針の実態を知

①「人魚の嘆き」の挿画

②「魔術師」の挿画

るために、②と④を問題視した要因について続いて考えてみる。その際、③に問題がないことは自明であるので措くとして、①と②と④では、同じように、裸の女性が描かれているにもかかわらず、①は問題なしと、②・④は問題ありと判断されたことに焦点を当てて、その意味を考えてみる。ただし、予め断っておきたいことは、松井茂《まついしげる》『警察叢譚《けいさつそうたん》』（清水書店、明治四十年）三二頁において、「将来とても内務省が完全なる標準を示すことは、裸体画の性質上到底不可能の事であろう」と記されている通り、何が「差止むべき」裸体画で、何が「不問に附すべき」裸体画であるのかを判断するための客観的な基準など存在しないということである。そのため、裸体画に対する判断は、結局のところ、当局者の主観的な「頭脳の判定」によるものであることを前提にしなければならならない。それでも、①と②・④との間には描かれ方に明確な違いがあるので、その違いから、その「頭脳の判定」の基準を探ってみることはできるだろう。では、その違いとは何であるのか。それは、①では、裸の女性を性的な対象として眺める男性目線の存在は描かれていないのに対して、②の怪物の如き存在や④の鬼は、その種の存在であると解釈されてもおかしくはない描かれ方になっている、という違いである。そのため、裸の女性を性的な対象として扱おうとする傾向が画面上に表れていないように見える①は問題なしと、表れているように見える②と④は問題ありと判断されたと理解することができるのである。

こうした理解で大過ないだろうことは、「又一《またひと》つ発売禁止《はつばいきんし》秋《あき》の風《かぜ》＝永田《ながた》新警《しんけい》保《ほ》局《きょく》長《ちょう》の見《み》た文展論《ぶんてんろん》」（『時事新報』大正五年十月十八日、以下「又一つ」と略称）という記事から読み取ることができる。この中で、大正五年十月十七日に第十回文展を初めて見に行った時の永田の談話が、次のように紹介されている。

以前黒田清輝《くろだせいき》画伯が裸体画を出品して問題を起した当時は裸体画の出品其物が問題であつたが今では裸体画だからとて直に問題にはせぬ迄に進歩して来た。今度の問題になつた熊岡美彦《くまおかよしひこ》の画は観察のしようによつては厭やな感じが起こらぬでもないし、又姿や人物の周囲が何となく面白くない（以下略）（ルビは論者による）

この少し後では、裸体画といっても、「入浴美人を覗き見る黒人の画や鵞鳥を抱き締むる裸体美人の画の展覧の如きの許可は鳥渡我国では夢想も出来んと思ふ」という永田の言葉も示されている。ここで、永田は、「裸体画だからとて直ちに問題に」なることはないことを強調しつつ、それでも、劣情を呼び起こす要素が含まれる、「厭やな感じ」のする裸体画は問題になると述べている。こうした永田の考え方を踏まえれば、同じく裸の女性が描かれているにせよ、①は「厭やな感じ」を起こさないもの、②と④は「厭やな感じ」を起こすものと、永田が判断しただろうと解釈することができる。

ここで、②・④を問題ありとする永田の判断については、右の「熊岡美彦の画」が影響を及ぼした可能性があることにも言及しておきたい。この熊岡の絵は、第十回文展に出品さ

③「病蓐の幻想」の挿画

④「鶯姫」の挿画

資料1　①〜④は、谷崎潤一郎記念館所蔵の『人魚の嘆き』初版本の四枚の挿画をコピーし、それを写真撮影したものである。

れた西洋画「裸体《らたい》」を指している。これは、風教上の問題があるとして、当局から全面公開を禁止され、特別室に展示されたことでも知られている。第十回文展の西洋画部門では多くの裸体画が通常通り展示されたにもかかわらず、この「裸体」のみに、特別室での展示という処分が下されたのである。残念ながら、論者は、この「裸体」の絵を目にすることはできていないのであるが、処分が下されたことに対する、当時の熊岡自身の「少《すこ》しも挑発的《ちょうはつてき》な物《もの》ではない」（『東京日日新聞』大正五年十月十四日）という次のような反論の談話から、この絵がどのようなものであり、何が問題とされたのかをある程度は知ることができる。

> （略）警視庁の御役人の眼にて新嘉坡《シンガポール》辺の醜業婦でも描いた淫猥な絵に見えたのも不思議だが御役人に窓の縁と見えたのは実に背景に描き込んだ額縁で新嘉坡の景色と見えたのは額縁の内容になつてる日光の町のスケツチです、その上ベツトは西洋画の習作には誰でも用ふ羽根布団なのですあれを干渉されては文展に人体の習作を出す事が出来なくなつて了ひませう

熊岡の「裸体」は、「新嘉坡の景色」を想像させる背景の描き方や、「ベツト」に横たわる裸の女の描き方のために、「新嘉坡辺の醜業婦でも描いた淫猥な絵」と「警視庁の御役人」から見なされて問題視された。これは、前掲の「又一つ」における、永田の「姿や人物の周囲が何となく面白くない」という言葉とも対応している。永田もまた、「警視庁の御役人」と同様に、裸体画であるから直ちに問題視したのではなく、劣情を呼び起こす要素が多分に含まれていると感じたから問題視したのである。

ところで、第十回文展に行く直前の時期に、永田は「文展などに就ても、裸体画を什麼する、時代はそれを問題にするにはもう古いさ」（「『湯浅君《ゆあさくん》と同意見《どういけん》さ』――永田新警保局長《ながたしんけいほきょくちょう》の見《み》た文芸取締《ぶんげいとりしまり》」（『時事新報』大正五年十月十三日））という見解を表明していた。にもかかわらず、その直後に第十回文展に行き、その見解を覆してしまったのである。その急激な変貌ぶりは、「青鉛筆《あおえんぴつ》」（『朝日新聞』大正五年十月二十三日）という記事において、「永田警保局長は新任当時『裸体画の問題なんぞ今時ソンナ事を問題にするのは古いよ』と大気焔であつたが間もなく文展の裸体画問題が持上つたので局長今度は『ドーモ少少ひどいものがあるのでイヤハヤ』と此ところ気焔の逆転」として紹介されている。それほどまでに、熊岡の「裸体」は劣情を呼び起こすという印象を、永田は強く持ったといえるだろう。となれば、熊岡の「裸体」を見た経験があったからなおのこと、それから六ヶ月後に刊行された『人

魚の嘆き』の②と④の挿画を問題視する方向に永田が傾いていったという可能性もここから指摘することができる。「厭やな感じ」がすると思える裸体画に対しては、警戒感を以前よりも強めるようになったので、そのことが、②と④を問題視する判断を後押ししたのではないだろうか。そうであれば、その判断の恣意的な側面はやはり否定し難いであろう。

それにしても、このような経緯で問題視された②と④の挿画は、『人魚の嘆き』では、そもそも、どのような役割を果たしていたのだろうか。まず、②についていえば、②の挿画では、怪物の如き存在が、裸の女性に触れようとしている。そのため、そこには、通常の男女の性的関係の場合とも異なる、やや変質的な性的欲望の世界が示されていると感じられる。それに対して、「魔術師」本文中では、怪物の如き存在や裸の女性が登場するわけではないし、人物の性的欲望が直接に描かれているわけでもない。そのため、「魔術師」本文中に、②に該当しそうな箇所を見付けることはできない。ただし、「魔術師」では、恍惚として魔術師の奴隷となっていく人間の姿が描かれている。その人間の感情の奥底には、得体の知れない、変質的な性的欲望が潜んでいるといえる。そのため、「魔術師」本文の世界は、②の挿画と幾分か通ずるところを持っている。②は、本文の描写を直接に踏まえたものではなかったけれど、本文中に明記されてはいない、しかし、人物の潜在意識にあったであろう変質的な性的欲望の淫靡な世界を読者に示す挿画であったと解釈し得る。

続いて、④についていえば、④に該当するのは、「鶯姫」本文のト書きの「赤鬼、不意に姫の襟頸を捕へ、荒々しく小脇に抱へて」という描写である。ここで、この描写に至るあらすじを簡単に説明すると、女学校の国語の教師である大伴先生は、自らの教え子で、公卿華族の姫君である壬生野春子を気に入っていた。その大伴先生が見た夢の内容が続いて紹介される。その夢は、王朝時代の平安京を舞台にした、大伴先生に該当する老人と、壬生野春子の先祖であり、壬生野春子に生き写しの鶯姫とを主要な登場人物とする夢である。その夢の中で、赤鬼になった大伴先生は、鶯姫に懸想し、鶯姫を浚おうとする。その浚おうとするところが右の描写であり、それが④の挿画に対応している。ただし、「鶯姫」本文では、鶯姫は、王朝時代の姫君であり、かつ、赤鬼に捕まえられた時にも衣服を着ていた。それに対して、④の女性は、王朝時代の姫君とはとてもいえない女性であり、かつ、鬼に捕まえられた時に裸にされていた。そのため、④は「鶯姫」本文の描写に忠実な挿画であったわけではない。とはいえ、「鶯姫」本文から連想していけば、④の世界に到達することはできる。

もともと、大伴先生は、壬生野春子を「贔屓」にするのは、「何となく遠い古の、殿上人」を思い浮かべることができるからであると説明していた。しかし、こうした説明は、どこまで真実であるのか疑わしいものである。というのも、先述の通り、大伴先生の夢の中で、赤鬼になった大伴先生が、力尽くで、壬生野春子に生き写しの「鶯姫を浚つて」いくからである。「鶯姫を浚つて」いく自らの姿を夢に見るのは、壬生野春子を「浚つて」我が物にしたいという無意識的な欲望が大伴先生の中にあったことを示しているだろう。となると、大伴先生の潜在意識に、現代に生きる一人の女性である壬生野春子に対する、「遠い古の、殿上人」に憧れる感情とは全く異なる性的欲望が、しかも、先生が教え子に対して抱くという意味において、背徳的な性的欲望が、存在していたのかも知れないと読むこともできる。④の女性が、「遠い古の、殿上人」とはとてもいえない女性であり、かつ、鬼に捕まえられた時に裸にされていたのは、本文中に明記されてはいないけれど、大伴先生の潜在意識にあったのかも知れない、こうした背徳的な性的欲望の世界をより明確に示すためであったと解釈し得る。

このように、②と④は、人物の潜在意識にあったのかも知れない変質的・背徳的な性的欲望の淫靡な世界を示す役割を果たしていた。人間の性的欲望は、しばしば、人間の感情の奥底に蠢いている、単純な言葉で説明することの困難な得体の知れないものである。そのため、その性的欲望を、本文の言葉によって露骨に説明するのではなく、本文の脇に置かれた挿画の中でイメージとして示すのは、実に気の利いた工夫であると思われる。しかし、②と④の削除は、こうした工夫を無効にしてしまった。挿画によって本文を補い、本文のイメージを膨らませる豊かな読書行為は、それにより妨げられてしまったのである。内閲による不本意な修正は、たとえ、作品の発表を可能にするにしても、作品から何かを確実に奪っていく。その当たり前の事実を、『人魚の嘆き』からも具体的に確かめることができる。

最後に、『人魚の嘆き』の刊行に内閲が深く関わっていたことを踏まえ、内閲が以後の谷崎作品に何をもたらしたのか、推測し得ることを述べておきたい。もともと、内閲によって作品の一部を修正する場合、作品発表の前に修正されることになるので、修正の形跡が発表した作品に残されていないこともある。ということは、修正の形跡が作品に残されていないからといって、修正が行われなかったとは言い切れない、ということである。そう考えた時、内閲が少しずつ一般化してきた大正六年以降の谷崎作品において、内閲によって修正した作品は、『人魚の嘆き』や「異端者の悲しみ」以外にも実際には存在していたのではないか、その結果として、作品世界からは多くのものが失われてしまったのではないかと推測することができる。また、仮に内閲によって修正した作品が実際には他に存在しなかったとしても、こうした修正がしばしば行われる時代になったことは確かであるので、その時代状況が、谷崎の作品や創作に対する考え方に何らかの影響を与えていたと推測することもできる。例えば、内閲によって修正を行うことは、いくら、作品を発表するための妥協であるとはいえ、完成品を追い求める作家にとっては特に、歯がゆいことであっただろう。そのため、内閲による部分的な修正が作品全体の構造をいかに壊していくのかということを、作家がより強く意識する状況が生まれるようになっていたと考えることもできるのではないだろうか。この時期の谷崎も、自らの創作に密接に関わる問題として、そうした意識を持っていたはずである。そうであるからこそ、「芸術一家《げいじゅついっか》言《げん》」(『改造』大正九年四、五、七、十月)という評論において、真の芸術作品は「一局部を壊せば全体が壊れてしまふほど密接な関係で、部分々々がシツカリと抱き合つて」いるものであるという主張をこの時期に強く打ち出していたのではないかと考えられる。勿論、これらは未だに推測の域を出るものではない。ただ、大正六年以降の谷崎が直面していた問題の実態を把握するためには、これらの推測の当否を判断していくことが、是非とも必要になってくると思えるのである。

あとがき

本書は、二〇一五年十一月二〇日〜二三日に中国・上海市の同済大学を会場に開催した「二〇一五年谷崎潤一郎没後五〇年　上海国際シンポジウム「物語の力」」の成果に基づいてまとめられた。このシンポジウムに参加し、また、本書の編集に協力した立場から、シンポジウムの概容を記し、本書の成り立ちの記録をまとめておきたい。

シンポジウム初日の午前中には、公募に応えてエントリーした若手研究者による研究発表が行われた。いずれも周到に準備された粒揃いの発表であり、それぞれの持ち時間いっぱい熱のこもった議論が交わされた。個々の詳細を記す余裕はないが、発表順に題目と発表者名を記しておこう。

昭和初年代の紀州と「由来《ルーツ》」をめぐる物語について
——谷崎潤一郎『吉野葛』、江戸川乱歩『孤島の鬼』を中心に
柿原和宏（早稲田大学大学院博士課程）

一九二〇年代における日本文学の国際的位置
——谷崎潤一郎の翻訳作品を中心に
岸川俊太郎（日本学術振興会特別研究員）

演技の物語——谷崎潤一郎「蓼喰ふ蟲」におけるパフォーマティヴィティ
グレゴリー・ケズナジャット（同志社大学大学院博士課程）

谷崎潤一郎の〈映画哲学〉再考
——大正期映画・芸術言説を手がかりとして
佐藤未央子（同志社大学大学院博士課程）

谷崎潤一郎と室生犀星
　　――ヤニングス・『ヴァリエテ』・映画を手掛かりに　　柴田　希（早稲田大学大学院博士課程）
『小さな王国』から見る大正日本の都市空間　　朱　田雲（復旦大学大学院博士課程）
谷崎潤一郎『痴人の愛』論
　　――「私小説」として読むこととその可能性　　田村美由紀（総合研究大学院大学博士課程）

シンポジウム二日目および三日目は、千葉俊二氏、アンヌ・バヤール＝坂井氏の基調講演を皮切りに、十六本の研究報告とそれにもとづく討議が繰り広げられた。その成果のほぼ全容をまとめたのが本書ということになる。収められた論文は、シンポジウムのために作成された「予稿集」に掲載した内容をもとに、発表者それぞれが当日の報告・討議をふまえて加筆修正したものである。編集に際して、もとの発表順に関わりなく、内容にもとづいた構成に配置し直したことをおことわりしておく。

三日間すべての研究報告のプログラムを終えた後、アンヌ・バヤール＝坂井氏によるシンポジウム全体を総括した提題を経て、まとめの討論の時間を持った。

坂井氏は、谷崎と中国との関係を出発点にした発表が多かったことをふまえて、それと総合テーマ「物語の力」との結びつきがもたらした問題を指摘した。すなわち、ローカルなものにフィクションとしての谷崎の幻想が入っていく様子、あるいはまた、谷崎個人の内的世界とオリエンタリズムや西洋趣味といったものを含めた同時代的なものとが接触するプロセスといったことが扱われる中で、このような「動き」を通して物語が生成されていく、物語生成装置というべきものが、さまざまなかたちでシンポジウムの研究報告から「解釈」として浮かび上がってきたのではないかとした。その上で、今回確認できたのは、内的世界から入る分析と同時代的なものをはじめとする大きな枠組みから入る検討との二つのアプローチの接点あるいは交錯する地点における谷崎文学の特殊性であった。その特殊なあり方が結果的に「物語の力」として機能するためには、われわれ読者一人一人の内的世界との響き合いが引き起こされるはずであり、このことこそがまさに谷崎潤一郎の物語世界の「力」ということになるのではないかとまとめた。

この提題をもとに、谷崎が近代都市に対して抱いていた「メルティングポット」の様相と中国体験との関わり、谷崎文学におけるローカリティと同時代世界、そして、今日的な問題へと接続しうる「物語の力」とは何か、などといった切り口をもとに、予定していた時間ぎりぎりまで活発な議論が交わされた。本書巻頭に収めた座談会「物語の力——上海の谷崎潤一郎」は、この総括討論で提出された問題意識を引き受けて展開している。

以上が、本書のもととなったシンポジウムの概容であるが、研究報告のプログラムとは別に、初日午後には「上海における谷崎潤一郎の足跡」として、市内の目抜き通りにあたる南京東路周辺から外灘《バンド》に至る界隈を踏査、また、四日目最終日の午前中には「上海における日本人居留民生活の足跡」として、旧日本人街にあたる市内虹口地区を中心とした歴史散歩に出かけた。ともに上海の日本人コミュニティの歴史に詳しい東華大学客員教授・陳祖恩氏にご案内いただき、谷崎の足跡と近代上海の痕跡を印象深く重ね合わせるという得がたい体験ができたことも報告しておきたい。

海外で開催される本格的な谷崎潤一郎国際シンポジウムは、一九九五年のヴェネチア、二〇〇七年のパリに続いて、今回が三度目となる。およそ十年おきに場所とテーマを変えて開催してきたわけだが、とくに今回は、谷崎自身が一九一八年および一九二六年の二度にわたって訪れた中国・上海での開催となった。

この国あるいは都市の持つ様々な要素が創作に直接・間接に及ぼしたものは何か。作家の経験と表象を照らし合わせるところからいかにして「物語の力」の内実を捉えることができるのか。こうした問題意識が、シンポジウム全体にわたって全ての参加者に共有されていたことはまちがいない。本書をとおして、私たちが取り組んだ思考のプロセスを味わっていただければと願っている。

こうした試みの成果を、〝アジア〟を思考の対象に刺激的な企画を次々に提示されてきた「アジア遊学」シリーズに加えていただけたことは、大きな喜びである。勉誠出版のご厚意と、編集をご担当くださった堀郁夫氏のご尽力に感謝申し上げる。

また、シンポジウム開催に際して、会場をご提供くださり、会期中も行き届いた運営にあたってくださった同済大学の劉暁芳教授および学生スタッフの皆さんに、そして、シンポジウムの企画から座談会、本書の完成に至るまで全ての切り回しに心を砕いてくださった千葉俊二氏と銭暁波氏のお二人に、心から感謝を申し上げたい。

最後に、上海のシンポジウムにご来場くださったみなさん、そして本書をお読みいただいたみなさんに。本書が谷崎文学への新たな関心と発想を呼び起こすきっかけとなれば幸いである。

二〇一六年七月五日

日高佳紀

付記

本書における谷崎潤一郎作品および関連エッセイなどの本文引用は、特にことわりのないかぎり、『谷崎潤一郎全集』全三〇巻（中央公論社、一九八一〜一九八三年）に拠った。但し、旧漢字は新字体に直し、ルビ・傍点等は適宜省略した。

【特別寄稿】

熱血青年から中国近代憲政思想と実践の先駆者へ
——宋教仁の東京歳月への一考察

徐　静波

じょ・せいは——復旦大学日本研究センター教授。専門は中日文化関係、中日文化比較。主な著書に『東風が西から吹いてくる——日本における中国文化』(雲南人民出版社、二〇〇四年)、『近代日本の文化人と上海(1923-1946)』(上海人民出版社、二〇一三年)、『上海の日本人社会とメディア　1870-1945』(共著、岩波書店、二〇一四年)などがある。

宋教仁が最初に日本へ渡航した目的は政治亡命であったが、東京に六年間滞在する間、日本語を通してさまざまな新しい知識に接した。特に西洋各国の政治制度や憲政思想に開眼した。満州族支配の清王朝を倒し、中国でも西洋諸国に倣って政党内閣を基礎とする真の共和国を築き上げようという志願を抱えて帰国し、それを実現させるために自分の命までもささげた。

一、扶《ふ》桑国《そうこく》へ足を運び

二十世紀初頭において中国人が日本へ渡航するのは、官費または私費でさまざまな学校に入り、さまざまな知識を学んで留学生活を送ることを目的とするだけでなく、最初は留学という明確な計画を立てず、国内での清王朝を打倒する革命運動が失敗して一つの亡命先として船に乗り、隣の島国日本へ渡って来た者も少なくはなかった。宋教仁《そうきょうじん》はそのうちの一人である。日本という土地に足を踏み入れた時、自分がこの国にどれくらい滞在するかもはっきりわからないまま、一九〇四年十二月から一九一一年初頭まで青年時代の最も重要な六年間を東京で過ごした。その六年のうちに、宋教仁自身は、中国湖南《こなん》省の反清排満運動に携わる地方出身の一人の熱血青年から中国近代憲政思想と実践の先駆者へと成長した。その六年間の東京歳月を考察することによって、その激しくゆれ動く時代に足跡を残した当時の東亜志士の心の成り行きが見えてくるだろう。

一八八二年四月に湖南省桃源《とうげん》県生まれの宋教仁は、幼少年の時、伝統的な中国の古典を学び、十八歳の若さで「生員」、つまり科挙制度の郷試の受験資格を持つ人間（通称「秀才」）となった。その前後、桃源県にある書院と湖北《こほく》省武昌《ぶしょう》にある文普通学堂に学問を求め、清朝の腐敗と満州族官吏の跋扈を眼にして革命の情熱に燃え、同じ湖南省出身の黄興《こうこう》らと袂を連ねて満州族支配の清王朝を覆す地方の蜂起を起こそうとした。

宋教仁が生前残した日記によると、彼は一九〇四年十一月上旬、湖南省で謀策した蜂起が失敗してから、長江に沿って東へ下り、上海で渡航の船に乗り、一九〇四年十二月八日に長崎に寄港、十二月十三日に横浜に上陸、汽車に乗って東京へ向かい、六年間にわたる東京での歳月の幕が開かれた。生まれてはじめて海の旅をした宋教仁の日本への最初の印象は悪くなさそうであった。

「はるか望むと、（長崎港）山々がそそり立ち、海水は入り江の奥深く満ち、その風光明媚な光景は人をうっとりさせる。…市街を見るとだいたい中国とよく似ている。ただ家屋がひどく低くて小さい。服装や言葉となるとなるほど異国人である。」（『宋教仁日記』（北京中華書局、二〇一四年）一九〇四年十一月八日より。日本語訳は松本英紀訳『宋教人の日記』（京都同朋社出版、一九八九年）より。以下『日記』と略記。）

「（東京の）沿道の市街は繁栄しており、広く大きな家屋は多くないが、しかし道路は広くて清潔である。上海に比べても見劣りしない光景である。午後四時、江戸川館に着いたので、早速宿に入った。はじめ玄関に入るとすぐに土間があり、部屋はすべて畳が敷いてあり、人が入るときは必ず履物を脱ぐ、けだし日本の風習はすべてかくのごときである。」（『日記』一九〇四年十一月十二日）

湖南省は中国の内陸部にあるとはいえ、海外からの新思想や新知識などが割合早く流れてきた。宋教仁が東京に着いた当座、すでに数多くの漳江《しょうこう》書院や文普通学堂出身の先輩や後輩などが日本へ渡来していた。当初ただ亡命という目的で日本に来た宋教仁も、東京に滞在する機を生かして、新知識を吸収する手段として日本語や英語を身につけようと考えた。彼は本名を隠して偽名で在日の中国公使館から若干の留学の助成金も入手した。彼の日記によると、東京での留学経験は以下のとおりである。

一九〇五年二月一日に、一八八八年に設立された順天中学校に入り、「日本語と英語の授業を受けた。…私はこの時授業料一円五十銭を納めて午前のクラスに入った。先に英語を教えてくれたのは日本人の里見大、次に日本語を教えてくれたのは芝田○○で、教え方はすこぶる要領を得ていたが、ただ支那語を解せないのが非常に難点であった」(『日記』一九〇五年二月一日)。しかし、実際の収穫が少なかったせいであろうか、三週間後そこの授業をやめた。

その年の六月十二日、公使館参事官の馬廷亮《ばていりょう》氏の担保を得て聴講券を買うという形で、法政大学の授業を受けるようになった。法政大学での聴講は断続的に夏休みまで続き、受けた課目には「経済学」「民法」などがある。しかし、宋教仁は日本に来て半年たっただけであったため、日本語のレベルはまだ初級にとどまり、日本人との交際も基本的に筆談を通さなければならないという段階であった。法政大学の授業をどれほど聞き取れていたのかは、確証できないことである。

一九〇六年一月より一ケ月かけての早稲田大学清国留学生部予科での学習は、宋教仁にとって一番まともな留学経験といえるであろう。受けた授業には日本語、歴史、地理、数学、理科、図画、唱歌と体操があり、午前にも午後にも授業がある。宋が最も力を入れ、また収穫も一番大きかったのはおそらく日本語であろう。日記によると、その時期の前後から、日本語の新聞や書物を頻繁に、そして確実に読めるようになっている。早稲田大学が保存している一九〇六年の「各科卒業修業生名簿」には当時の宋の成績が記載されている。それによると、卒業生総数三六〇名のうち、宋が二十三番で点数は七七・一五で、入学した九組のうちの一番最後の壬組では一番である(片倉芳和著『宋教仁研究』清流出版、二〇〇四年)。

宋教仁が東京に滞在した六年間は住まいもよく変わっていた。最初のころは、新橋近くにある江戸川館や神田の香澄館などの旅館に泊まっていたが、後にはほとんど民間の下宿を利用している。学校生活や革命運動に携わる傍ら、東京のあちこちもよく歩き回った。日記によると、一九〇五年の元日、友人と一緒に浅草へ見物に行っている。「浅草は東京の名勝地である。人家が立ちこんで、いろいろな見世物小屋がごたごた並んでいる。この日は元旦なので男や女の見物人が蟻の群れのように行き交い、まるで触れ合う着物の袂が雲のように翻っている状況であった。余らは入場券を買って公園に入り、存分園内を見物した。いろんなものが陳列されており、魚や鳥の類が特に多かった。その他大きな動物で珍しい姿のものはほとんどすべて名前を知らなかった。その中で最も見ごたえのあったのは、たとえば西洋の人形活動劇、月世界の空中活動、花中の美人、出征軍人の留守宅、満州激戦の模型などで、いずれも人に美術の精神を惹起させ、愛国の思想を鼓舞させるものだった」(『日記』一九〇五年一月一日)。その年の晩春のある日、日本人の友人の案内で小石川の植物園を見に行った。「園の周囲は数里、園内は山や丘、池や沼などがあって木々がうっそうと生い茂り、珍しい花木が植っていた。しかしすべて人の手が加えられているのが、幽邃にして整然、愛賞すべき趣を作っている。園内には熱帯寒帯植物が特に多く（熱帯植物はここに移植すると少し温度が低いので、ガラスで部屋を覆い、それによって温度を高めている）、名状すべからざるものが多かった」（『日記』一九〇五年五月十四日）。浅草のようなところは故郷の湖南省やしばらく滞在した上海にもないわけではないが、公園に入ったのは当時の宋にとって初めてのことである。近代上海において有名な娯楽場「新世界」や「大世界」などができたのは宋教仁が一九一三年に暗殺された後のことで、黄浦江のほとりにある外灘公園は極東地域最初の公園といわれながらも、当時中国人が自由に出入りできる場所ではなかった。言うまでもなく、近代的な植物園は宋にはものめずらしい存在であった。当時の東京は、レンガ造り・石造りの洋館が必ずしも上海より多かったとは言えないが、日本人の手によって作られた近代文明を表すものは宋教仁の心に刻まれるものになったであろう。

本屋回りまた本を読むことも宋教仁の東京歳月の大きな割合を占めていた。一人の熱血青年として宋は求知心旺盛で、外部の世界へ常に高い好奇心を持っていた。彼がよく足を運んでいるのは神保町あたりの本屋で、一九〇五年に購入した書籍は『万国大年表』、『東洋歴史表解』、『外国地理表解』、『各国演劇史』、『北海道殖民図説』など百冊以上にのぼる。日本語を勉強しながら、決して懐が暖かくない貧乏学生でありながらも、秋山定輔が創刊した、当時の社会問題などが鋭く論じられている『二六新報』や『日本新聞』などを購読した。それ以外にも、留学生会館や大橋図書館などさまざまな場所で閲覧料金を払っていろいろな本や新聞を読み漁り、特にその当時激しく展開されている日露戦争の動向に関心を寄せ、日記にはその動きを一々と綿密に記載していた。体を鍛えるためか、軍事の知識も身につけないといけないと思ったのか、宋は馬術も習ったことがあるようで、品川体育会の運動会や練兵場の軍事体操などの見学もしている。

宋教仁は東京で転々と下宿を何軒も変えたが、日本の家屋や食べ物に関しては特に讃えた事もなく、不快も感じなかったようである。外食する店は中華料理屋か牛鳥屋がほとんどであった。明治の後期、とりわけ都会において肉食はすでに一般化していたが、伝統的な日本料理屋では、肉食はまだあまり見られなかったであろう。中国育ち、しかも海によほど遠い内陸地の湖南省出身の宋教仁にとっては、日常生活に肉がないと困ったであろう。

二、宮崎滔天らとの交際及び革命運動への参画

もちろん、宋教仁は留学ブームに乗って日本へやってきた一般の留学生とは違い、あくまでも革命運動を引き起こして満州族支配の清王朝を打倒して新しい中国への道を切り開くことが彼、あるいは彼らの使命であり、宿願でもある。東京に着いてまもなく、宋は学校時代の友人と連絡し、同じ志を抱えた同士と会合して今後の革命工作について頻繁に議論した。その結果の一つとして、同胞を喚起するための雑誌創刊にこぎつけた。一九〇五年一月八日に、越州館で行われた集会で彼は雑誌の総庶務（編集長に当たる）に選出された。後にその雑誌の名前は『二十世紀之支那』と定められた。そこで、その年の七月十九日に、すでに一八九七年九月に横浜で興中会のリーダーとなっていた中国近代革命の父とも言われる孫文と知り合いになった。その前年、一九〇四年十一月東京で華興会のリーダーである黄興と知り合いになった宮崎滔天《みやざきとうてん》は、二人の友人である程家檉《ていかせい》を通して、宋との面会を求めた。

一八七一年熊本に生まれた宮崎滔天は、少年時代から義侠心に富む男で、兄の弥蔵と民蔵の影響を受けて中国及び中国の革命に関心を抱き始め、長崎で中国語（漢文はすでに幼いころから身につけた）を習ったことがあるという。一八九七年、当時の国会議員の犬養毅の斡旋で滔天は時の外務大臣大隈重信を訪ね、中国現地調査の機密費を得て、その年の七月にはじめての中国旅をした。以来、中国革命への支援活動に没頭し、人生の大半を中国との繋りにかけている。滔天と宋を繋いだ仲介役である程家檉は早くも一八九九年の秋に来日し、東京帝大農科を卒業した革命志士であり、滔天とは深い親交を持つ人である。彼について、滔天はこう書いていた。「彼と私と相識つたのは、明治三十六年頃で、留学生の知己のうちでは、最も古き一人であつた。彼は官費留学生として、当時農科大学に通つてゐたのであるが、支那革命主義は、私共を結び付けて、兄弟啻ならぬ間柄にして了つたのであつた」（『宮崎滔天全集』第二巻、平凡社、一九七一年、五七六頁）。宋の日記には、滔天との初会見について、詳しく記載してある。

「滔天君の家に着くと、滔天は外出しており、ただ夫人だけが家にいた。すぐわれわれを招きいれ、しばらく待っていてくださいといった。そこでしばらく坐って待っていると、一人の偉丈夫で立派な髯を生やし、さいづちまげを結った人が外から颯爽と入ってきた。見れば滔天君である。すぐに立ち上がって互いに挨拶をし、潤生（程家檉）が余に代わって来意を告げて再び坐った。滔天君はそこで始めて『孫逸仙が

近日日本にくることになっている、来日した時君らを紹介しよう云々』といった。又『君らは支那に生まれ、よい機会を持ち、よい舞台を持っているのだから、君たちは立派にやらなければならない。余の日本とは中国と比べものにならない。余は自分が日本人であることを深く恨んでいる』といった。又『孫逸仙が遅々として事を起こそうとしない理由は、名声があまりにも高く一挙手一投足すべて世界から注目されているので、あえて軽々しく試みようとしないのである。君らが将来事を起こすには必ず秘密に実行することを第一とすべきで、虚勢だけが高まるようなことをしてはならない』といった。話の合間酒をもってこいと呼び、そこで車座になって飲んだ。滔天君はまた、『孫逸仙の人となりは、志は清廉、性質は光明、今、東西洋のどこにも彼ほどの人物はいない』といった。さらに、『いま各国で一つも支那に垂涎しない国はなく、日本もまた野心をむらむら起こしている。日本の政党の中で常に支那のためを考えているのは犬養毅氏一人だけである。余が以前支那に赴いてやったあらゆる革命事業は、すべて犬養氏が資金を出して援助してくれた。現在の大隈重信の政策はすべて彼が主張しているもので、孫逸仙も大いに彼の援助を得て力を発揮している。けだし純然たる支那主義者である。君らに事を成す意思があるからには、ぜひとも一度犬養氏に会ったほうがよい。余が紹介の労をとるから日を改めて余と一緒に出かけたらよかろう』といった。午後四時になるまで酒を飲み交わしながら談話した。」(『日記』)

その後、宋は滔天とよく会うようになった。滔天は日本に到着した孫文に黄興を引き合わせることにした（留日学生のリーダー格でもある揚度が黄興を孫文に紹介したという説もある）。七月三十日、滔天の斡旋で孫文の興中会と黄興の華興会を連合させて中国同盟会を結成する集会が赤坂区桧町三番地にある黒竜会で開かれた。言うまでもなく、宋も滔天もその結成会に臨む重要な人物であった。八月十三日に東京飯田町富士見楼で留日学生が主催する孫文の歓迎会では、宋は司会者で、滔天は来賓としてスピーチをした。一九〇六年九月、滔天は萱野長知らと月刊誌『革命評論』を創刊、その創刊号を宋に送った。宋は特に、創刊号に載っている滔天が書いた「支那留学生について」という長文に共鳴した。滔天がそこでこう書いている。「支那は已に覚醒せり。変転の機は迫り。革命党は息を殺して雲起るの機を待てり。…わが日本の当局者、政治家、教員、商人、下宿屋主人、下女、掏児、窃盗、淫売婦諸君よ、諸君が日夕豚尾漢として軽侮し嘲笑し、搾取し、貪絞し、誘惑する支那留学生は、将に来らんとする新支那国の建設者也」(『宮崎滔天全集』第四巻、平凡社、一九七三年、六一―六二頁)。宋はこれを読んで、六日の日記に自分の感想を書いた。「余はやっとこの新聞は宮崎兄弟らが創設したものであるのを知り、大いに喜んだのであった。その中に、『支那留学生について』という一文があり、中国の革命主義が盛んなことや、留学生の侮るべきではないことを述べ、文中に呉樾、陳天華、史堅如が国のために身を捧げ、悲憤慷慨して義に就いたことを論及していた。余も又感動してしばしば涙が出て仕方がなかった。」(『日記』)

滔天が真心を持って中国革命へ支持するのは、半分は自分の政治理念から出発するもので、半分は血の中に流れている義侠心から出るものともいえる。当時二十代半ばの宋は、同盟会にある地位はさほど高いものでもないし、滔天と彼の友情も孫文や黄興ほど厚いものではない。しかし、宋が多忙のせいか、異郷の日本でのストレスまたは青年期の過敏と不安のせいか、一九〇六年に深刻な精神衰弱を患い、入院生活を強いられた時、滔天は彼に暖かい手を差し伸べた。一九〇六年十月十五日午前、黄興と滔天の妻の姉前田卓が果物などをもって、精神倦怠に悩んでいる宋を見舞いに田端にある東京脳病院へ来た。宋は当日の日記にこう記載している。「慶午(黄興のこと)が『昨日、宮崎氏らと君の病気のことを話し、病院にいるだけで治るものでないのだから、気分を爽快活発にさせる最も適したところに住んだほうがよいと話した。現に宮崎氏は賛成しており、早急に病院を出て、彼の家に住み、世事から離れて毎日爽快活発なことをして、のんびりした気持ちで楽しみながら暮らすように勧めている。彼のところは人の出入りはなく、且つ家は非常に自由で、飲み食いみな随意にできる、云々』といった。前田氏もしきりに側から口添えをして、『宮崎の家の側にお寺があるので、することがないときはお寺に行って散歩したらよい、そこは実によいところですよ』といった。余はその言葉を聴いて、最もだと思った」(『日記』一九〇六年十月十五日)。そして、宋は十一月四日退院後の翌日、新宿にある滔天の家へ移住した。「宮崎夫人がすぐに余のために部屋を掃除してくれた。ほどなくして余の荷物も届いたので運んだ。部屋は家の奥にあり、道に面した窓があってすこぶる居心地がよい。…夫人の前田氏は柔和でさっぱりとした親しみやすい人で家庭の和やかさは非常に羨ましい」(『日記』一九〇六年十一月五日)。こうした和やかな環境の中で、宋の神経衰弱もだんだん軽減した。滔天も自分が書いた、またはほかの中国人に翻訳してもらった『孫逸仙伝』について、宋にその訳文の再校正を託している。

以上の事実を見ると、二人の間柄は、革命同士といってよいであろう。宋教仁の日記には滔天の名前が頻繁に登場し、しかもその筆先に暖かい友情が籠っている。それは滔天が宋にとって如何に重要な存在であるかを物語る。

宋教仁が東京に滞在する六年間のうちに交際した日本人には、北一輝もいた。現存の資料から見れば、二人の関係は決して密接とは言えないが、後に宋に関して、北一輝はかなりの文章を残している。一九〇七年四月九日までの宋の日記には、北一輝に関する記載は二回しかない。一九〇六年十二月二日、中国同盟会の機関紙『民報』創刊一周年の記念大会が神田錦輝館で行われ、「孫逸仙の演説が終わると、次は章枚叔、さらに続いて来賓の日本人、池亨吉氏、北輝次郎（北一輝当時の名前）氏、萱野長知氏ら、及び宮崎氏が次々に演説した。余は彼らのために一度通訳した」（『日記』一九〇六年十二月二日）。また一九〇七年三月四日の日記に、「革命評論社へゆき、宮崎滔天、北輝次郎としばらく話しをした」という記載があった。片倉芳和の『宋教仁研究』によると、宋の日記が中断した後、二人の交際は前よりやや緊密になったようである。というのは、その後、孫文は日本政府から追放され、日本における黄興や宋教仁らの湖南派の力がある程度増大し、内田良平を中心とする黒竜会は中国、とりわけ満蒙における日本の勢力を拡大するため、ある程度清王朝を覆そうとする中国の革命党を支持し、そのために宮崎滔天らとも交わった。

そのうちに北一輝は黒竜会の重要なメンバーになった。黒竜会側の資料に次の記載がある。「その宋が明治四十三年の冬、上海で陳其美《ちんきび》が経営してゐる新聞社へ帰るといふので、清藤幸七郎や北輝次郎が『是非会つてやつてくれ』と内田のところへ云つて来た。で内田は宋の為に赤坂の峰の尾で送別を兼ね一夕の宴を開き、清藤も北もそこに列席して共に歓談を尽したが、宋は非常に喜んで、共席上『実は革命の挙兵が愈々迫つてきたから帰るのである。挙兵の際には直ぐ電報を打つから極力援助を願ふ』と帰国の事情を打ち明けて予め援助を依頼した。内田はそれを快諾し且つ其の決行を励まして宋を立たせたのであつた」（黒竜会『東亜先覚志士紀伝』（中）黒竜会、一九三三年、四三八頁）。

一九一一年十月武昌蜂起が起ってまもなく、宋教仁は内田へ電報を打ち、日本からの援助を要請した。内田はすぐ北一輝と清藤幸七郎を中国南方へ派遣した。北一行はまず上海に到着、続いて武漢へいって宋と会った。十一月十三日の内田への書簡に北は次のように報告した。「宋兄事実において一切を総覧しつつあり。都督府の本尊として、新しく帰来の同志其の他、凡て一応宋兄の前に連れ来られ居候など、快心の事に存じ候」（『北一輝著作集』第三巻、みすず書房、一九七二年、一六五頁）。翌日漢陽軍司令部を訪ねた後、清藤幸七郎への書簡に北はこう書いている。「宋兄の大局を見るの明と事々実際的なる、到底生等の及ぶ所にあらず、十年の討究熟慮茲に彼の遠謀を見るを得たる、快と言えば快、只只敬服の至り候」（同前、一六八頁）。このような賛美の言葉を、北は一度も孫文に使った事はない。彼の宋への傾倒はこれによって垣間見られるであろう。

三、東京での歳月と近代憲政思想の形成

北一輝は宋教仁について「十年の討究熟慮茲に彼の遠謀を見るを得たる」と書いたが、確かに、六年間の東京での歳月は宋の革命・生涯においてきわめて重要な意味を持つものである。日本へ渡る前に、彼は一熱血青年として、満州族支配の清王朝に強烈な不満を抱え、只これを打ち壊す事だけを考えていた。しかし当時は、封建的且つ腐敗した清王朝を覆したら、どのような新しい中国の青写真が描き出せるのか、ということはまだ脳裏に明晰には浮かんでいなかったであろう。外部世界についての知識はまだまだ不十分で、人生の経験も豊富とはいえない段階である。そこで、日本へ渡来して、学校へ通いながらまず日本語を身につけ、日本語の文献を読めるようになった。ちょうど当時の日本は近代国家あるいは近代社会へ転換しつつあり、近代的な産業基盤も固まりつつあった。物質的に必ずしも豊かではないものの、交通網の整備、勧業場の開催、植物園や動物園などの開園、近代教育の普及など、宋教仁らの目を新しい世界に向かせた。其の時、日本はすでにアジア諸国にはなかった憲法が発布され、国会も開設された。いうまでもなく、それらは宋らにとって印象深かったものに違いない。もちろん、その近代国家に転換しつつある日本を、宋らは理想国とは見ていなかった。孫文らと一緒に結成した同盟会の目的は、君主のない共和国を築き上げることにある。

辛亥革命を起こす前に、宋はすでに政党制による内閣制の事を考えていた。孫文が中華民国臨時総統（大統領）に推戴された当初、宋は憲法までは無理であっても、暫定的な憲法のようなものをどうしても作らなければならないと主張し、『中華民国臨時約法』の作成に積極的に力を入れた。後に中華民国臨時総統の座を袁世凱《えんせいがい》に占められても、依然として政党制による政治運営を力説し、自ら同盟会を改造して国民党に変身させた。宋は次のように述べた。「世界における民主主義国家の場合、其の政治の権威はみな国会に集中している。国会で大多数の議席を有する政党は、政治的な権威のある政党といえる。…我々は、まず国会に過半数の議席を取り、もし与党になれたら、わが党による責任内閣を作る事ができ

在野にしても、目厳しく政府を監督し、其のでたらめな行為を糾弾できる」(『宋教仁集』(下)、中華書局、一九八一年、四五六頁。筆者訳)。後に宋らは悪戦苦闘して臨時国会で一挙に国民党を最大の政党にし、選挙で組閣権をとったが、直ぐに武力を持つ袁世凱に否定された。こういった政党政治に関する認識、憲法尊重の意識、さらに其の思想や理論を実践に付して行動する人間は、同時の中国においては非常に珍しいものである。政党内閣を唱える宋教仁は、袁世凱の独裁支配にとって一つ大きな障害になった。そしてとうとう一九一三年三月二十二日に、上海駅で袁世凱の刺客に暗殺される羽目になった。

宋教仁のこれらの近代憲政思想はどこから得たのか。その思想的な資源はいったいどこにあるのか。二十世紀の初頭、百日維新の失敗、義和団運動による八カ国連合軍の中国侵攻、多額の賠償金による中国の日増しの衰退、このような惨澹な現実に面する中国の有志たちは、みんな中国の未来を憂慮していた。廃れている中国を救うために、いろいろな道を模索していた。特に日本で新しい知識に接した留学生たちは、日本の維新を考察しながら、欧米諸国のような近代化への道を一つの手本として見習おうと考える人は少なくなかった。そのために、まず世界諸国の政治体制や政治制度などを研究しなければならないと悟っていった。宋教仁は日本で東京各地の本屋を歩き周り、世界の歴史や地理に関する書籍、ワシントンなどの偉人の伝記などをむさぼるように読み漁った。一九〇六年三月ごろ、宋の革命同志であり、かつて日本へ渡って早稲田大学に留学した同じ湖南省出身の楊篤生は、海外へ憲政を考察するいわゆる出洋大臣の随員として日本を訪れた。公の仕事の一つは外国政治制度に関する文献を翻訳して出洋大臣の帰国した時に提出する調査報告書の資料にすることである。そして彼は昔の革命同志である宋教仁に頼んで、続々と日本語に訳されていたあるいは日本語で書かれた『英国制度要覧』、『各国警察制度』、『ロシア制度要覧』、『オーストリアハンガリー制度要覧』、『米国制度概要』、『ドイツ官制』、『プロシア王国官制』などを宋に翻訳してもらった。ほぼ丸一年間をかけて、宋はこれらの政治制度に関する書籍を丹念に読解しながら中国語に訳した。彼にとって、翻訳の仕事は生活費を稼ぐ手段でもあったが、訳しているうちに、欧米諸国の政治制度についての理解は一段と深まった。当時の同盟会のメンバーに、彼ほど西洋諸国の政治制度に精通する人はいなかったであろう。日本滞在時代に、このような知識の蓄積があってこそ、後に成熟した近代憲政思想が生まれたのであろう。其の点から言うと、六年間の東京での歳月は、宋の近代憲政思想を醸成する温床となったと言っても過言ではなかろう。

参考文献

『宋教仁日記』(劉泱泱整理、北京中華書局、二〇一四年)
『宋教人の日記』(松本英紀訳、京都同朋社出版、一九八九年)
『宋教仁集』(上、下)(中華書局、一九八一年)
片倉芳和『宋教仁研究』(清流出版、二〇〇四年)
呉相湘『中国民主憲法憲政的先駆』(台北文星書店、一九六四年)
『宮崎滔天全集』第一巻〜第四巻(平凡社、一九七一〜七三年)

編者

千葉俊二　早稲田大学教育学部・総合科学学術院教授

銭　暁波　東華大学外語学院准教授

編集協力

日高佳紀　奈良教育大学教授

執筆者一覧（掲載順）

アンヌ・バヤール＝坂井　清水良典　山口政幸
林　茜茜　秦　剛　ルイーザ・ビエナーティ
スティーヴン・リジリー　細川光洋　西野厚志
明里千章　鄒　波　ガラ・マリア・フォッラコ
ジョルジョ・アミトラーノ　田鎖数馬
徐　静波

【アジア遊学200】

谷《たに》崎《ざき》潤一《じゅんいち》郎《ろう》　中《ちゅう》国《ごく》体《たい》験《けん》と物《もの》語《がたり》の力《ちから》

2016年8月24日　初版発行

編　者　千葉俊二・銭暁波
発行者　池嶋洋次
発行所　勉誠出版株式会社
〒101-0051　東京都千代田区神田神保町 3-10-2
TEL：(03)5215-9021(代)　FAX：(03)5215-9025
〈出版詳細情報〉http://bensei.jp/

印刷・製本　太平印刷社
装丁　水橋真奈美（ヒロ工房）

ISBN978-4-585-22666-6　C1395

198 海を渡る史書 ―東アジアの「通鑑」

199 衝突と融合の東アジア文化史

196 仏教をめぐる日本と東南アジア地域

197 日本文学のなかの〈中国〉

192 シルクロードの来世観

193 中国リベラリズムの政治空間

190 島津重豪と薩摩の学問・文化　近世後期博物大名の視野の実践

191 ジェンダーの中国史

【コラム】ヨーロッパ史からみたキリシタン史―ルネサンスとの関連のもとに　根占献一
近世琉球の日本文化受容　屋良健一郎
近世日越国家祭祀比較考―中華帝国の東縁と南縁から「近世化」を考える　井上智勝
【コラム】「古文辞学」と東アジア―荻生徂徠の清朝中国と朝鮮に対する認識をめぐって　藍弘岳
◎博物館紹介◎
「アジア学」資料の宝庫、東洋文庫九十年の歩み　岡崎礼奈

Ⅲ　近世史研究から「近代」概念を問い直す
儒教的近代と日本史研究　宮嶋博史
「近世化」論から見た尾藤正英―「封建制」概念の克服から二時代区分論へ　三ツ松誠
【コラム】歴史叙述から見た東アジア近世・近代　中野弘喜
清末知識人の歴史観と公羊学―康有為と蘇輿を中心に　古谷創
【コラム】オスマン帝国の歴史と近世　佐々木紳
ヨーロッパ近世都市における「個人」の発展　高津秀之
【コラム】東アジア国際秩序の劇変―「日本の世紀」から「中国の世紀」へ　三谷博

186 世界史のなかの女性たち

はじめに　世界史のなかの女性たち
水井万里子・杉浦未樹・伏見岳志・松井洋子

Ⅰ　教育
日本近世における地方女性の読書について―上田美寿「桜戸日記」を中心に　湯麗
女訓書の東遷と『女大学』　藪田貫
十九世紀フランスにおける寄宿学校の娘たち　前田更子
視点◎世界史における男性史的アプローチ―「軍事化された男らしさ」をめぐって　弓削尚子

Ⅱ　労働
家内労働と女性―近代日本の事例から　谷本雅之
近代コーンウォルに見る女性たち―鉱業と移動の視点から　水井万里子

Ⅲ　結婚・財産
ヴェネツィアの嫁資　高田京比子
十九世紀メキシコ都市部の独身女性たち　伏見岳志
ムスリム女性の婚資と相続分―イラン史研究からの視座　阿部尚史
視点◎魔女裁判と女性像の変容―近世ドイツの事例から　三成美保

Ⅳ　妊娠・出産・育児
出産の社会史―床屋外科医と「モノ」との親和性　長谷川まゆ帆
植民地における「遺棄」と女性たち―混血児隔離政策の世界史的展開　水谷智
視座◎日本女性を世界史の中に置く
「近代」に生きた女性たち―新しい知識や思想と家庭生活のはざまで言葉を紡ぐ　後藤絵美

Ⅴ　移動
近世インド・港町の西欧系居留民社会における女性　和田郁子
店が無いのにモノが溢れる？―十八世紀ケープタウンにおける在宅物品交換と女性　杉浦未樹
ある「愛」の肖像―オランダ領東インドの「雑婚」をめぐる諸相　吉田信
フォーカス◎十七世紀、異国に生きた日本女性の生活―新出史料をもとに　白石広子

Ⅵ　老い
女性の長寿を祝う―日本近世の武家を事例に　柳谷慶子
身に着ける歴史としてのファッション―個人史と社会史の交差に見るエジプト都市部の老齢ムスリマの衣服　鳥山純子

187 怪異を媒介するもの

はじめに　大江篤

Ⅰ　記す・伝える
霊験寺院の造仏伝承―怪異・霊験譚の伝播・伝承　大江　篤
『風土記』と『儀式帳』―恠異と神話の媒介者たち　榎村寛之
【コラム】境界を越えるもの―『出雲国風土記』の鬼と神　久禮旦雄
奈良時代・仏典注釈と霊異―善珠『本願薬師経鈔』と「起屍鬼」　山口敦史
【コラム】古文辞学から見る「怪」―荻生徂徠『訳文筌蹄』『論語徴』などから　木場貴俊

184 日韓の書誌学と古典籍

185「近世化」論と日本　「東アジア」の捉え方をめぐって

アジア遊学既刊紹介